青春と泥濘

――インパールに斃れた兵士たち

火野葦平

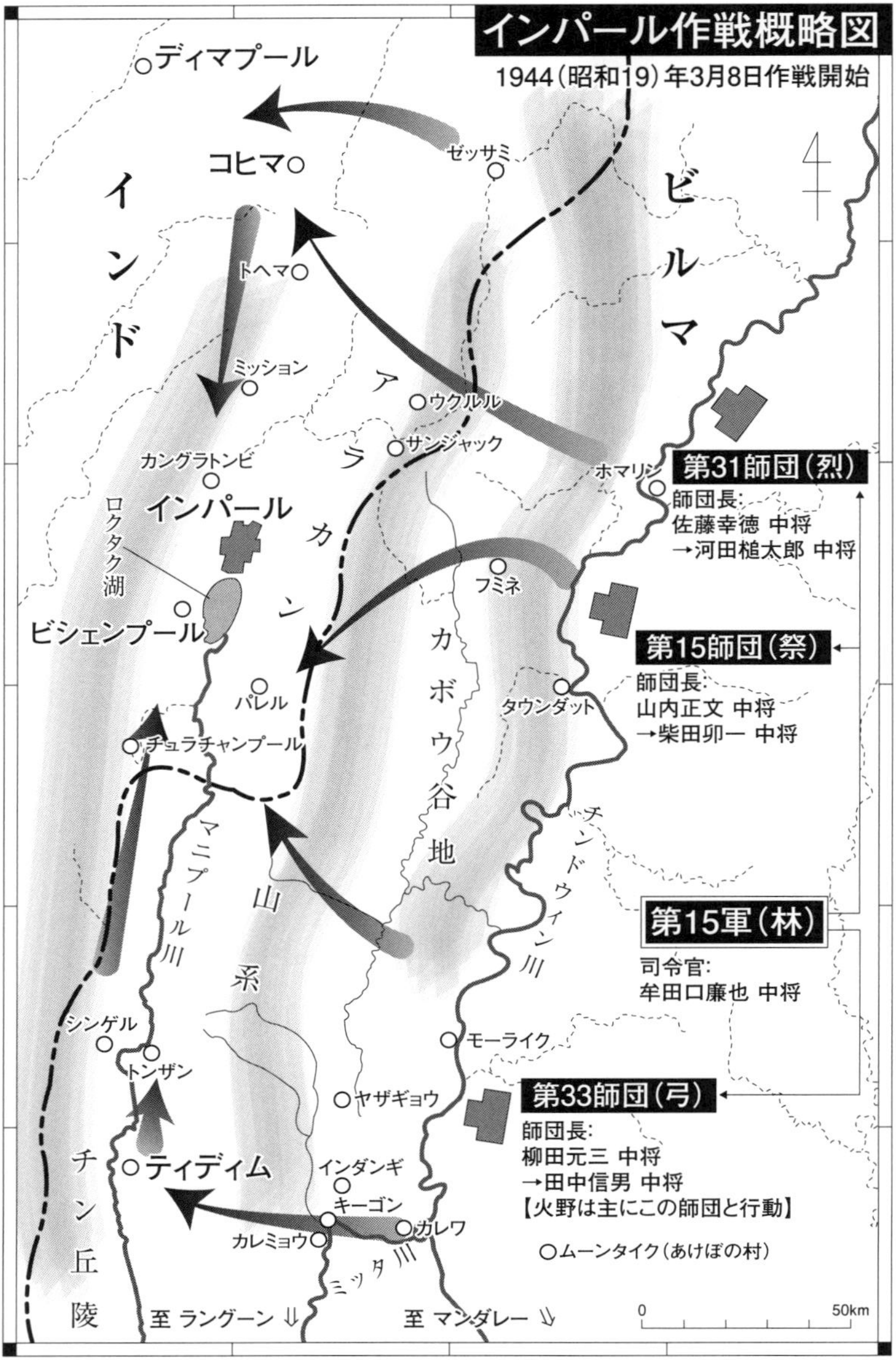
インパール作戦概略図
1944（昭和19）年3月8日作戦開始
ディマプール
コヒマ
ゼッサミ
インド
ビルマ
トヘマ
ミッション
ウクルル
アラカン
サンジャック
カングラトンビ
インパール
ロクタク湖
ビシェンプール
ホマリン
第31師団（烈）
師団長:
佐藤幸徳 中将
→河田槌太郎 中将
フミネ
第15師団（祭）
師団長:
山内正文 中将
→柴田卯一 中将
パレル
タウンダット
チュラチャンプール
カボウ谷地
チンドウィン川
マニプール川
山系
第15軍（林）
司令官:
牟田口廉也 中将
シンゲル
トンザン
モーライク
ヤザギョウ
第33師団（弓）
師団長:
柳田元三 中将
→田中信男 中将
【火野は主にこの師団と行動】
ティディム
インダンギ
キーゴン
カレワ
カレミョウ
ミッタ川
ムーンタイク（あけぼの村）
チン丘陵
至 ラングーン ⇓
至 マンダレー ⇓
0
50km

「青春と泥濘」　目次

小さき盲目の魚よ、汝は神妙不可思議なる賢者なり。
小さき盲目の魚よ、なにものが汝の眼を奪い去りたるや？
汝の耳をひらきて我が願望をきき入れよ、
我に愛《いと》しき人をもたらせ、小さき盲目の魚よ。

（ピューリの魔魚の呪文・印度古潭）

第一章　塩分の価値

二十二度目の瀬振り《せぶ》（注、簡易小屋）であった。家というものを忘れてから久しい。敵の足音や声さえもきくことのあるこの最前線の屯営は、ときどきはげしい雨にたたかれ、しばらくは無為にして退屈な日が流れた。敵からの攻撃もないかわりに、こちらからも攻撃する力を失っていたからである。あの凄惨な最後の日が来るまで、陣地は不気味な静謐《せいひつ》のなかにあった。深いジャングルの一隅である。地図によっても正確な地点を探すことは困難であった。地名など、もとよりなかった。任務をあたえられてこの地点に瀬振りをかまえてから、二十日以上になるが、こちらからの連絡以外、本部からはなんの指示もなかった。

一個中隊といっても、四度目の中隊長代理、今野軍曹以下三十七名、三ヵ所に分哨を配置し、食糧探しの一隊が出てゆくと、中隊本部は閑散だ。兵隊は深い森や藪にのまれてしまって、まったく人影を見ぬことも少なくない。兵隊も少なかったからであるが、兵隊が疲れていて、うろうろと腹減らしするよりは、寝ている方がよいからであった。二日も三日も横になったきり動かぬ兵隊も何人かある。ここに一人例外なのは団栗《どんぐり》という綽名《あだな》をつけられている田丸兵長のみ、戦友たちからもの好きを笑われながら、熱心に毎日動く。

「おい、団栗、たいがいで止めといた方がええぞ」

戦友が忠告するとへらへらと笑って頭を掻くが、一切採用しない。そして、一日にかならず四回、午前二度、午後二度、森のはずれにあって、どんなところでもすぐ名をつけることの好きな兵隊たちが、「印度公園」と呼んでいる高台へ出かけてゆくことを欠かさない。休むのは爆撃と雨と任務のときだけだった。そこまでは百米《メートル》足らずなのだが、往復二百米、四回八百米も一日にむだな行軍をするのは馬鹿の骨頂、もともとあいつは賢い方ではなかったが、今度のような困難な戦闘つづきで、いよいよ頭がどうかなった、だれからもそう思われた。いわれた。ことに田丸のマラリアは慢性で、ここの悪性マラリアは頭に来るものが少なくなかったのである。専門家である軍医少佐が発狂して、敵の偵察がやって来たとき、自分の赤褌《あかふんどし》をぬいで下からふりまわし、げらげら笑いころげながら谷間に落ちた話をきいたのは、まだ一週間にもならぬ前だった。

稲田兵長はからかいと心配と半々で、たびたび、

「おい、団栗、お前、気はたしかだろうな。……へたばらんようにしてくれや。お前の足の強いのはよう知っとるが、なにしろ大行軍だからな」

すでに数年間、中国を処女戦場として、各地を転戦しつつ数千キロを歩いて来た兵隊たちである。数万キロということもできようか。その兵隊たちがわずか八百米の行軍を大事業と考えているのであった。剽軽《ひょうきん》な表現のなかに苦渋があった。笑いとおどろきと、嘲りと、なにかへの怒りと、――しかし、現実はいま八百米の記録保持者田丸兵長を、戦場のうすよごれた英雄としている。たしかに、いまの中隊中で、命令受領の江間上等兵をのぞいて、毎日八百米の行軍をしてたおれないと、断言できる者はおそらくなかった。

「なんで、お前、そんな馬鹿な腹へらしするんだ。よっぽどええことがあるとみえるな」

「うふふ」

田丸は笑って、答えなかった。

まだ本格的に雨季に入ってはいなかったが、そのきざしはあらわれていた。近ごろでは晴雨半々くらいである。降りだすと山も木も草も土も砂もひとかたまりに押し流すようなはげしさで降った。雨のなかに立っていると、小石をぶっつけられるように痛かった。降ると全身ずぶ濡れになるが、止むと強烈な太陽の直射ですぐ乾く。天候の急襲は気まぐれで、ほとんど目まぐるしい。さして地上に風は感じられないときでも、青空にたちまち雲があらわれ、雲が去り、雨が降り、雨が去る。夜などでも、靄雲《あいうん》がとじこめ、星のひと屑も見えず、また雨かと思いながら、靴の紐を結んでいるうちに、空には無数の星がちりばめられ、皓々《こうこう》たる月が出ている。女心と秋の空どころの騒ぎではない。

印度は暑いと簡単にきめて来た兵隊たちは、このインパール平原に来ていささか戸まどいした。三月はじめ（昭和十九年）この作戦開始以来、ビルマから国境を越えて印度に入ったが、チン丘陵の最高峰のケネデ・ピイク（八八七一呎《フィート》）で一夜を明かしたときには、はげしい寒さのために眠ることができなかった。ふるえながら、歯をがちがち鳴らして過ごした。腐木となった不気味な森林を、凩《こがらし》のような烈風が鳴らす。吹雪を思わせるような、まるで北国の寒夜であった。火をとって煖《だん》をとったが、印度に来て焚火《たきび》をしなくてはならぬとは思いもかけなかった。前進してインパール盆地に入ると、ロクタク湖の水面すら海抜二千呎以上あり、現在位置している場所でも、四千呎を下らない。敵の飛行機から遮断されている瀬振りは、ほとんど陽の目を見ることがないので、雨に濡れれば乾くことがなく、いつも土が湿っていて、快適というわけにはいかなかった。そうして、夜は冷えた。

ここに来てすぐは、とりあえず天幕で住居をつくった。上空から見えないようにするため、できるだけ樹木や藪の深いところをえらばねばならなかった。百尺近く繁茂した巨樹が立ちならんでいて、樹の根に庵を結び、屋根に樹枝や竹をのせておけば、まず上からはわからない。のちにはすこしずつ工夫して棲みよくしたが、原始的であることに変わりはなかった。孟宗竹に似た竹林が多く、その竹が役に立った。それでも住居はすべて太陽から隔離されている。陰鬱でじめじめし、いつかものの腐敗したような饐《す》えた悪臭をはなつようになる。床をすこし高くしてはあるが、寝ると気持わるく湿気が身体にしみる。蚤はいなかったが、虱《しらみ》が簇生《そくせい》した。身体が腐る思いなので、暇を見ては日向《ひなた》に出る。太陽の直射は強烈で永くは立っていられない。陰陽の温度の差が極端なのだ。身体が弱っているので、すぐ日射病になるのだった。

暑さに平気なのは印度兵だけである。二人中隊に配属されていた。それでも陽の下に出ると、まぶしそうに眼を細め、漆黒の手をかざして、顔の上に日かげをつくる。彼らの黒さには、相当に日焼けして赤銅の顔に眼ばかりぎょろつかせている日本の兵隊たちもかなわない。ティディムが前進基地であったころ、国境の民族たるチン人の赤ん坊を見て、それが大して黒くないのを見て郷愁をおぼえたものだった。ところが、大きくなるにつれて黒くなるらしかった。印度兵に芋をむかせたり洗濯させたりすると、その手の黒さがつきはせぬかと気が気でなかった。配属になって来たとき、握手を求められて、思わず手をひっこめたのは今野軍曹である。

「印度人でも暑いか」

陽を避ける印度兵に兵隊がからかい半分できくことがある。そんなときには印度は暑いところときめてきて、印緬国境を越えてから、寒さにふるえたことをもう忘れているのである。その失礼な質問に対して、すこし生意気なところのある、おしゃべりの炊事係りハリハル一等兵は、顎をしゃくった気どった様子で答える、次のような意味のことを——あなたがたは中国の戦場から来た。しからば漢口を知っているはずである。漢口は中国でも、いや世界でも有数の暑熱の都会だ。屋上から雀が焼けて落ちるという諺《ことわざ》さえある。中国人はすべて表現を大げさにするので、いうほどではないとしても、漢口で永く巡査をしていた自分の友人が、夏になるとパンジャブ地方にかえって来たものだ。むろん、避暑の目的で。

印度語のわかる者は兵隊のなかにはいなかった。たった一ついつか皆が憶えた言葉がある。ジャイ・ヒンド——これは印度の勝利という意味だそうだが、印度兵は出あいがしらに、かならず右手をあげて、両方から、「ジャイ・ヒンド」といいあう。正式の挨拶である。のちには印度兵と日本兵と出あってもいいかわすようになった。印度語は通じないので、ハリハルは英語で話すのである。ところが、中隊でもどうにか英語のわかるのは、今野軍曹と小宮山上等兵としかいない。中学校で英語の教師をしたこともある小宮山の方は、自分でもよく話すことができた。ハリハルは日本語はほんの片言しかしゃべれなかったが、シンガポールで日本人の医者の家で三年近く庭番をしたことのあるというババ一等兵の方は、片言ながら、ひととおり日本語を話せた。こういう印度兵が他の部隊にも通訳がわりに配属になっていた。ハリハルは流暢な英語で漢口の話をすると、ひとりで愉快そうに笑った。のちには哀れな死にかたをしたこの印度国民軍の若い兵隊（彼は二十三歳、ババは二十六歳）は、いつもだれも面白がらない警句を吐くのが好きだったが、なにごとでもまともないいかたをせず、兵隊たちを歯がゆがらせた。愚鈍ではあったが、陰日向《かげひなた》のない正直者のババの方を兵隊たちは好いていた。ババは、印度人でも暑いか、ときけば、おどおどとはにかんだ様子で、やっぱり暑いと答えるだけであった。しかしながら、この印度の太陽の強烈さは、もう永いこと欠乏している塩の生産に寄与するところ多大であった。兵隊たちの製塩業はすこぶる奇抜な方法によっていた。

塩分は人間に欠くべからざるものである。動物でもそうだ。そうして、その塩分の欠乏のために、どの部隊も馬が使用に耐えなくなっているのである。一日に一度、命令受領にゆく江間上等兵が、わずかに、この中隊が忘れられていないということを証明する一本の紐であった。そうしておしゃべりの江間上等兵は、かえって来ると、退屈している兵隊たちに、自分の見聞を細大もらさず報告した。塩の欠乏のために馬の腰が抜けているという話をしたのも彼である。

東北生まれの江間は特別に訛《なまり》のはげしい言葉で、大きい眼をうるさいほど瞬《また》きさせながら、身ぶり手まねをまじえ、その癖、こんな話したって仕様がないんだというように、なにかひどくつまらなそうな様子で語る。

「もう輜重隊《しちょうたい》の馬なんて、使いもんになるのは何匹もいないや。みんな、腰が抜けてな。可哀そうに、役に立たんようになると、食糧にされてな。これまで可愛がったのに食うなんてのは情においては忍びんが、背に腹はかえられんのだろう。塩不足で、腰が弱くなってるんだ。坂道はもとよりのこと、平地でもすぐ後肢《あとあし》をついて全然歩けんらしいんだよ。……輜重隊の戦友が話しとったがな、馬の方が人間よりよっぽど賢いぞ、ってな。どうしてやときいたら、馬の奴とっくの昔に塩気をとる工夫をおぼえてやがるという。人間より馬の方が塩分が大切なんだ。ならんで行軍するだろう。すると強い陽に照りつけられて、身体中に汗が出らあな。そいつを尻尾で左右、ばさっ、ばさっとたたくんだ。そら、蝿を追うときやってるだろう。あれをくりかえすんだ。すると身体の汗が尻尾にくっつく。そいつを舐《な》めるというんだ。うん、いや、自分で自分の尻尾は舐められん。前の奴の尻尾を舐める。ひとのを舐めるかわりに、自分のも舐めさせる。うまいことを考えやがったな。ところが、そこが畜生で、限度を知らん。あんまり強くしゃぶりすぎて、尻尾の毛が抜けてしまうんだ。輜重隊の馬の尻尾が古箒《ふるぼうき》みたいになっているのを気づかなんだかって、戦友はいうんだよ」

「ふうん」、感にたえたように首をひねつた小宮山上等兵が、くすぐったそうな顔つきになって、

「ちょっときくがね」

「あん？」

「その話はわかったがな、すこし腑に落ちないことがあるんだ。順々に前の尻尾をしゃぶるわ

けだろう？　そうすると、一番前の馬はどうするんだ。しゃぶられるばかりで自分がへたばるじゃないか」

「それだよ、俺も輜重隊の戦友にそれをきいたんだ。そしたらな、そりゃしゃぶられ損だっていやがった。平等にするなら円陣をつくらにゃならんもんな、そんなこたできねえや」

「そんなら、最後尾の奴はしゃぶり得か」

「そういうわけだな」

皆笑った。空腹から出たぼそぼそした笑い声だった。しかしこれは寓話ではなかった。このたわいもない報告は兵隊たちにひとつの絶望的な勇気をあたえた。それから兵隊たちの奇妙な製塩作業がはじまった。敵側から遮断された土堤《どて》の蔭を飛びまわるようになったのである。

早朝から、日没にいたるまで爆音が絶えることはない。一日に十度以上はこの瀬振りの上も通過するので、そういう運動も対空監視哨つきだ。運動中も何度も待避した。白いものを見せることは絶対禁物である。また上空に敵機がいるときにちょっとでも動くと発見される。一人でも見つけると敵機は執拗に銃撃をしたり、爆弾を投下したりする。日本軍の飛行機はほとんどあらわれず、爆音がすれば敵機にきまっていた。機数の不足と、長距離なのと、アラカン山脈を境とする気象源の相違と、対空火器の熾烈さと、敵航空兵力の絶対優勢さとによって、日本航空隊のインパール爆撃は容易の業ではなかった。ビシェンプールをはじめとするインパール周辺要地の対空陣地には、おびただしい高射砲が配列され、襲撃に対しては如露《じょろ》の水をさかさにして浴びせるような猛烈な火力をうちあげる。その音は太鼓を乱打しているようにきこえた。ところが、日本の飛行機がほとんどやってこないので、敵の対空陣地は閑散のため高射砲は法にない活躍をする。砲身を水平にしてこちらの地上陣地を射ってくるのである。日本軍は逆であった。頭上に掩《おお》いかぶさる敵機の跳梁に対して、前線にはほとんど対空火器がなかった。やむなく小銃射撃を試みるがなんの効果もあるわけはなかった。傍若無人な敵機の攻撃に歯噛みしたある山砲の大隊長は、砲身を上空にむけて発射した。敵機は落ちずただ陣地を暴露したにとどまった。爆撃機戦闘機、各二十機ほどがたちまち襲来し、一門を残して全部の大砲と、多くの兵員とを失った。そうして、そのときお付武官をしたこともあるというその名高い大隊長は戦死したのである。味方の重砲八門もモイラン近傍まで進出していた。しかし、射撃はほとんど行なわず沈黙をまもっている。弾丸の欠乏もあったが、射撃をはじめるとたちまち数十機の戦闘機爆撃機が飛び立ってくるからである。二、三発射つと、すぐに陣地変換をしなければ危険であった。しかし、上空から見れば砲車の轍のあとは歴然としていて、進入路は隠しようがなかった。陣地は砲弾と爆撃とに日夜さらされた。しかしながら、この八門の加農砲《カノンほう》は遂に日本軍がインパール平原から撤退するとき、自らの手で破壊し去るまでは、不思議と二門の被害を見たにすぎなかった。

敵の砲撃はすさまじかった。こちらが一発射てば百発のおかえしが来た。霧に掩《おお》われることの多い盆地の未明から、朝の挨拶をするように砲撃がはじまる。つづけさまに射ちだされる砲弾は箒ではくように、遠距離から逐次前線へちぢまったり、左右に振子のように動いたり、気まぐれに豆でもばらまくように散らばったりした。太鼓をたたくように射ちやがるなと呟く兵隊の譬喩《ひゆ》は、太鼓だってあんなに早くはたたけんよという、もう一人の兵隊によって否定される。その音はときに連続して風の音のようにきこえたり、波の音のようにひびいたりした。雨季近くの空にとどろく雷鳴ともまごうたり、雷鳴と砲声とが入りみだれたり、いっしょになったりした。砲声の間に、高射砲や、戦車砲や、機関銃の音がまじる。戦場はこのようなすさまじい銃砲声によって明け暮れしているのに、実際はほとんど動きを見せず、いわゆる交綏《こうすい》状態となって、じりじりと最後の場へむかってつきすすんでゆく凄壮な鬼気を、表面はおだやかな全戦線の底に不気味に孕《はら》んでいた。

こういうときに、今野中隊の兵隊たちが、そのような戦場の空気などはおかまいなしに、土堤の蔭を飛びまわりはじめたのである。みんな裸であった。

日焼けした兵隊たちの身体は頑丈であったけれども、正常な姿をとどめている者は稀《まれ》であった。痩せた胸に肋骨をむきだしている者が多かった。中隊は三十七名いるとはいえ、分哨その他任務についている者をのぞくと、中隊本部にいる者はほとんど十名内外にすぎない。チンドウィン川を渡河して以来のジャングル戦闘で、最後まで健康を保持し得た兵隊は指を折るくらいしかなかった。まずほとんど部隊の大半がマラリアにおかされた。しかも、その大部分は悪性で、短い時間に命をとられ、あるいは高熱のため脳をおかされて、発狂する者も少なくなかった。蚊が飛んでいるという普通のいいかたがあてはまらないほど、蚊の密集しているところが多かった。蚊の幕のなかに人間が入るといった方が適切なのだ。蚊に食われないためには、歩いているときでも坐っているときでも、横になっているときでも、つねに手を動かし、あるいはタオルでもふりまわしていなければならなかった。踊っているように滑稽であった。行動中はいちいち蚊帳《かや》を吊ることができない。外被などを頭からひっかぶって寝ていると、どこからか、すき間からもぐりこんで来て、顔や手を刺す。蚊よりもいっそう厄介なのは砂蠅である。この地方特有といわれるこのうるさい蠅は猛毒をもっていて、食われた個所はたちまち紫色に腫れた。膿をもつこともあった。蚊帳を吊ってもこの微細な蠅はほそい目をとおして入りこんでくる。また密林のなかには兵隊たちを嚙む為体《えたい》の知れぬいろいろな虫がいた。食われたところを掻くと破れて血が出る。そうするとその汁気のたまった傷の部分にばかりたかって刺す陰惨羽虫があった。兵隊たちの顔や手や、露出した部分は、黒くよごれ、紫色になり、凸凹だらけになり、奇妙な斑点ができ、原形をとどめている者は少なかった。しかも、食糧の欠乏のために、痩せ、マラリアのために皮膚は黄味を帯びて、しなびた大根のように生気に乏しかった。顔だけが青黒く陽にこげて、首だけとってつけたように見える。アミーバ赤痢（この山中には意外に清流が多かったが、その水は悪質で、赤痢菌を含んでいた）にかかっている者もあり、脚気もおり、負傷して繃帯をまいたり、絆創膏をはったり、アカチンをつけたりしている兵隊もあった。

　こういう兵隊たちが、裸になって、ぎらぎらと照りつけて来る太陽の下を、円陣をつくって、ぐるぐると駈けまわるのである。走る気力のないものは、足をふんばって立ち、両手を身体といっしょに強く動かして、体操をした。激動することが必要なのだ。彼らの多くは靴をはいていなかった。チン丘陵の山岳地帯を突破するときに、靴はすっかり破れてしまってはきすてるとかわりがなかった。裏のはんばりがはげれば板片をあてて、紐や葛で巻いたり、片方が役に立たなくなれば一方だけ地下足袋をはいたりした。その地下足袋も酷使のため用をなさなくなった。跣足《はだし》ではあぶないので、兵隊たちは新案特許のはきものを工夫した。兵隊は工夫の天才といわれる。竜舌蘭《りゅうぜつらん》、林投《りんとう》、芭蕉、芋というような植物の葉をぐるぐる巻きにして当座の間にあわせた。器用で根気のよい兵隊は、それらの葉から繊維を引きだして、草鞋《わらじ》を編んだ。不器用で、不精な兵隊はいつも跣足で怪我ばかりしていた。いま、このジャングルのなかで奇妙な運動をしている十二人の兵隊たちの足を見れば、原形は失っているがともかく靴といえるもの四、草鞋《わらじ》五、跣足《はだし》三、という具合である。

「爆音」

対空監視哨がどなると、兵隊たちはあわてて藪のなかに逃げこむ。どなるというけれども、腹に力がないので、叫ぶときにはあらかじめ両手で臍の上をしっかりとおさえなくてはならない。声が腹にひびいて痛いからだ。それから、あおむいて鮒《ふな》のように口をあけるが、かすれたように声にはならなかった。監視哨の吉崎一等兵は、人なみ以上に図体が大きいので、自分でもおかしくなったように、困ったような、てれた苦笑を浮かべた。爆撃機の編隊が上空を通過する。

飛びまわる兵隊も、空腹と病気のため、とても過激な行動には耐えられなかった。わずか数分なのに、もう息切れがした。

「ようし、止めえ」

糸島伍長が号令をかける。みんな、おのおのの位置にとまる。二人ほど、尻餅をついた。

「しゃぶりかた、始め」

操典にない号令が発せられる。兵隊たちは自分の腕を舐《な》めはじめる。肩からずるりと手の甲まで舐めてゆき、また肩まで舐めかえす。二の腕や、手の甲を乳をのむようにして、ちゅっちゅっと吸う者もあった。左右の手をかわるがわる舐めた。うまい、うまい、という者もあったり、畜生、とか、はあはあと肩で息をついたり、むせている兵隊もあった。舌のとどかない部分は胸や腹や背を平手でなでて、そのべとつく掌を吸うのである。

糸島伍長はとうきびを食べるような具合に、腕を裏表にくるくるまわしながら、しゃぶっていた。兵隊たちは顔見あわせて、げらげらと笑いあった。笑ってはしゃぶった。この正気とは思われない行動も、みんなの心のなかによく通じあっていて、その弱々しくはあるが、一種けたたましい笑い声には、自嘲のひびきなどはなかった。戦場でともに暮らしたものだけにわかる寛大にして飄逸な感情が流れていた。

異様な味わいであった。汗をだして塩気をとるための試みであったが、それは塩の味ともちがっていた。汗が淋漓《りんり》とほとばしるほどでもなく、不健康な青黒い皮膚がややじっくりと濡れている。

団栗といわれるちんちくりんの田丸兵長は、腕も短かった。すこし走ったのにもう息ぎれして鞴《ふいご》のように大きく肩をゆすりながら、舌を腕につけた。短い腕をゆっくりと肩から指さきまで舐めた。虫に食われたり、ジャングルの棘で刺されたり、傷痕凹凸が舌のさきに山脈となって感じられた。傷口のかさぶたが舌のさきに触れた。もともと食糧に塩分のないためか、汗も水っぽかった。そのころ、食糧は六分の一定量がやっとになっていた。彼は百姓であったから、兵隊にとられぬ前から汗をたらして働く経験はだれよりも多かったが、その汗をこんな風に命がけで舐めるときがあろうとは、夢にも思わなかった。伐木をしたり、野良で鍬をふるったり、稲こきをしたりするときに、汗が流れて来て、眼にしみ、また口のなかに入って来ることもあって、汗の塩からさは知っていたが、いまここで吸う汗の味とはまったくちがっていた。働いていた時分には、短軀ながら筋骨も堅かったのに、いま自分の身体をしゃぶってみると、ぶよぶよと豆腐のように柔らかくたよりがない。また色も形もきたなく、虫のついた出来そこないの茄子《なす》に似ている。しかし、それはまごうかたもない自分の腕であった。自分であった。すると、自分が生きている、生きていたという感慨と、その自分の命に対するかぎりないいとしみの念とが、熱湯のようにどっと舌を伝わって、胸の底へひびいてきた。

もう四十日にもなる執念深いマラリアの熱はいくらか下がり気味になっていたのに、またぶりかえしたように、身体中が焼けて来た。かるい眩暈《めまい》をおぼえて、ふらふらとした。不意に走馬燈のように、屋根の傾いた家、中風で寝ている母、抵当にとられそうになっている田畑、牛小屋、四人の子供、妻、水車の臼、蚕棚《かいこだな》、煙草畑、鎮守の鳥居、弟、——あらゆる故郷のことが頭のなかを去来しはじめた。いっしょくたのようでもあり、ひとつひとつ別のようでもあった。二人兄弟で、四つ年下の弟は自分よりも先に出征していた。どこか、ニューギニア方面にいるらしかったが、消息はまったく不明であった。その戦地にいるはずの弟が、故郷の庭で麦をひろげた筵《むしろ》のかたわらに蓑《みの》を着て立っている姿がぱっと浮かんだ。望郷は遠い異国の戦場にある兵隊にとっては実物のように切ない感情のひとつである。しかし、このごろではわざわざ考えだそうとしても、麻痺してしまった頭では、なにか思いだしてもすぐに朦朧《もうろう》と消えてしまうのが常となっていた。こんなときこんな具合に浮かぶとは思いがけなかった。しかもそのどれもがあざやかな色とにおいとを帯びていて、苦しいばかりだった。田丸はそれらの重量を支えかねたようにたおれそうによろけて危うく屁っぴり腰でふん張った。

ふと、五米ほど離れたところで、一人の兵隊が夢中に手の甲を吸っているのが、眼に入った。一番仲のよい小宮山上等兵であった。細面で、日ごろから色の白いのが、アミーバ赤痢にやられて以来、いっそうたよりなげな様子になっていたが、いま手の甲を吸っている小宮山の細い眼は眼鏡越しに、この日ごろ見かけたこともない生気をあらわしていた。いきいきとかがやき、唇をつけているところからぐいぐいと引きだされる精気が、しだいに身体に注入されてゆくようにみえた。あらわになった肋骨の上を、荒々しい呼吸のたびに、黄色い皮膚が上下する。破れた靴のさきから、足の指がのぞいていたが、力をいれるたびにもごもご動いている。

それを見ると、田丸は不思議な衝動にかられ、おさえがたい狂暴な感情に前後を忘れた。激すると我を忘れる癖の田丸は、いきなり小宮山に飛びついた。ぶっつかられて小宮山はよろけた。おどろいてなにかいおうとするのにかまわず、画肩をぐっとつかんで、衝立《ついたて》をまわすようにくるりと背をむけさせた。肩をにぎりかえ、小宮山の汗ばんだ背をべろべろと舐めた。むっと鼻の奥にしみる甘酸っぱい臭気とともに、塩からいものが舌に刺さった。唇をつけて背を吸った。生白い背に灸《きゅう》のあとが六つならんでいた。いよいよ激情を制しきれなくなった田丸は、うしろから羽がいじめに小宮山に抱きつき、猪首をぐるぐるまわして、ところきらわず戦友の背を舐めた。くっ、くっ、とこみあげて来るものがあって、いつか、わあわあと声にだして泣いていた。その声は自分の耳に入らず、泣いていることも、自分では意識していなかった。小宮山の肩がふるえ、背がぴくぴくと痙攣《けいれん》したように動いていた。彼も嗚咽《おえつ》しているのがわかった。田丸は自分の顔を戦友の背にぴたりとおしつけていた。洗濯板のような肋骨の起伏の上を舌が走った。

すると、背につけていた唇に、これまでとはちがった塩からいものの流れこむのをおぼえた。それは自分の涙であったが、彼はそれには気づかず、自分があまり強く吸ったので、そんな液汁が新たに戦友の体内からあふれ出て来たのではないかと錯覚した。彼は無我夢中にそのからいものをすすり、泣き喚《わめ》きながら、友人とそこへ折り重なってたおれた。彼はさらにはげしい眩暈《めまい》を感じて、気を失ったが、なにか喚くような声とともに自分の背なかを生あたたかいものがずるずると駈けめぐるのを、ぼんやりと感じていた。

第二章　昆虫と悪魔

「印度公園」は、瀬振りから、敵陣地の方角にむかって百米ほどの位置にあった。

そこはちょっとした開濶地で、ゆるやかな斜面になっていたが、むろん、公園としての設備がなにもあるわけではない。今野軍曹の言葉を借りれば、ただ「景色《けいしょく》がちょいとよい」というだけの話である。それに名も知れぬ密林の大樹とはまったく変わって、そこには日本の赤松とほとんど変わらない松林があった。松には日本のにおいがある。これまでの戦線で、ほとんど松を見なかった兵隊たちは、松の木の郷愁を感じた。赤い肌の松はひょろ高く、見あげる上方にいって、はじめて枝を張り、梢を伸ばしていた。不思議と、松林はこの高台の一角にかぎられていて、霧がまだ消えやらぬ朝まだきや、谷底から霧が風に吹きあげられてくる暮れがたなどは、まったく一幅の日本画であった。今野中隊が任務を帯びて、ここへ瀬振りをかまえた当座は、兵隊たちはこの松林へ来ることをすこぶる好んでいたが、やがてたちまち遊歩客は閑散となって、もの好きを笑われる田丸兵長ひとりになってしまった。

だれよりもしっかりした草鞋をはいた田丸は、爆撃と雨と任務以外のときは日に四度はこの、「印度公園」をおとずれた。草鞋をつくることは田丸のお手のものであったので、兵隊たちに草鞋の編みかたを講習したし、自分のは特に念入りにこしらえた。大体、軍靴よりも戦争には草鞋の方がよっぽどよいのだと、負け惜しみでなくて、本気になって主張したりした。芭蕉の広い葉をほそく裂いて、その繊維をはじめ二つにないあわせ、それを新たに草鞋に組んだ。足の指を上手につかって、しごいたり、しめたりする手つきだけは、田丸に及ぶものはなかった。指のはまるところや、踵《かかと》のつくところは二重にも三重にもし、ぼろぎれでかがって、緒は落下傘の赤い布を結び、紅緑のだんだらにした。ぷんと青草の香がしみつく草鞋をはいて、田丸は「印度公園」へ行軍した。

ここはあたかも展望台である。台地の突端に立つと、左右に迫った山々や、密林の間を透してインパール平原が一望の下に眺められる。しかも敵陣地の方からはまったく隠蔽されていた。はげしい蟬の声が全山を煮ているように絶えなかった。雨季が近づくにつれて、天候の変化は間断なく、眼下の風景も刻々に変貌していた。この位置から、盆地の脚へ出るまでには、七つの山と、十に近い渓谷とを越えてゆかねばならない。その間には敵の陣地がいくつかあるわけだが、いまはどちらも静まりかえって、ときどき小競合《こぜりあ》いをくりかえしているばかりであった。ただ、砲声は一日中鳴りひびき、爆音と爆撃のとどろきは、朝から夕刻まで絶えることなくつづいた。

松林から望むと、まず眼に入るのは、ロクタク湖である。その水の色の変化にともなって、とりどりの光りかたをした。インパール平原といわれているのは、東西三十キロにわたるパトカイ山脈中の一大盆地であるが、その中央からやや南寄りに、この湖があった。ロクタク湖は湖というよりも、とりとめもない湿地帯のひろがりのように思われる。水際と岸との区別が明瞭でなく、乾季には陸となって、水の部分もいたるところ渡渉でき、雨季には水中に没し去るらしい。大きな水たまりを見るように、広漠たる緑の平地のいたるところに水があふれてゆき、まっ白に光っている。湖の南端にいくつか島があって、模型のように濃緑の壁をあらわして坐り、くっきりとさかさに水に形をうつしている。そこで水が終わり、そこからまっ青な絨毯《じゅうたん》がひろがって、また大小三つの柔らかな瘤《こぶ》のある小山が、ぽっかりと置かれてある。地図を見ると、ロクタク湖は眼前に見る水たまりよりはずっと広く、数倍の大きさに描かれてあって、三つの瘤の丘は水中の島でなければならない。まだ本格的な雨季に入っていないので、水量不足なのであろう。地図ではモイランもニントウコンも水辺の部落であるが、いまはこんもりとした森にかこまれたそれらの部落は、いずれも水際との間にかなりの距離がある。ロクタク湖を隔てて、前方は峨々《がが》たる山脈が重畳《ちょうじょう》し、黒味を帯びた青一色に沈んで、果てもなく南北に横たわっている。それらの山嶺のなかには、すでに数ヵ月にわたって凄絶な攻防戦の展開されているパレルの戦場があるのであった。

やがて、あわただしく変貌する空は、ぎらぎらと底なしに光る紺碧の色が消えて、暗雲がただよいはじめる。冷たい風が松林を騒がしはじめると、ぱらぱらと雨の数滴が落ちて来る。雲と霧と雨とがしきりに交錯し、去来する。煙ると、盆地一帯はあたかも大海原のように見え、点々とある部落はいずれも樹木に包まれて、島のように見える。

左手の山脚にかすかにビシェンプールが望まれる。街はずれに三つの禿頭をならべたような赤茶けた高地がある。この三つ瘤の陣地では、いくたびか死闘がくりかえされた。数度とったりとられたりして、鮮血にいろどられ、屍の山が築かれた。そこから管のように細い道が伸びだして来て結び瘤のように、ポッサンバム、ニントウコン、チニンゲイ、モイラン等の部落がある。ここからははっきりわからないが、ニントウコン部落の北端に近く、ロクタク湖に注ぐ一本の川があって、盆地における両軍の第一線は、その川をはさんで対峙《たいじ》しているはずであった。

砲撃は絶えることなく、時折、島のような部落や、青海原のなかに土砂が吹きあがり、白煙が立った。晴れたり、曇ったりして、一帯が白く霧のために煙って来ると、ロクタク湖だけが浮きだして来るように、光を強め、それもまた煙りはじめると、水面に一筋、銀の帯を投げたように、ややうねって南北へ貫くものがあらわれる。マニプール川はこの湖に源を発しているので、すでに湖中に水脈をつくっているのかも知れない。マニプール川は印緬国境を縦断し、チンドウィン川にそそいで、さらにビルマを貫流するイラワジの大河に入る。

天候は一定せず、ある場所は照り、ある部落の上はそこだけ雲がかたまって、紗《しゃ》の幕をたらしたように、雨が降っている。天がいくつもあるという感じで、そういう雨の幕が二つになり、三つになり、また一つになる。ビシェンプールと、モイランのま上に二本、雨の幕がたれているかと思うと、やがてそれは風にしたがって、前後左右に移動する。その数本の雨の幕の間から、前方の山脈がかんかんと強い陽を受けて、青い壁をくっきりとあらわしているのが見え、その中間に足の長い虹が一つ立つ。雨の幕はいつかせりだして来るように山脚を登って来て、「印度公園」をひとしきりすさまじい飛沫でたたいておいてから、背後の山岳へ走ってゆく。

インパールは左方の山に遮《さえぎ》られて望むことができない。ビシェンプールからインパールまで二十七キロ余、その間にブリバザーがあるはずだが、それもここからは見えない。ビシェンプールの三つ瘤陣地の中間付近に砲兵陣地があるらしい。多くの砲門が一斉に火蓋を切るため、発射音と弾着音とがかさなりあい、なかには高射砲の水平射撃の音もまじって、山間に谺《こだま》する音が風の音のようである。部落のなかからまっ赤な火の手のあがるところがある。このような騒ぎは一日中絶えないのであるが、味方の陣営は静まりかえっていて、音がするといえば、ただ木臼や鉄兜のなかで籾を搗《つ》いている、ぽっと、ぽっと、というわびしい音がきこえるだけであった。

飛行機は水中の魚のように、この平原を自由に飛びまわって、銃撃、爆撃をくりかえす。十機編隊でやって来る爆撃機は、悠々とモイラン上空を旋回して、まず先頭機が急降下する。ほとんど部落につっこむかと思われるくらい低空してから、ぐっと機首をたてなおして、飛び去る。そのあとにぱっと赤黒い火が炸裂《さくれつ》し、しばらくしてから、地の底からおこるような、重々しい、鈍い爆音がひびいてくる。つぎの一機も同じように低空して爆撃する。十機とも正確に同行動をくりかえし、えんえんと燃えている部落をのこして、飛び去ってしまう。まるで演習であった。一日数百機が上空を飛びまわるが、撃墜されるものは一機もなかった。はるかに、メイミョウ、ラングーン、マンダレイ、等の後方基地を爆撃にゆく編隊が、これは見あげる高度を保って、東南方の山脈を越えて消えていった。

こういう風景を眺めながら、田丸兵長は、なにか放心したような、うつろな表情をしていた。モイラン、ニントウコン、「二六哩《マイル》」(地名のないところは、インパールからの距離標識によって、哩数が地名がわりにされていた。「二六哩」には重砲陣地があった)「二八哩」、ライマナイ、サド、チラチャンドプール、などには友軍部隊や印度国民軍がいて、砲爆撃のたびに損害を受けているにちがいないのであるが、そういうことにはもはや関心は麻痺していた。そうして、この壮大な新戦場を眼下に見おろしながら(とうとう印度までも来てしまった)という、自分ひとりの命をいとおしむとぼけた感慨があるばかりであった。それもひところのように強いものではなく、ふっとかすかに浮かんでは、気まぐれのように、すぐ消えてしまう程度である。

田丸兵長が「印度公園」へ毎日出勤するのは、展望台から、インパール平原を俯瞰《ふかん》するためではなかった。彼は戦場を鳥瞰《ちょうかん》して戦況を大観し、作戦を練る必要もなければ、興味もない。もっと、ほかの楽しみがあったのである。団栗《どんぐり》兵長は例によってお役目のように眼下をひとわたり展望してから、くるりとふりむいて、草鞋の足音を忍ばせながら、彼のほんとうの目的の場所に近づいていった。松の木の密集した北寄りの斜面に来て立ちどまった。鈍くにごった眼に急に活気をあらわして、地面の一部を見つめると、そっとそこへしゃがみこんだ。それから、腰をおろすと両肱を膝頭にのせ、右手を口にあてて無意識に爪を嚙みながら、ぐっと背を曲げ、地面の一点を凝視しはじめた。

五尺そこそこの田丸がそうやってうずくまっていると、なるほど団栗《どんぐり》のとおりである。顔も丸く、鼻も団子鼻で、痩せはしたが、身体のつくりがなにからなにまで丸っこい感じで、どこか愛嬌があった。またその体軀からは鋭さというものはすこしも感じられず、その鈍骨な様子や動作は彼が歴戦の勇士であるにかかわらず、いまだに兵長でいることとぴったりと一致していた。中隊長代理の今野軍曹とは同年兵で、どちらも三十一歳、中国の戦場以来ずっと一緒であった。小宮山上等兵は彼よりは二つ年下ではあるが、戦歴はたった一年で、すでに彼に追いつこうとしていた。人なみに虚栄心もある田丸はこのことが残念でたまらず、なんとかして昇級しようと苦心もしてみたのであるが、生来の鈍重さはいかんともすることができず、あせればあせるほど、失敗の種となった。黙々と野良で土としたしみながら働いてきた田丸は、お世辞をいったり、人の機嫌をとったりすることも下手で、要領のよい後輩たちにたちまち追いぬかれた。軍隊ほど要領の必要なところはない。日ごろは鈍重な癖に、なにか昂奮すると、かっと激情に駆《か》られて、上官にでも食ってかかるようなこともあって、もはや彼が万年兵長たることは自他ともに許しているところであった。またすこし吃《ども》りで、話し下手なので、仲間たちの談話に加わることもあまり気がすすまず、戦友たちが賑やかにしているときでも、すこし離れたところで、ひとりで銃の手入れをしたり、洗濯をしたり、草鞋を編んだり、虱をとったり、ハリハルに手つだわせて、ジャングル野菜をきざんだり、とうきびの芯《しん》を乾かしてつぶしたり、鉄兜のなかで籾を搗いたりしていることが多かった。別にのけものにされているわけでもなかったのだが、そうしている方が自分で気が楽だったのだ。こういう彼にとって、たった一人で「印度公園」で時間を過ごす楽しみのできたことは、なによりもありがたいのであった。

田丸兵長の凝視している場所は、ちょっと見ると普通の地面で、なんの変哲もあるようには見えない。赤土の台地には、まばらに雑草が生えていたが、田丸が瞳を投げているところにも、一尺ほどに伸びた一本のうす緑色の草があって、その根からまた小さい葉が二本出ていた。笹に似ているが、笹ともちがい、なにかわからなかった。わずかの風にもそよぐくらい弱々しい草である。台地には同じような雑草がいたるところに生えていて、特別に注意を惹くなにものもなかった。その草の根もとに田丸の瞳は吸いつけられている。

根のところに細い穴があいていて、そのまわりを、四、五匹の蟻が這っている。時折、その穴に入ったり、出たりする。せかせかと忙しそうである。穴の周囲は粟粒のような土でやや高く盛りあげられていて、そのうちの二匹は穴から運びだして来た土粒を、その土堤の上に積みあげる作業をくりかえしている。田丸兵長はその小さな穴と蟻の動作とを一心に見ているのであった。ときに微笑を浮かべたり、おやという顔をしたり、口を尖らして鹿爪《しかつめ》らしく考えこんだり、また、ときに、満足そうにふんふんとひとりでうなずいたりする。飛んで来る蚊や砂蠅を無意識のように手ではらう。ぱちんと手や腕の蚊をたたいたり、ぽりぽり掻いたりする。天気であれば、午前二度、午後二度、距離延べ八百米、馬鹿の骨頂と笑われながら、田丸兵長がむだな行軍をつづけていたのは、まったくこの蟻のためなのであった。兵隊たちが陰気な瀬振りで退屈しているとき、田丸はこの「印度公園」でひそやかな楽しみにひたっていたのである。蟻の穴を発見した当初は、さして気にもとめていなかったのに、いまでは、憑《つ》かれたようにこの高台で時間を過ごすようになったについては、とりたてて特別な理由もなかった。なによりも退屈であったし、見ていると面白かっただけのことである。むろん故郷にいたときには、蟻などに見むきもしたことはなかった。しかし、ときどきは、ふっと、この人間たちが日夜死闘をくりかえしている凄惨な戦場のまっただなかで、無心に、営々として働いている昆虫の姿が、なにか説明のしようもないある感情をともなって、胸にしみてくるように思われることがあった。雨のために育つのか、穴の入口にあった草は、はじめは五寸ほどであったのが、見る間に一尺近く伸びた。毎日、蟻の穴を見物しているうちに、田丸は、さまざまの生態と変化とを示す昆虫の世界にしだいに惹きこまれていって、しまいには、みずからの感情や、思考や、行動までも、蟻のために支配されるようになった。

蟻は入口の草がいくらかの迷惑の様子に見受けられた。草は上に伸びるとともに、その根もはびこらしたので、入口はそのために閂《かんぬき》をかけられたようになった。出入りにも不便であるとともに、獲物を引きこむときにはさらに難渋を来たしていた。田丸が一番はじめにこの穴を見つけたときには、一匹のこおろぎがこの穴のなかへ引きこまれようとしていた。二分たらずの茶褐色の小蟻が数百匹、こおろぎの頭、肢、翅、胴にまっ黒にたかってぐんぐん中へ引きずりこんでいった。閂のようになった草の根にはじめは閉口している風であったが、それをこおろぎの身体で穴の縁へおしつけ、ほとんど穴一杯の獲物をいつか尻の方からかつぎこんでしまった。ほほうと田丸は思わず感歎の吐息をもらした。

かゆい鼻の穴をほじくりながら、ちょっと思案したのち、彼は斜面の草原に降りて、こおろぎを探した。足音をきいて、黒豆のはじけるように、何匹もこおろぎが飛んだ。一匹をつかまえると、地面にたたきつけ、その屍骸を持って穴のところへかえった。前のをすっかり引きこんでしまって、穴のまわりは閑散であった。田丸は穴の横にこおろぎを置いて、じっと様子をうかがった。やがて、穴から出て来た一匹がこおろぎのところまで来て、肢にちょっと触ったかと思うと、いきなりくるりとふりむいて、一散に穴のなかへ駈けこんだ。十秒と経たぬうちに、穴のなかからぞろぞろと数百の小蟻が出て来て、こおろぎに群がった。数千であったかも知れない。頭、翅、肢、胴をそれぞれにくわえ、胴の上に上がりこむのもあった。やがて、まっ黒にたかった小蟻によって、こおろぎは穴の方へ動かされ始めた。御輿《みこし》をかついでいるのに異ならなかった。穴の方へ一直線にではなく、すこし横にいったり、斜めにいったり、ときにはあとへ戻ったりもした。それも御輿の揺曳《ようえい》に似ていた。すると、穴のなかから見馴れぬ異様な蟻があらわれた。大きさは三倍くらいで、頭が馬鹿に大きく、馬蹄形になっていて、長い触角と大きな口をしていた。頭部と身体との均衡がとれず、この不格好な頭百間《あたまひゃっけん》はすこぶる動作が緩慢で、神経も鈍いように思われた。小蟻たちの間を歩きながら頭を振っている様子は、なんだ、なんだ、どうしたとでもいっているようであった。小蟻の親分にちがいないと田丸は思った。蟻の世界にはなにか人間と同じような制度や秩序があるということを、昔、小学校の本で読んだことのあるような気がしていたので、この頭百間が親分か王様にちがいないと思ったのである。ところが、また同じ奴が穴から出て来たので、田丸の考えがぐらついた。親分や王様が二人もいるはずはないと思っていると、もう一匹出て来た。きっとこれは見かじめ役で、穴の奥にもっとほかにえらい奴がいるのだろう。そうして、この頭百間は、つまり、軍隊でいったら、中隊長とかいうところなのだろうと、田丸はひとりぎめにした。この隊長どもははなはだ臆病で、ちょっと木片でつついてみると、あわてふためいて、頭の重さでよたよたしながら、一散に穴のなかに逃げかえった。そういうことにはおかまいなしに、小蟻たちは自分たちの数倍も大きいこおろぎを、えっさ、えっさとかけ声でもかけるようにして、遂に穴のなかへ引きこんでしまった。まったく音も声もきこえないのに、そのいそがしげな働きぶりは賑やかで、騒然としていた。そのわき目もふらぬひたむきな作業に田丸は感歎した。彼はまた一匹こおろぎをとって、今度は穴からすこし離れたところへ置いてみた。息を殺して見ていると、その辺を歩いていた一匹が遂にこれを発見した。胴にちょっと触っただけで、一散に速度を早めて穴に駈けこんだ。前と同じことがおこった。数秒ののちに、ふたたびぞろぞろ這いだして来た数百の蟻は、獲物にむかって進み、これに群がると運びはじめた。蟻に言葉があることを田丸は疑うことができなかった。言葉がなければなにかの合図があるのだろう。獲物を発見した蟻の報告によって出動してくる状態は、その後もまったく変わることがなかった。また、なにか、命令とか、号令とかいうようなものもあるにちがいないと田丸は考えた。大勢な蟻がいるが、このなかにはやっぱり自分のように、気のきかない、いつもへまばかりやって、友だちや隊長から笑われているような奴もいるだろうかなどと、たわいもないことを考えていると、椿《ちん》事《じ》がおこった。たたきつけかたが弱かったのか、死んでいるとばかり思ったこおろぎが息を吹きかえしたのである。御輿のようにかつがれてゆきながらいきなり肢をぴんと跳《は》ねた。まっ黒に肢にとりついていた蟻はそこらへ跳ね飛ばされた。肢さきをくわえていたのはほとんど一尺も飛ばされた。たちまち騒々しく、蟻たちは右往左往しはじめたが、その混乱もほんのしばらくであった。やがて跳ね飛ばされた連中もふたたびこおろぎのところへかえって来て、身体にとりついた。二度、三度、こおろぎは跳ねたが、蟻たちは少しも屈する風がなかった。しだいにこおろぎは穴の近くへ運ばれて来た。仕事は少しもしない頭百間たちが、ぐるぐる獲物の周囲を回っていた。こおろぎのところへきて、必死のこおろぎから食いつかれ、たおれたまま動かなくなる蟻も何匹かあった。（戦死しやがったな）と田丸は考えた。やがて精根尽きたこおろぎは動かなくなり、穴のなかへ引きこまれた。何匹かこおろぎをあてがったが、そのたびに同じことが秩序正しく行なわれた。そのうちに、つまらぬ蟻どもへしきりに食糧をあてがっている自分が馬鹿々々しくなってきて、止めた。自分たちはまったく食糧に欠乏しているのに、なんのために、たんまりと蟻へ食糧を補給してやるのか。また、蟻も蟻で、自分へ感謝するどころか、いくらやってもせっせと運んでゆく。その底知れぬ貪欲さがしまいには妙に憎々しいものに思われて来た。むらむらと反感のわいて来た田丸は、いきなり草鞋で蟻の穴をふみにじって瀬振りへ引きあげた。

次の朝、なにか気がかりになって、起きぬけに、「印度公園」にいってみた。すると、穴はもとどおりになっていて、昨日と同じように、一匹の毛虫がせっせと蟻どもに運ばれていた。毛虫は生きたままなので、ごろんごろんところがり、そのたびに蟻は跳ねられたり、下じきになったりしたが、それでもずるずるとすこしずつ穴の方へ近づいていた。そうして、穴へ引きこんでしまった。田丸はまた面白くなって、こおろぎをとっては蟻へあてがった。一度、バッタを見つけてこれを穴の近くへ置いてみた。蟻の穴はちょうどこおろぎの大きさには適当であったが、こおろぎの二倍の大きさのある、肢の長いバッタをどう処理するか、田丸は興味を持った。例によって、発見者の注進によって、大勢が駈けつけるところまで、同じであった。蟻たちは巨大な獲物をさすがに重そうにして、やっと穴の入口まで運搬して来た。はたして、バッタは頭から三分の一ほど引きこまれたまま、狭い穴につかえてしまった、胴も大きすぎたが、なによりも長い肢が邪魔になって、いかにしても引きこむことはできなかった。当惑した蟻たちは右往左往していたが、バッタは引っかかったまま出も入りもしなかった。ざまみろと田丸はなにか残忍な快感をおぼえるとともに、一方では、気の毒なことをしたような気にもなって、なお一心に見つめていた。彼にも中隊に仕事があって、そう「印度公園」でばかり暮らしていることもできず、気がかりのまま中隊へかえった。立ちあがると、それまできこえなかったけたたましい蟬の声がじんじんと鼓膜にひびいた。

午後いってみても、まだ同じ状態だった。バッタは半分近く引きこまれていたが、それは無理をしてかえって作業をいっそう困難にしたようなものであった。穴に栓をしたことになって、蟻は出入りに難渋することになった。ところが、その翌朝、バッタは見事に処理されていた。胴なかから食いちぎられて、細い頭の部分だけが引きこまれ、胴は中身だけが運ばれて、きれいにもぬけになった残骸が穴のかたわらにすてられてあった。肢が一本もなくなっているのは、肢もつけ根から食い切られて、一本ずつ運ばれたものであろう。軽くなったバッタの欠片は風のために吹き飛ばされた。感歎をするとともに、田丸はこの物欲の権化《ごんげ》のような昆虫に、不気味さを感じた。同時に、不愉快さをおぼえた。それは憎悪に近かった。――もしも自分が屍体となって(きっと近いうちに、そうなろう)、この穴のかたわらに横たわったら、こいつらはどうするだろう。粉々に食いちぎって、すこしずつ、根気よく、穴のなかに運ぶだろうか。そうすれば、このちっぽけな穴にいかにちんちくりんの自分でもそのまま入ることはできぬが、結果においては、この小さな穴から引きこまれることになる。

「畜生め」

田丸はにわかに戦慄をおぼえた。ぶるぶる寒気がした。小さな赤蟻どもが悪魔のように見えて来て穴をめがけて小便の大洪水を浴びせたうえに、さらに草鞋《わらじ》で蹂躙した。ほっとしたが、あきれたことに、その翌日いってみると、またなにごともなかったように、こおろぎ引き入れ作業がはじまっていた。

第三章　標　的

そのうちに、蟻の穴がひとつではなく、蟻の種類もいろいろあることがわかった。赤蟻の巣を見ているときに、この小蟻の優に八倍はあろうと思われる浅縹《はなだ》色の蟻がときどきかたわらを過ぎることがあった。この青蟻は赤蟻がせわしくちょこちょこ歩くのに反して、抑揚でもつけるように一歩々々踏みしめて歩いていた。気どっているようにも見えた。実に堂々としているが、この大蟻がすこぶる臆病で怯懦《きょうだ》なことがすぐわかった。青蟻は赤蟻にははなはだ気がねしている様子で、赤蟻の穴には近づこうとしなかった。赤蟻の方は青蟻に出あうと、いきなり飛びつく。八分の一しかない小蟻から襲撃されると、青蟻は驚愕して、大あわてで赤蟻をふりほどき、いままでの気どりもどこへやら方角もさだめず一散に走りだす。その狼狽のはげしさは恐怖のふかさを示していた。この青蟻は定見を持たぬとしか思われない。また、協同精神というようなものは少しもない。いつも一匹で、虫の屍体などを運んでいるが、暗愚の証拠には、ときどき落ち松葉をふりまわしたり、草の葉を引きずったりしている。地面に粒のように小さい穴があって、そこから出入りしているが、大勢で生活している様子はなく、たったひとりか、夫婦暮らしくらいか、いずれにしろ小家族であることはまちがいない。穴を出るときもすっとはけっして出ない。まず、おずおずと頭だけをだしてあたりを見まわし、きき耳を立てるようにして、ようやく這いだす。なかなかおしゃれで、ときどき、後の四本肢で立って、身体をぐっと持ちあげ、前の二本肢でしきりに触角をみがく。赤蟻と遭遇すると喧嘩がはじまるが、たいてい負けて嚙みたおされ、大勢の小蟻に引っかつがれ、穴へ運ばれてゆく。そうなると最後の勇気をふるって、小蟻を二、三匹嚙み殺すが、結局は穴へかつぎこまれる。その弱いことはあきれるほどだが、田丸兵長はこの青蟻が不思議な行動をしていることに、ある朝、気づいた。

穴を出た青蟻が一匹ずつ、ばらばらにであるが、まったく同じ方向にむかって進んでいた。申しあわせたように、一匹のこらず、例の気どった歩きぶりで、同方向を目ざしている。朝の太陽が松林にあかあかと射している。もう砲撃がはじまっていたが、まだ発見されていないこの瀬振りは、まず安全地帯であった。田丸はこの青蟻たちがいつにない共通の動作をしているのを見て、どこになにをしにゆくのだろうと好奇心を感じて見ているうちに、青蟻がまっすぐに東の方角に、つまり太陽にむかって進んでいることに気がついた。べつだん、どこになにしにゆくというわけでもなく、ただ太陽にむかって進んでいるらしかった。途中に、松葉や、草や、土堤があっても、乗り越え、乗り越え、まっすぐに進み、赤松の木にぶっつかると、どんどんその幹に登っていく、幹を伝って、みるみる高い梢に登る。毎朝このことに気づくと同時に、夕刻になると、今度は逆に、東から西へ、つまりはやはり太陽にむかって進んでいることがわかった。しかも、それは太陽が出ている日とはかぎらず、雨雲や、霧のために、全然太陽を望むことのできないときも同じであった。なにか、この青蟻と太陽とが関係のあることはわかるが、それがなんであるかは、もとより理解しがたい。無学で、頭脳不明瞭の田丸にわかるはずもなかった。この太陽蟻のなかにも、特別頭の巨大なのがいて、やはり頭目か、見かじめ役のように思われた。

眼にもとまらぬほど小さい黒光りする蟻、いつも汽車のように連結した行動している茶色蟻、尻のぴんと跳ねあがった小粋な黒蟻、どんな大きな獲物にでも無鉄砲な攻撃を加える勇敢な漆黒な蟻、すぐに松葉や草かげにかくれて死んだふりをする臆病で狡猾《こうかつ》な蟻、気をつけていると、さまざまの蟻の種族がそれぞれの行動をしていて、「印度公園」での田丸兵長の時間は、けっして退屈するということがなかった。

ある日、

「タマルさん、あなた、なにしておりますか」

爪を噛みながら、団子鼻を蟻の巣の入口の草のさきにくっつけるくらい、しゃがみこんでいた田丸は、うしろから呼びかけられて振りかえった。

黒い顔におどおどした笑みを浮かべて、ババ一等兵が立っている。両手に飯盒《はんごう》を四つずつぶら下げているのは、崖下の谷川へこれから米を洗いにゆくところであろう。もともとハリハルの仕事なのに、このごろではハリハルは人のよいババを顎のさきでこき使うようになっていた。飯盒を八つも持っているといえば景気がよさそうだが、実は鉄兜のなかで搗いたごく小量の籾が入っているにすぎないのである。日中は煙を立てることができないため、炊爨《すいさん》は二十一時半からときめられていた。そのころでないと日が暮れないためであるが、それでも飛行機からまったく安全というわけにはいかなかった。敵機は夜間でもしきりに飛ぶので、せっかく燃えている火をあわてて消すことがしばしばだった。雨季が近づくにつれて、薪も湿っていることが多く、点火するのに毎々骨を折るので、夜間の炊爨も楽な仕事ではなかった。そうして、曲りなりにも温かいものの食べられるのは夜だけで、日中は、冷たい、どうかするともう暑熱のために臭気のする粥《かゆ》をすすらねばならぬのである。粥というよりも重湯といった方がよい。塩は早くからなくなっていたし、わずかにある粉味噌が唯一の調味料であり、副食物でもあった。

ババ一等兵は軽い飯盒をがらがらいわせて地面に置き、疲れたように田丸のかたわらに腰をおろした。米洗いは別に急ぐことはないのである。

「なにを見ておりますか」

ババはもう一度いって、田丸の顔を覗きこんだ。

「蟻だよ」

「アリ？」

ババは頓狂な声をだして、田丸の眼の行方を追った。なにも発見することができないので、きょろきょろした。

「アリ、それ、なんですか」

蟻という日本語を知らないとみえる。田丸はちょっと面倒くさかったが、せっかくの質問をはずすような器用なことはできないので、

「ほら、この小さい虫だよ」

と蟻の巣を指さして見せた。

やっとわかったらしいが、ババはなあんだというような顔をして、興味もなさそうにすぐ眼を前方の平原に移した。松林越しに、ロクタク湖が縮緬《ちりめん》のような小皺《こじわ》をたたえて見えるのは、盆地が風にさらされているからであろう。この瀬振りは北と西側に高くつらなった峰々のかげになっていて、北風、西風のときには静かであった。モイラン部落に近い水辺に、見馴れない帆前船が四隻、将棋の駒をならべたように浮いている。

「よく、射ちます」

ババはとどろいている砲撃をききながら、ぽつんといった。印度国民軍の兵隊は、色は黒いながら、ほとんど例外なく、端正な顔立ちをしている。ハリハルも希臘《ギリシア》の彫刻にでも見るような立派な顔をしていて、顎髭も威厳を持ち、眼は鋭く、秀でた鼻筋は小面《こづら》憎いほど美しかった。残念ながら、今野中隊で男ぶりでハリハルにおよぶ者はない。ところが、ババの方はその点では、兵隊たちの焼餅からまぬがれ得ていた。背は高かったが下ぶくれのおでこ面で、顴骨《かんこつ》が張りだし、下卑たところがあった。眉と眼とがせまっていてせせこましく、そういう顔のなかでひとり端麗な鼻ばかりが、かえって不調和で居心地がわるそうに坐っていた。汗と泥とでよご

れた国民軍の制服の左腕には、ＩＮＡ（ＩＮＤＩＡ　ＮＡＴＩＯＮＡＬ　ＡＲＭＹ）の三字の赤の縫いとりが、ちぎれそうになりながら、まだ読まれた。半ズボンの下からまっ黒い毛脛《けずね》が出ているが、両足ともなにもはいていない。細い脛はむくんだような膨れかたをしている。

「なにか、いったかな」

田丸はババの言葉がきこえなかったので、ききかえした。

「よく、射ちます」

「うん、大砲のことかい。ほんとに、よく射ちやがるな。た、弾丸《たま》を腐るほど持っとるのだろうさ」

包囲した方に弾丸が切れて、包囲されている方に弾丸がいつまでもあるということは、これまでの戦場の常識では、田丸には理解することができなかった。中国の戦線とはまるで反対のことばかりがおこる南方の戦場で、田丸は戸まどいするほかはなかったが、このごろでは、物量という言葉が重々しい秘密のように、心の上におおいかぶさっていた。しかし、田丸の無知はその真実の意味に想到する前に、不安と軽侮と、放棄と傲岸《ごうがん》との不思議な混淆《こんこう》の場所に停頓して、漠然たる勝利への希望のみにつながれていた。

脚気になった脚を指でおさえて、ぽこんといくつも穴をこしらえたりしていたババ一等兵が、急に、なにか思いだしたように、もの憂げな顔をあげた。

「タマルさん、あなた、奥さんございますか」

びっくりして、田丸はババの顔を見た。

自分が吃る（どぉ）ので面倒なつきあいのいやな田丸は、戦友たちの談笑からも逃げていたように、言葉の通じにくい印度兵と話しをする興味も持っていなかった。いろいろとしちくどく訊ねて、いつも面白そうに印度兵と長話をしている小宮山のもの好きにあきれていた。印度国民軍と日本軍とは共同戦線を張って、インパール進撃をするのであるから、印度兵とは兄弟のようにしなくてはいけないなどと訓辞はきいて知っているが、どうも馴々しくする気がおこらなかった。したがって、炊事の実務上のことで口をきくほか、ハリハルとも、ババとも、これまであまり話をしたことがなかった。ハリハルは日本語は通せず、気どった態度が嫌いであったから、露骨に不機嫌にあつかったこともある。ことに、ハリハルが田丸のことをミスター・ドングリなどというので、ときに殴ってやろうか、と思うことすらあった。兵隊たちが団栗々と呼んでいるので、それが名前のように思っているらしい。ババは自分に似て気のきかぬところがあって、ときどきへまをやるのが大いに気に入っていた。自分より以上にへまをやる者がいることは心丈夫なのだ。そこでババの方を贔屓《ひいき》にしていたわけであったが、それとて雑談をしたり、身の上ばなしをするようなことは、一度もなかった。そのババがどうしたはずみか、奥さんはあるかなどと突然きくので、田丸は面くらってしまったのである。

「ある」

と投げすてるように答えた。

「子供さんございますか」

「ある」

「何人ございますか」

「四人、ある」

「ほう、沢山ですね。わたくし、妻ございます。シンガポールおります。まだ二十歳なりません。しかし、子供一人ございます。男の子、三つでございます。写真持っております」

　ババは胸のポケットをおさえたが、実物は出さなかった。ババがかつてあらわしたことのない、夢みるような、哀しげな、しかし微笑に包まれた眼の色を見て、田丸は眼を見はった。高尚なおどろきをあらわしたにもかかわらず、きょとんとした顔に見えた。人のことなどきいたのは自分のことが話したかったのだろうとやっと気づいた。しかし、田丸はババの身の上ばなしなどにいっこう興味はわいて来ない。そんなこと、いまごろ、ここでいったところでなにになるという反発のみがおこって、感傷的になっているうすぎたない印度兵を見ていた。

「あなた、お国はどちらでございますか」

「日本じゃ」

「日本わかっております。わたくしも、日本に、一度ゆきましたことございます」

「石川県」

「イシカワケン？　ああ、イシカワケン、知っております。そこのカナザワシ、ゆきました。……あなた、お母さんございますか」

「あ、ある」

「お父さんございますか」

「ない」

「どうしました」

「死んだ」

「死にましたか。いつで、ございますか」

「もう、き、きくな」

馬鹿、という言葉を危うく引っこめた。いま思いだしたくないことを、ぶしつけな訊問《じんもん》でつぎつぎに無理矢理考えださせるババに、むかむかと腹が立ってきた。

はげしい怒り声に、ババはどぎまぎして、恐る恐る田丸の顔を見た。なぜ怒られたのかわからないのである。哀願するような弱々しいババの表情を見て、人のよい田丸はたちまち心が折れた。なに別に怒ってやしないよというように、ぎこちないつくり笑いをして見せた。

しばらく沈黙がつづいた。

田丸は足もとの蟻の巣に眼を落とした。営々たる蟻の活動は、かたわらの人間たちの存在や、動作や、感情などの一切を黙殺して、相変わらずつづけられている。一匹の芋虫が御輿のようにかつがれて、穴の方へ引かれてゆく。頭百間が数匹、運搬の督励をする。この蟻どもはいつの時代からこうしているのか。そうして、いつまでこの退屈な仕事をつづけるつもりなのか。ただ虫の本能だけでやっているのか、なにか考えがあってやっているのか、などと、例によって、田丸は益もない考えに耽《ふけ》るのであった。

ぼんやり平原の方を見ていたババが、

「いま、さっき、敵の捕虜が来ました」

「う？　なにか、いったかな」

蟻に気をとられて田丸は、顔をあげた。

「いま、さっき、敵の捕虜が来ました」

「ふうん、どこでつかまったのかい」

「トキエダさんの、分哨でございます」

「へえ、時枝がつかまえたのか」

田丸は思わず頓狂な声を出した。羨望の念をおさえることができず、またしても、手柄はいつも戦友に先んじられている自分の不甲斐なさが情けなくなった。


一週間前、タイレンポクビ付近の分哨に出て、時枝上等兵と交替したのであった。田丸が分哨長でいた時に、敵の斥候が歩哨線を突破して入りこんできた。そのときは気づかず、出てゆくときに発見して発砲し、一人をたおした。五、六人いたらしかったが、あとは逃がした。たおれた敵兵は若い印度兵であったが、すでに絶命していて情報を得る術もなく、書類とて参考になるほどもなく、名前と年齢と所属部隊がわかった程度であった。

歩哨線内に、敵の斥候の訪問を許したということで、今野軍曹から笑われた。この中隊長代理は田丸の気質をよく呑みこんでいるので、別に怒ることもせず、まさかの場合は責任は自分が負うと決意している様子だった。むろん、報告はしなかった。同年兵である今野軍曹のこういう厚意をうれしく感じはするが、逆に歯がゆさはかぎりがない。そのとき、田丸はなにか不満と憤りに似た感情をおぼえ、反発する気持をおさえることができなかった。追い立てられるように妙に昂奮して来ると、吃りながら、「お、俺を処罰してくれ」とどなった。今野は笑ってとりあわなかった。田丸は激情のほとばしるまま、「俺を軍法会議にまわせ、銃殺にせえ」などととりとめもないことを喚いた。笑っていた今野は田丸のあまりのくどさに、にわかに険《けわ》しい顔になると、ぎゅっと下唇を嚙んで田丸を睨みつけ、「甘えるな」、一喝したまま、去ってしまった。田丸は呆然となって立ちすくんだ。中隊長の声はすきっ腹にひびいた。すっかりしおれて、俺がいつ甘えた、なにをいってるか、とぼそぼそと呟いていた。

三ヵ所の分哨任務の交替は四日目ごとに回って来るはずであったが、田丸はそれから割り当てから除外されていた。自分の能力の限界について、このように明確に表示されることが田丸は不満で、かつは口惜しくてならなかったけれども、といって、絶対にへまをやらないという自信もなかったので、抗議をする勇気もおこらなかった。このために、「印度公園」での時間を多く得られることはありがたかったが、戦友たちが自分を一人前でない兵隊のように考えていることを思うと、業腹《ごうはら》だった。彼はいろいろな点で、同隊の者より勝れているという梃子《てこ》でも動かぬうぬぼれを持っていたので、今に見ていろという執念は去らなかった。たとえば、銃剣術、射撃、草鞋つくり、地図の読みかた、天気予報、ジャングル野菜の採集、野戦料理、将棋——そういう技術にかけて、隊で自分に匹敵し得る者が何人あるか。自分がへまをやるのは、運が悪いのだ。時枝は運がよかったのだ。自分が失敗した同じ場所で、そんな手柄を立てたのは、ただ巡りあわせがよかっただけだ。――しいてそう考えてみるのだが、なんとしても羨望の念が消えず、幸運がいつも自分を避けて通るのが歯がゆかった。

それでも、うまいことをやりやがったとはいわず、いらとよごれた爪を嚙みながら、

「そりゃ、よかったな」

それから、腑に落ちぬ顔になって、

「ババ、お前、通訳せなんだのかい」

「はい、しません」

「どうして？」

「印度兵ではございません」

「ふうん」

「イギリス兵の将校、ございます」

「ほう」

田丸は腰を浮かした。これまで英印軍と戦ってきて、まだ英兵を見たことがなかった。一度見ておきたいという心がおこったのだ。立ちあがりかけた田丸を見て、ババは黒い手を振った。

「もう、かえりました」

「か、かえった？」

「はい、司令部、トキエダさん、一緒、ゆきました。トキエダさん連れて来て、イマノ隊長さ

んと話しておりましたら、ちょうど、参謀の人来ました。ときどき来る、あの、可愛い参謀の人でございます。印度兵でございませんから、わたくし、通訳しません。コミヤマさん、英語で話しました。それから、トキエダさん、一緒に、司令部ゆきました。イギリス兵、中尉、肩、足、二つ怪我しておりました」

言葉を探し探し話すババの日本語は、吃っているようで、田丸は自分が吃りなので、きいているのがつらかった。いったんあげた腰を落とした。

「小宮山も一緒にいったのかい」

「いえ、司令部に別の通訳おります。コミヤマさん、ゆきません。わたくし来るとき、まだ、参謀の人、おりました。イマノ隊長さんと話しておりました。あの参謀の人、可愛い。いつも、笑っております。こんなむずかしい戦争のとき、あの人、どうして、あんな……」

いい終わらぬうちに、突然、しゅるしゅるしゅると、絹帯を裂くような音がおこった。思わず首をちぢめるのと、ぐわあんと鼓膜を破る炸裂音がしたのと同時であった。地面のはげしい震動が尻とすき腹にひびいた。ばらぱらと赤松の葉が落ちて来た。木の裂ける音がし、頂上の枝が折れてさらにはげしく松葉が降り落ちてきた。すぐ傍のようであったが、崖下の谷間に落ちた模様である。ババは顔色を変え、八つの飯盒をつかむと、斜面の藪に駈けこんだ。田丸もつづいた。また、一発、瀬振りの方角に落下して、森林が鳴りひびいた。火柱が立った。迫撃砲のようである。

血のめぐりのわるい田丸の頭に、五発目が落ちたとき、はじめて不安と疑惑と悔恨の念とがわいた。はげしく動悸が打って来た。自分の失策が、逆に中隊を標的にする日が来たと、自責の思いにいたたまれぬ心になった。

「すまん、すまん」

田丸は声にだして呟いた。だれにもあたるな、頼む、頼む、といつか手をあわせて拝んでいた。中隊中の兵隊が、侮蔑と怒りとをこめて自分をにらんでいるような気がした。

「だれにもあたるな。あ、あたるなら、お、俺にあたれ。頼む、頼む」

身体をすくめ、まん丸になってしきりに同じ言葉をくりかえした。その格好はいかにも団栗に似ていた。ババのにぎっている飯盒が間断なくがちがちと鳴っている。

十二、三発、散漫に落下したきりで、砲弾は遠ざかっていった。急に降るようにはげしい蟬の声があたり一面におこった。

第四章　心の鬼

竹敷の床に毛布をひろげて、横になっていた小宮山上等兵は、いつか眠気をもよおしていた。蚊帳が吊ってあった。畳三枚くらいの広さの小屋に四人いるのだが、糸島伍長は前夜から分哨に出て留守、左側に、吉崎一等兵と稲田兵長とが平行して寝ころんでいる。

稲田兵長はマラリアで発熱していて、もう四日ほど起きない。高熱のときには、とりとめもない囈言《うわごと》をいって戦友たちをてこずらせるが、熱が下がると、無口で、人からいわれることに簡単に答えるだけであった。顎の長いのが痩せると鎌のように鋭く尖って、青ざめた髭だらけの顔は、出征前は大工の棟梁をして多くの配下を持っていたというような閲歴《えつれき》が、他人ごととしか思われなかった。彼はどこそこの炭鉱主の御殿のような豪壮な邸宅を建てたとか、どこそこの市の公会堂をつくったとか、なんとかいう日露戦争で有名な将軍の別荘を普請したとかいうようなことを話すのが自慢で、戦友がうるさがるのもかまわず、その玄関の様から、間取り、廊下、庭、欄間《らんま》、床の間、はては便所の構造にいたるまで、つぶさに説明するのが好きであった。瀬振りをしつらえるときには、さすがに便利で、今野中隊の屯営は稲田の指図で、いつも他隊の小屋よりは豪華で堅牢であった。

一番端に寝ているのは吉崎一等兵である。彼は身長が六尺近くあるため、座敷から足がはみだすので、長い膝を立てている。背が高いのと、耳が敏《さと》いのとで、対空監視哨は専門であった。稲田を中央にしたのは、両方から面倒を見てやる仕組みであったが、みんな半病人であるから、世話もそうはゆきとどかない。枕元のバケツの水に布をひたして、かわるがわる稲田の顔にのせてやった。稲田がひとりでするときもあった。吉崎一等兵は狡《ずる》いので有名な男であったが、自分では、気がよいためにこれまで損ばかりしてきたと口癖のように吹聴していた。紫色の斑点のついた、左二の腕に、繃帯をしている。貫通銃創を受けたあとが化膿しているのである。衛生材料不足のため、一度した繃帯はなかなかとりかえてもらえず、黄色い薬品の色と、血と、汗と、垢とでうすぎたなく汚れている。

上空から安全であるためには、大邸宅をつくるわけにはいかない。樹の繁ったジャングルの狭い敷地に、いくつも手狭な小屋が建てられた。中隊本部が一番ひろかったが、それでも六畳敷に足らず、その狭い部屋に、今野中隊長以下、九人も入っているのである。全員三十七名の中隊では正規の編制はできないので、二小隊、四分隊とした。中隊本部七名（印度兵二名を含む）とすると、一個分隊四名となるが病人があると分隊として用をなさなくなるので、随時、分隊を合して新分隊を編制するなど、臨機の処置がなされた。第一小隊長は糸島伍長、第二小隊長は倉本伍長、多少の差はあるとしても、このような状態は各部隊に共通していて、将校の指揮する中隊は数多くなかった。噂として、右迂回部隊となってコヒマにむかった「烈」兵団では、連隊長以下百数十名、一人もいなくなった中隊がいくつかあるなどとも伝えられた。

小宮山のいる小屋の南側に、隣接するようにして、もう一軒同じ大きさの小屋があり、五人定員となっていた。話し声なども筒抜けにきこえた。そこに田丸がいるはずだが、田丸の声はきこえなかった。例のごとく、「印度公園」に出かけて、また蟻を眺め暮らしているのであろうと、小宮山は考えたが、いたところでめったに口をきかぬのだから、あるいは戦友たちが雑談しているかたわらで、黙って、草鞋《わらじ》をつくるか、ジャングル野菜をむしるか、銃の手入れをしたりしているのかも知れないと思った。

さきほど、司令部へ送った英国兵の捕虜のことが、小宮山上等兵の頭に妙にこびりついて離れなかった。中尉だった。分哨と交戦したとき足を負傷して歩けなくなり、捕えられたのである。十名ほどいた模様だったが、あとの者は逃走した。将校斥候《せっこう》が一種の威力偵察に来たところを見ると、敵側に攻勢の企図があるのではないかとも判断される。これは島田参謀の意見である。戦線に変化がおこるかも知れないという予感が皆の頭をかすめた。しかし、いま小宮山の頭を領しているのはそういう戦況についての思惑ではなかった。戦況の変化とか進展とかいうものについては兵隊がなにを考えてもはじまらないのである。作戦計画を立てるのは兵隊の任務外だ。兵隊はただ命令のまま動いていればよいのであって、服従を軍紀の最大のものとする習慣には、馴れていた。まだ若い将校であったが、いったん捕虜となると悪びれた様子もなく、一種はしゃいだ調子で、思っていることをずけずけといった。情報として別にこと新しいものは得られなかったが、この将校が訊問のあいだに、怒りつけるような口ぶりで述べた言葉。

「日本はどうしてドイツなんかと仲よくするのか。それがイギリス人には気にくわないのだ。英国は特別に日本に対して敵意を持っているわけではない。大嫌いなドイツと仲よくするので、反感がわいてくるのだ。……それにしても、日本はアメリカからどんどん反攻されて、本土上陸までされそうになっているのに、どうしてこの印度くんだりまでやって来るのだろう？　不思議でたまらない」

そういう意味の言葉が、小宮山の頭にのこってはなれないのである。

世界情勢の動きとか、各国間の複雑微妙な空気、経緯、交渉、経済、政治、戦争、そういうものについて、順序を立てて思考をめぐらすことは、いまの疲れた頭では不可能であった。考えたところでどうなるものでもなかった。ただ一英国将校のこの言葉は、小宮山の日ごろからの一つの疑念を、さらに新たに、強くしたのであった。いったん赤紙を受けて出征すれば、一身を祖国にささげて悔いない覚悟はできていると、自分では確信していた。ただ、大切な生命をささげるうえは、ささげ甲斐のある死にかたをしたいのである。自分で納得がいきさえすれば、どんな苦労もいとわないし、すすんで苦難に飛びこむ勇気を持っているつもりであった。しかしながら、彼は今度のインパール作戦については、どうにも納得のゆきがたいいろいろなもののあるのに悩んでいた。不満と不安と疑惑とが日とともに増大していったが、彼はそのことをだれにも語らなかった。祖国の勝利を願う心はだれにもおとらぬと自負していたし、心のよりどころとして陛下を仰ぐことにも悔いはなかった。

しかしながら、現実の問題として、彼の不満はいかにしても拭い去ることができぬ懐疑と昏迷を誘致する。そして思考力の鈍った疲れた頭ではどうにも整理がつかず、ほとんど呆然となるような時が多くなった。しかし、一面、そのことが自分の生命一個を惜しむ利己心の発露ではないかとの反省があって、だれにも自分の考えを語る勇気がわかなかった。生命は惜しい。考えていると泣きたくなるほど惜しい。戦争への憎悪がわいて来ると身悶えするほどになるが、祖国の危急に身を挺していることを考えるとわずかに心が静まってくる。しかし、そこに割り切れぬ矛盾の深淵が覗かれて混乱がはじまるのだった。戦争の真の意義が知りたいのである。生命の軽重もそこにかかっていた。しかし、彼はそれを胸の底に秘めた。それでなくても、小宮山は生意気だ、などといわれているのである。上等兵が作戦の批判などすれば、どんなことになるか、わからなかった。もとより戦略戦術について専門の知識があるわけでもない。戦歴としてもだれよりも新しいので、自分の疑念の根拠の薄弱さを考えると、一再ならず、そのような僭上《せんじょう》な心の鬼を追いだそうとした。今野軍曹が口癖のようにいう「必勝の信念」を持とうと考え、田丸のように、ただ兵隊になりきろうと努力した。そうして、たしかに小宮山は従順で、寛厚で任務に忠実な兵隊であったが、いったん生まれた心の鬼は消え去るどころか、暗黒の食餌をとって日々生長し、二匹になり三匹になっていくのだった。その鬼どもとの格闘のため、小宮山は食糧不足からでなくとも痩せたかも知れなかった。戦闘に没頭する兵隊として、余剰な知識を持ち、敏感すぎる感情を持つことは不必要だと思いつつ、盲目となることの恐怖は去らなかった。大切なのは人間の問題であった。人間としてのありかたの正しさをつねに肯定していたかった。戦争と人間とのたたかい、戦争の勝敗とは別個の人間の勝利と敗北の問題、そこに足をふんばっていたかった。それが確かでないのである。苦難を超えて、兵隊たちがめきめきとたくましくなってゆく姿は、ほとんど驚異に近いといってよい。そうして、周囲の兵隊たちのそのような変化を見ながら、無意識のうちに自分もそうなっているのであろうかと、楽しい気持にもなった。しかし、兵隊たちの生長した精神力の偉大さが、肉を統御し、駆使する場合には強力であるが、思考力、判断力の前進とも飛躍ともなっていないことが、小宮山には不思議でならぬのであった。ときになることはあっても、すこぶる感情的であった。またそれは一種野蛮の性質さえ帯びていた。人間の巨大な陥穽《かんせい》がそこにあるような気がする。しかし、小宮山自身まだ自分が兵隊として一人前であると自信がなかったので、ひとまずは自分の方向があやまりであるときめておいた。

　壁を接したいくつもの小屋から、兵隊たちの話し声がきこえてくる。鼓膜にひびくほど強い蟬の声があたりを包んでいる。その間に、たまに小鳥が啼いて過ぎ、兵隊たちが拍子木虫と呼んでいる虫が、金槌をたたくような音を立てる。この虫の正体をまだ見たものがない。静まりかえった夜など、この金属的な啼き声をきくと、めいる気分になることがあった。

話をすることも空腹にはこたえるのだが、命令受領から江間上等兵がかえると、ひとしきり雑談に花が咲く。江間はこの中隊が忘れられていないことを証明する一本の紐であるとともに、ニュースの泉でもあった。

司令部までかなりの距離なので、早朝出かけていって、やっと昼すぎにかえって来る。田丸の、「印度公園」への一日八百米の行軍さえおどろくのであるから、江間の大行軍は驚歎して悶絶しなくてはなるまい。江間の頑健さはまったく類を絶していた。マラリアには一度かかったことがあるが、兵隊たちにいわせると、マラリア菌の方が入りどころをまちがえてあわてて逃げだしたのである。郵便配達をしとったのじゃないかとひやかす兵隊もあったが、自分では醬油屋の若旦那だといっている。いずれにしろ、司令部までの距離を踏破できる者は彼以外になかったので、交替なく毎日通った。そのかわり、抜け目もなく、食糧の割増しを要求して、兵隊の二倍（といっても三分の一定量）をせしめていた。その江間がさきほどかえって来たばかりなので、話に花が咲いているらしい。

「おうい、大ニュースだぞう」

屯営が見えて来るころから、そう叫びながらかえるのが彼の習慣であったが、このごろではその大ニュースにも兵隊たちは大しておどろかなくなっていた。どんな些細《ささい》なことにでも関心を持っているくせに、その感受し包容する器の方が始末に終えぬ鈍感になっていて、すぐに諦観がまつわりつき、大事件も小事件も同程度の反響しか見せぬような白々しさとなるのだった。気負って話しているくせに、話す方もこんなことを話したって仕様がないと思って、きく方も同じことであったが、その倦怠の底にも、自分たちの運命と生命とに関する微妙な影響を感じとることは鋭敏で、疲れた眼が急にぎらぎらと光りだし、燐のように燃えだすことがあった。

英国兵のことで頭がいっぱいになっていた小宮山は、東北訛《なまり》の強い騒々しい江間の声や、ものうげな戦友たちの声や、蟬の声や、かたわらの吉崎と稲田との呟きや、筋むかいの巨木のかげにある中隊本部での電話の声や、平地の方の砲声や、爆音や、そういうものを一緒くたにきいていた。

江間ニュース。

——このごろ、ほとんど時計を持っている者はなくなったが、時間は正確である。司令部の通信班でラジオを持っているので、それに合わせる。ラジオには印度のデリーやカルカッタからの放送が入る。きいていると、琴の音がして来たのでびっくりした。六段の曲。ほう、内地からの放送かと思って、胸がじんじんする思いがしていたら、やはり、デリーからで、そのすぐあとに、日本語の宣伝がはじまった。レコードでもかけているのだろう。宣伝放送の前には、きっと追分《おいわけ》をやったり、都々逸《どどいつ》をやったり、浪花節をやったりする。

——そういえば、無電台の二本ある森の台地では、敵の奴、前線に拡声器を持ち出して来て、放送をやるらしい。だれがやるか知らんが、ちゃんとした日本語だそうだ。すこし訛があるので、朝鮮人かも知れない。これもやっぱり日本の歌とか浪花節とかをはじめにやる。「おなつかしい弓の兵隊さん、御苦労さん、これから皆さんを御慰問申し上げます」などと前置きして、音楽を始める。それから、日本語で、「弓の兵隊さん、あなたがたは馬鹿ですね。こんなつまらない戦争をして、腹ぺこで餓死するなんて、どういうお考えですか。そちらにはもうなにも食べるものがないでしょう。蛇や、蜥蜴《とかげ》や、虫までも食べているそうじゃありませんか。どうです、こちらにいらっしゃいませんか。あたたかいコーヒーに、ミルク、パン、罐詰、なんでもあります。お望みなら、ビフテキでも、サシミでもさしあげます。銃を置いて、いますぐ、いらっしゃい」

――うっかり、山の芋を食うな。「鎧」の兵隊が抜いて来たのを煮て食べたら、みんな下痢をして、唇が腫れた。かものはしという動物がいるだろう。あれと同じような唇になって、ぶらんと顎まで下がり、閉口したそうだ。

――拍子木虫《ひょうしぎむし》はあれは虫じゃない。鳥だという説がある。

――煙草がなくなって閉口だ。ここでは葉っぱでやっているが、今日かえりに「濤」の分哨を通ったら、紙を燃やしてその煙を吸いこんでいた。煙ならなんでもかまわなくなったんだ。煙草のみはきたないからな。後方から補充されて来た兵隊が、ほんものの煙草を何本か持っていたので、すこしずつ千ぎって、わけてのんだら、みんなふらふらと眩暈《めまい》がしてたおれたそうだ。ほんものの煙草が来ても、うっかりのんではいけない。……（「いつ、ほんものが来るのかい」「来たときの話さ」「紺屋高尾で来年三月だろうさ」「おりゃ、たおれてもいいから、すぐにのむつもりだ」。それから弱々しく笑う声がした。）

——戦況が思わしくないので、師団長が神経衰弱になっているという。

——そういえば、うちの大隊長もすこしどうかなっているらしい。ここの瀬振りに来て以来、一度も陣地の見まわりに来ないが、司令部の方にもまったく顔を出さぬということだ。なにか学問ばかりしておって、陸軍大学の試験を受けるとかいって、文法の本をしきりと読んでいるそうだ。副官を勝手に二人もこしらえて、左右に侍《はべ》らせ、殿様のように小姓まで傍に置いているという。空襲や砲撃がはじまると、まっ先に防空壕に飛びこんで、二人の副官を壕の入口に張り番させるそうだ。学問をするのはいいが、妙な質問を部下に浴びせて、部下が返答ができなかったり、まちがったりすると乗馬用の鞭でひっぱたくというんだ。この間も、命令受領の菊浜上等兵が弾薬数の調査書類をつくっていたら、うしろから、菊浜、この字のうちで、日本字と漢字とをわけてみろといって、なんでも、……（と、江間は、空間に、ひとつ、ひとつ、指で字を書いているらしく）こういう字、木篇に神様の神、木篇に堅い、山篇に上下、身篇に應、魚篇に雪、魚篇に弱い、そのほかいくつか示したそうだ。サカキ、カシ、トウゲ、ヤガテ、タラ、イワシ、という字なんだが、菊浜は面くらって、峠と軈《やがて》が日本でできた字で、あとは漢字でありましょうといったら、馬鹿、これは全部日本字だ、これくらいのことがわからんで、一人前の兵隊といえるか、それでよく命令受領がつとまる、と、いきなり鞭をくらった。それでは止めさせて頂きますといったら、止めんでもいいんだよ、まあ勉強しろ、これをやろうと、もう、急ににこにこして、銀の煙草ケースをくれたというんだ。それが空っぽなのだ。そんなものもらっても肝腎の中身は全然手に入らぬのだから、結構でありますというと、なにい、といって睨みつけられたので、びっくりしてもらうことはもらったそうだ。とにかく、どうもおかしいらしい。

「そういえば、みんな、すこしずつ、おかしくなっているんじゃないか」

「団栗なんか、その最たるものだぜ」

「あんなものずきはない。すき腹をかかえて、蟻と仲よしになりにゆくなんて、あいつ、マラリアで、やっぱり、……だよ」

そのきこえない部分は、手で頭を示したらしかった。

「あいつが大隊長でなくてよかった」

「中隊長でも大変だぜ。……命令、これより中隊全員『印度公園』にむかって進発、蟻と行動をともにせよ、なんてことにならんともかぎらんからな」

ひくい笑い声がおこった。

だれがなにを話しているかわからなかったが、小宮山は田丸の話が出たのをきいて、やはり田丸は「印度公園」にいっていて、留守なのだと知った。

田丸は中隊じゅうの一種の愛嬌者として軽んじられているが、小宮山は彼の誠実さに好意をいだいていた。また、ある意味では、仰ぎみるように感じるときがあって、一度ならず、田丸のような兵隊になりきってしまいたいと考えたことがあった。田丸も小宮山のそういう感情を、以心伝心にいつか汲んでいるのか、なにかと小宮山に近づくようになった。教養や地位の差などは消滅する軍隊では、田丸はあくまで小宮山の上官であって、田丸の方は部下をひいきにしているというつもりであった。

家庭的にはあまり幸福でなかった小宮山は、すこしはうるさいほどの田丸の愛情をすなおに受け入れて、そこから兵隊の生活と倫理との真実へ悟入したいと考えていた。素朴さと純粋さとの美しさを知ることはたのしいことであったし、それが粗野である場合にも許容していることができた。いつかの汗だし運動のときの印象は強烈で、小宮山はいまだに自分の身体に、田丸のはげしい肉体の衝撃と、力と、汗と、愛情とを刻みつけられていた。身体の上を走る生あたたかい舌の感触は、印刷されたように、あざやかにいつでも再現することができた。あのように乱暴ではあるが、深い愛情を示されたことは、生まれて一度もなかった。おどろいて躊躇するいとまもなく、ただちに自分も田丸の激情のなかにまきこまれて、田丸の感情ひとつになり、思いがけなくもこれまで一度もしたこともなかったようなはげしい行動をした。人前では涙を見せまいと、幼い時分からひねくれていたのに、あろうことか、手ばなしで泣いてしまった。つねに節度を持っていた行動の基準がうちくずされ、すべてを放出しつくす精神の果てを知ったと思った。しかし、小宮山はそのような示唆のなかにあっても、両立しなければならぬ感情と思考とが跛行《はこう》的に傾斜して、片方が前進も飛躍もせずに、いわば盲目の状態であることの危険を感じとっていた。それはもはや不安というようなものではなく、深淵を望んだような戦慄ですらあった。

団粟兵長から、話はすぐにまた食糧問題に移っていったようである。田丸の頭がどうかなっているということについては、小宮山も明確な判断を下しがたい。昂奮すると激情に駆られる性癖の半面に、きわめて冷静沈着なところのあることも気づいていた。ときどき吃りながら蟻の巣の観察談をするのをきいていると、彼一流の見方であるとしても、その綿密なことにおどろくことがある。いずれにしろ、いっこう見栄えもせぬ兵隊である田丸が、狡獪《こうかい》な知恵をしきりにめぐらしている小宮山の心の一隅に、厳たる存在となっていることは否定できなかった。団栗兵長の、一挙一動がときに軍司令官や、師団長等の動きよりも重大に見えるときがあって、小宮山は苦笑し、自分もすこし頭がどうかなっているのではないか、と思ってみたりするのであった。そんなこんなが頭のなかで錯綜しているうちに、眠気をもよおしてきて、いつか鼾《いびき》を立てていた。……

すさまじい轟音に、跳《は》ね飛《と》ばされて、眼がさめた。さらさらと小屋の上に木の葉の降って来る音がしたと思うと、高い梢が折れて落ちるけたたましい音が森林中に谺《こだま》した。爆弾か砲弾か見当がつかないでいると、しゅしゅしゅしゅしゅと空気を裂く音がして、谷間に砲弾が落下し、水柱が立った。ごうと森林が風のように鳴った。

小宮山と吉崎は稲田をかかえると、斜面につくられている壕のなかに飛びこんだ。ほかの兵隊たちも十人近く入っていた。つづいて、迫撃砲弾は間をおかずに落下し、炸裂した。壕の壁が震動して、土が頭の上から落ちて来た。

大きい眼をしばしばさせながら、江間が鹿爪《しかつめ》らしく首をひねった。

「瀬振りをかまえて以来砲撃は初めてじゃないか。とうとうここの位置を発見されたらしいぞ」

不安の面持でそう呟いた。

これまでの戦闘で、二百名以上の中隊が三十数名になったほどの激戦のなかを抜けてきて、砲弾には馴れているとはいうものの、いやな気持に変わりはない。こちらから防ぐ手段はなく、ただ頭上に落下してこない偶然を願うほかはない。一弾がこの壕に直下すれば、十数名の命が一瞬にして消え去るのである。あるいは何人かが死ぬのである。傷つくのである。どちらがさきかという運命への不吉な推定は日常性となっていて、もうそんな言葉に迫力はなかった。戦場のたびかさなる経験が自然にきたえてきた不敵さというものも、裏には諦観と麻痺とを貼りつけている。平気に見える装いは身についているが、不安の表情はどの顔からも消えていなかった。一発ごとにぎょろぎょろとたがいの顔を見あった。

第五章　袋の鼠

砲弾は十二、三発落下したのち、遠ざかっていった。兵隊たちはぞろぞろと穴から出た。小宮山と吉崎とはまた稲田をかついで、小屋にかえった。稲田は膝頭ががくがくして歩けないので、二人の戦友の間にぶら下がっていた。吉崎は背が高いので、腰をかがめないと平均がとれない。

「すまんな、すまんな」

熱で真っ赤に顔を火照らせながら、稲田兵長は喘ぐように呟いた。

稲田を寝かせてから、小宮山は枕許のバケツをとり、水をかえるために、谷川へくだっていった。生々しい煙硝の香が森林を焦げくさくしてただよっている。砲弾はどこに落ちたかと見まわしたが、点々とある中隊の小屋はどれもぶじだった。

五十米ほど先の竹林越しに五、六人の兵隊がかたまって、なにか囁いたり、あたりを探したりしているのが見えた。藪が一部分たたきふせられたように削がれていて、黒く焼けている。そこへ砲弾が落下したのがわかった。兵隊の動きは緩慢で、立ったりしゃがんだり、なにか拾ったりしている様子もどこか倦《ものう》げであった。こういう場面は見馴れていた。たしかにだれか兵隊がやられたのだ。しかも砲弾の直下を受けて消えてしまったものであろう。粉末となった人間の名残りを求めて、兵隊たちはそこへ佇《たたず》んでいるのであろうが、そののんきたらしい姿からは重大なものの意味はさらに汲みとれない。戦場の日常性がもたらすものは神経の波動をとっくの昔に硬直させていた。それは小宮山も同様で、関心は、ただ（だれだろうか？）、それからはっと動悸が打って（田丸じゃあるまいな）、方角をたしかめるように、あたりを見まわした。「印度公園」とは逆方向なので、ひとまずほっとした。だれかはあとでわかる。この痴呆の無関心を悲しいとは思いながら、制御し得ない巨大な運命のまえにあわて騒ぐことがかえって愚かに思われた。だれかからつねに嗤《わら》われている。しかし抵抗する力はこちらにはまったくない。怒るにも対象が明瞭でない場合には観念のみが浮動していて、焦躁のためにいっそう頭には靄《もや》がかかり、放心のみが逃げ場となる。もはや砲弾のたびにふいと消える生命は重々しさもなにも持たず、滑稽でさえあった。

「火遁《かとん》の術を使いやがったぞ」

そう投げだして唾をはくのが関の山である。この人間消失の場からなんの波紋もひろがらない。一つの生命が消えたのに、広大な無関心によって、他の場所では別個の仕事がつづけられた。

ひとしきり強くなった蟬の声を頭上に、小宮山は重い忘却の心をいだいてなおも進んだ。どろどろにこねかえされている斜面を、蔦や針金を伝いながら、谷の縁に降りた。砲弾の落ちたところは大きな穴があいているが、水中に落ちた場所はわからず、いつもと変わらぬ清澄な水がかすかな音を立てて流れている。司令部、連隊本部くらいまでは、濾過器《ろか》が備えつけられてあるが、末端の部隊にはそれもなかった。軍医の説くところによれば、ここの水の赤痢菌を殺すためには、濾過した水を充分に煮沸したのち、なお十分ほど間を置いてから飲まねばならぬということであった。小宮山もアミーバ赤痢にかかって苦しんだことがあるので、この水には恐怖を感じていたが、さりとてどうしようもなかった。ただ生で飲まないことだけが唯一の防禦法であった。繁茂した梢のためにはほとんど陽のささない密林のなかは、雨に濡れたまま乾くいとまがなく、泥濘となって、腐敗した臭気を放っている。ところどころに、粘液に血のまじった血便があって、ぎらぎらどぎつく背の光る大きな金蠅がたかっている。美しいのは底の小石の透いて見える川の流れだけで、この水に恐ろしい黴菌がいるとは信じられないほどだ。

小宮山はバケツに水を汲むと、またどろどろの斜面に閉口しながら、蔦をにぎって、小屋へ帰った。

どこにいったのか、吉崎はいなかった。稲田の額の布を濡らしてのせてやった。鋭く尖った顎に、ふと花王石鹸の広告書が浮かんで、小宮山は滑稽な感じがした。どちらかというと自分のも長い方だと気づき、だんだん瘦せれば同じようになるのかと思い、苦笑がわいた。

日記でもつけようと思い腹這いになった。糸の切れた手帳をひろげて、五、六行書いたころ、背後で、けたたましい笑い声がおこったので、ふりかえった。十米ほど離れて一段高くなった巨木の間に、中隊本部の小屋があった。そこには、さっきから二人ほど寝ころんでいる兵隊がいて、白足袋をはいたようにぶよぶよにふやけた四個の足の裏だけが見えていたが、眠っているのか、すこしも動かない。右足だけ貧乏ゆるぎさせているのは、看護兵の三浦兵長であろう。笑い声の主ははじめはわからなかったが、東側に出ている分哨からの連絡路を、やがて二つの人影が降りて来た。今野軍曹と島田参謀とであった。なにを話しているのか、島田参謀はときどき爆笑する。今野はそのたびに、仕方なさそうについて笑った。二人はまもなく中隊本部の小屋に辿りついた。参謀は竹を敷いた床に腰をおろした。

「さしあげるお茶もわかせませんから」

今野がいうと、そんなことはわかっているよというように、参謀はまた笑った。

今野の案内で、分哨の見まわりにいったかえりである。英国兵の捕虜が来たとき、小宮山の通訳が終わると、島田参謀は時枝に捕虜を司令部まで送らせ、自分は今野に命じて分哨の位置にいった。髭が濃く、不精で伸ばしているときにはいくらか年配らしかったが、剃った直後など、まるで中学生のように若々しく、少佐の肩章や、参謀懸章などがすこぶる不似合に見えた。小柄で、童顔で、くりくりした眼や、李《すもも》のようにふっくらとした唇、濃い眉、形のよい鼻、どうかしたときには女のようにも見えて、兵隊たちは稚児参謀と呼んでいた。参謀というものに対する一種の畏敬と反感、階級は下であるのに、司令官でも師団長でも、歩兵団長でも、その意見を重視しなくてはならない。否、参謀の意向どおりになる指揮官もあるし、上官を叱咤し命令するような傲岸な参謀もある。ともかく、深いことのわからない兵隊たちも、参謀というものは頭のよいものだという知識だけは持っていた。そして、いかめしく気むずかしく、兵隊たちをどなり散らす多くの参謀を知っていたので、参謀というものを、なにかおそれ憎む心を持っていたが、この島田参謀の場合はちがっていた。

島田はタオルで、上衣の内側に手をさしこみ、暑い暑いといいながら汗をぬぐっていたが、面倒くさいというように、上衣をぬいでしまった。そこへ投げだすと、金の鉛筆のような飾緒のさきがかちゃかちゃ鳴り、竹の床の上に縄の懸章が這った。砂蠅や蚊に食われた斑点がいたるところにあるが、小柄な身体は光るように白い。童顔とは不調和に胸毛が濃く、臍の上まで毛がはびこっている。かすかに肋骨の線が透いて見える。戦帽ももみくちゃにして、かたわらに置いた。

今野は参謀のしぐさを見ていたが、自分も上衣をとった。そして、黄黒く痩せ、凸凹や高低の随所にできた、紫色の斑点だらけのきたない身体を、参謀の白い身体と見くらべて苦笑した。

爆音がきこえてきた。朝のうちはまっ青な空であったが、正午近くから、ちぎれ雲が飛びはじめ、その雲がしだいにかたまって、雨のきざしを見せていた。小屋にいれば上空から遮蔽しているので、待避する必要はなかった。間隔をおいて九機の戦闘機がほとんどま上を過ぎていった。見あげている兵隊たちの眼は無神経に近い。

「みんな痩せとるが、やっぱり食糧難だね」

参謀はうしろに両手をついて、いくつかの小屋を見まわした。

「もう、なんにもなくなりました」

「全然ないのか」

「六分の一定量にして、あと四日分あります」

「まだひどいところがある」

参謀は「森の台地」や、コイロック、ライマトン付近に出ている部隊の話をした。

「大陸のガダルカナルになってしまったよ」

島田はそういって笑ったが、急に笑いやむと、なにか遠いところを見るように、暗雲のただよう空を仰いで、眼を細くした。そういうときには、いっそうあどけなさが目立って、三十二という年齢が嘘のようである。笑うとならびのよい歯の間に、たった一枚、中央の金歯が光った。ガダルカナルの苦戦の状況については、前線でも大体わかっていた。参謀は同じ姿勢のまま、

「陸つづきなのに島と同じだよ。島より悪いかも知れん。山岳地帯じゃ潜水艦も来れんからな。

チン丘陵、……丘陵、ふん、大変な丘陵だな。地図には、ＣＨＩＮ　ＨＩＬＬＳと書いてある。丘というんだよ。エヴェレストで、やっと山なんだな。ケネデ・ピイクは八千八百呎だが、富士山よりちょっと低いような山がうようよしているんだ。分水嶺が多くて、川がたくさんあるし、橋が何百といってある。その橋がほとんど爆撃で落とされた。たった一本しかない道も、爆撃でさんざんだ。おまけに、雨ときた。爆撃で落ちん橋は、濁流で流される。崖くずれ、道くずれ、トラックどころか、人間が通るのもやっとだ。食糧も、弾薬も、衛生材料も、後方からはなにも来ん。戦車も来ない。一個連隊がバレルの方からこっちへ回ったはずなんだが、さっぱりやって来ん。途中で半分くらい故障したらしいが、……まあ、いいや、来たって、ろくに役に立ちゃせんし、……こうなると、戦車一個連隊よりも、米十俵の方がありがたいくらいだな」

　今野は顔をあげて、またも高らかに笑う参謀の顔を見た。なぜこんなにやたらに笑うのか、わからないのである。

「司令部の方でも、毎日、食糧捜索隊を出してるんだよ。だが、もう駄目だ。チン人が米を隠して売ろうとしないんだ。無理もない。日本軍の景気のよかったころは、あいつら、すすんで米を売りに来やがった。ここで引っかかってからは、すっかり住民の態度が変わってしまった。もっとも売ってる時分だって、ろくな米じゃなかった。あいつら自分たちさえ食わないような、酒なんかにしている下等米しか売らなかった。君たちも食ったろうが、いくら炊いても殖《ふ》えもしないで、消化もわるい。腹を素通りするので、下痢ばかりする。そんな米でもあればよいが、今はそれもない。……副官が食糧探しに後方に下がっとるが、……カレミョウ平地の村長を集めて米を買うというんだが、集まったところで送ればせんし、まあ、あてにはせんがよいくらいなものだな」

今野軍曹は急に身体を直立させると、きっと睨むように、島田を見た。今野のつりあがった眼は狐のように鋭くなって、昂奮のため唇がふるえていた。

「参謀殿」

「あん？」

きょとんとした顔になって、島田はふりかえった。

「この戦争はいったいどうなるのでありますか」

ほかの参謀にきけることではなかった。兵隊がなにをいらぬ世話を焼くかと、一言のもとにはねつけられるにきまっている。詰問しているのではない、ということを示そうと、今野は顔をにわかに和らげようとしたが、ぎくしゃく硬《こわ》ばって、さらに表情が険悪になった。

はじけるように笑った参謀は、つぎのあたった軍袴の膝をかかえ、拍車のついた赤革の長靴をぶらんぶらんさせながら、落ちついた声になった。

「さあ、どうなるかなあ。俺にもわからんよ」

参謀は今野と話をしていたのであるが、その高話ははげしい蟬の声にも消されず、ジャングル中にひびいて、小宮山のみならず、どの小屋の兵隊たちの耳にも入っていた。

今野はつっぱなされたように気合いぬけがして、言葉をどうついだらよいか迷った。

「今野軍曹」

急に呼びかけられて、堅くなり、

「はあ？」

「なにか、よい考えはないかね」

その質問の意味がわからなかった。

「なんでありますか」

「この戦局を打開するよい考えはないかって、君にきいているんだよ」

今野は呆気《あっけ》にとられて、ぽかんと口をあけた。

「いや、冗談じゃないんだよ。まじめにきいているんだ。もうわれわれとしては策が尽きたんだ。すっかりゆきづまってしまって、どうにもなりはしない。これまでの戦略戦術なんて、すっかり役に立たなくなってしまったんだ。こんなときには、われわれのように固定した職業軍人の頭では、打開の方法が浮かんで來ないんだ。こうなると戦争はもう常識だからな。君たちのような、歴戦の兵隊の方が、きっと、よい知恵が出て来るにちがいないんだ。もう、参謀も糞もないよ。……ほんとに、よい考えがあったら教えてくれんか」

今野は眼を見はって、参謀の顔を凝視しつづけていた。

「作戦は型どおりに行なわれたんだ。たしかに計画は立派だった。チンドウィン川に待機した全軍が、三月八日を期して三方から火蓋を切った。ホマリンから『烈』兵団。タウンダットから『祭』兵団。カレワから、この『弓』兵団。例の調子でやったんだ。兵隊の苦労は大変で、半数以上を犠牲にしたが、ともかく目的を達した。北に回った『烈』がコヒマを占領して、敵のディマプールへの退路を遮断する。ディマプールはアッサム・ベンガル鉄道の要衝《ようしょう》だから、敵のためには一番痛い。そうして、その部隊の一部は南下して、カングラトンビまでも進出した。『祭』は中央からバレルをどんどん攻める。『弓』はティディム、トンザンを経てモイランをとり、ビシェンプールに迫る。そして、シルチアへの輸送路をとめてしまった。なんと、作戦の進捗と、体勢は完璧なんだ。包囲と退路遮断、敵は袋の中の鼠なんだ。これ以上に、とてもうまくやれっこはない。インパール突入間近にありと、だれだって思うじゃないか」

参謀の童顔にこれまであらわれなかった苦しげな自嘲の色が浮かんだ。「その成功が、いまはどこにあるんだ。ラングーンの方面軍でも一度は祝盃をあげたというが、……ごらんのとおりだ。袋の中の鼠がくたばるどころか、とりかこんだ猫どもの方が、あべこべにへたばりかかっている。包囲と退路遮断、戦術の金科玉条だが、そんな古ぼけた戦術が通用したのは支那事変までだ。近代戦法にかかったら、包囲も、退路遮断も、屁にもなりはせん。インパールは十重二十重にかこまれて、どこからも入ることも出ることもできんのに、戦力は減るどころか、殖えているんだ。兵糧攻めにした方が、兵糧飢饉だ。いくら包囲していても、飛行機でどんどん輸送するんだから、相手はちっとも困りはしない。食糧から、弾薬、武器、兵員、衛生材料、必要なものをどんどん毎日運んどる。インパールだけではなくて、どんな山中の部隊にも空輸する。君たちも見たろう。赤や青や黄色、どれがどれだか忘れたが、食糧、弾薬、などを色わけの五色の落下傘で落とす。そいつがときどき間ちがって、こっちの陣地に落ちて、敵の給与を受けたこともあったな。ここにもいるが、落下傘の布でいろいろなものをつくるから、赤の褌や、黄色の猿又、青シャツなんてのが兵隊にいるんだが、……まあ、それは余興だけど、ともかく空輸で敵は困らんどころか、戦力が増している。包囲したこっちがかえって島流しみたいで、食糧もなくなる。弾薬もなくなる、気候や土地に馴れぬので、病気にはなる、薬はない、というわけで、戦力が減るばかりだ。いくら攻撃してみても、いっこうに成果があがらない。決定的な戦果というものはまるで得られない。兵隊をつぎこむばかりで、効果はさらにないばかりか、一層悪い状態におちいるばかりだ。兵隊はみんな疲れてしまって、士気旺盛というわけにはいかん。おまけに、敵の地上戦法もなかなか隅におけん。あいつら日本軍の夜襲や突撃が怖いので、うまいこと考えだしやがった。なんというかな、蜂の巣陣地というようなもんだ。一個小隊くらいを単位にしているが、大体、三十二名ほどで、軽機三、小銃二十一、迫撃砲一、無線器一、自動短銃五というような編制らしいが、まんなかに小隊長と迫撃砲、幕舎なんかつくっているのもある。丸く射撃壕をつくり、その外廓に八十米深さくらいの鉄条網をめぐらしている。この円形陣地と近くの森の間に、五十米くらいの開濶地をつくったりしていて、用心ぶかい。厄介なのは戦車だが、M2なんてやつになると、こっちの戦車砲がばんばん跳ねかえってしまうからな。むろん、むこうのはこちらへぷすぷす通るんだ。インパールだって、突入することはいつだってできるんだ。やろうと思えば今日でもできる。しかし突入してみたって仕方がない。とても持ちこたえることはできんのだから、兵を痛めるだけに終わるのは眼に見えているからな」

島田参謀はそういう絶望的に近い話をしていながら、終始かすかな微笑を消さず、ときどき、声は立てないが、金歯を露出して笑うこともあった。絶望を自覚しているときといないときとの相違は根本的であるのに、この悲観ばかりしている参謀の表情には、なにか光明を指示するようなものがちらちらあらわれて、話の内容とそぐわぬことがあった。これは強力なる意志者か、さもなくば痴呆の示すものであって、傍の者を当惑させるものであるが、戦場にあっては兵隊を鼓舞するものになっていた。卑俗にいえば藁でもつかみたいようなときには、表情の深奥の意義などをかえりみるいとまもないし、しいてそういう風に信じていたこともあるのである。あの人の顔を見ていれば勇気が出るというような作用は、どんな勇敢な兵隊の心にもおこるのであって、歴戦のつわものたる今野軍曹の島田参謀への信頼も、そういう種類の心のあらわれであった。

今野はなにもいうことができず、恍惚《こうこつ》となるような気分になって、若々しい参謀の饒舌をきいていた。平地の方では絶えぬ砲撃も、爆音も、戦車砲の音も、遠い雷鳴をきくように、妨げにはならなかった。

島田参謀は相変わらず靴をぶらんぶらんさせて、拍車を鳴らしながら、

「気の毒なのは、閣下だよ。このごろはすこしいらいらされて、酒ばかり飲んでおられる。師団長は軍刀組で頭のよいことは無類なんだが、こんな戦争には適当ではないかも知れんな。太っ腹で、図太い神経の人でないと、ちょっとこういう凄惨な戦さには向かんよ。満州で特務機

関の仕事をやった人で、そういう頭脳を使う仕事にはもってこいだろうが、こんな戦さには、ちょっとね。しかし、なかなか勇敢な方で、教えられるとこはあるよ。このごろでは、軍司令部と喧嘩ばかりされとる。軍は面目にかけてでもインパールを陥《おと》さなくちゃならんという。それはそうだろう。インパール攻略は、戦略的にも、政治的にも、歴史的にも、たしかに大きな意義がある。後方ではチャンドラ・ボースが手ぐすね引いて待っている。瀬川軍司令官は、ボースに、インパールはかならず自分が陥す、インパールには貴下と手に手をとって入城しようとはっきり約束したんだ。瀬川軍司令官は北支から支那の戦場を馳駆《ちく》し、シンガポールを攻略した名将だ。作戦には自信を持っている。俺はよく知らんが、もともと、この印度作戦はなかなか最初から議論があったんだよ。ずっと前からの研究問題になっていたんだが、多くの連中は反対論だった。少なくとも相当の準備をした後でなければ決行できないという自重論が多かった。三個師団を基幹としてこの軍が編制されたときでも、師団長は三人とも反対論だった。ことに、うちの閣下は、印度国境を越えることは危険だ、英印軍をビルマ領から駆逐《くちく》することはよいとしても、国境までで軍を収めるべきだ、と強硬に主張したということだ。これに対して、瀬川軍司令官は怯懦の論として反駁し、遂に大本営を動かして、インパール作戦が開始された。そうして、初めはうまくいったが、……このとおりだ。俺がいったとおりじゃないかと師団長は憤慨しておられる。もうどうやってみたところで、これ以上の無理はきかない。一度、戦線を収縮するか、整理をして、準備をあらたにしたうえでないと、攻撃を加えることは困難だと、閣下はいわれる。俺たちもそう思うんだが、軍の方はそうじゃないんだ。総攻撃をしろと何度もいって来る。そんなことをしたって、兵を失うばかりだから駄目だと、閣下はいうことをきかれない。それでは軍の面目が立たん、軍の責任においてやるという。まちがったら、自分が腹を切るというんだ。うちの閣下がいうことをきかんので、軍司令官もかんかんになっているらしい。師団長を変えるとかいっているそうだが、戦さの途中に師団長を更迭するなんて、そんな馬鹿なことがあるもんか。こんな状態になって、だれが来たってどうなるものでもない。諸葛孔明《しょかつこうめい》が来たって、楠木正成が来たって、同じことだよ。いくら攻撃したって、堂々めぐりだ。一つの陣地をとる。いったんは、とることはとれる。ところが、たちまち逆襲されて全滅する。とりかえされる。また、とる。とりかえされる。まるで、未練な男が、悪い女にひっかかって入れあげるみたいに、兵隊をつぎこむばかりで、なんにもならん。……いったい、作戦の時期をあやまっているよ。やるなら、もう一、二ヵ月早くやって、雨季期に片づけるか、でなかったら、雨季後、すぐにはじめるか。雨季になったら、もう駄目だよ」

しだいに暗くなって来た空から、ぽつりと雨が落ちて来た。風も出て来たらしい。

今野はこの少年のような参謀が、この戦闘を、悪い女にひっかかって入れあげる未練な男のようだ、とたとえたことがおかしくてならなかった。小宮山が兵隊の尊い生命の喪失に関しての、そういう無慙《むざん》なる譬喩《ひゆ》について、ほとんど身体がふるえるほどの怒りに燃えているときに、剛腹で闊達な今野軍曹は、このあどけない参謀のこましゃくれている部分ばかりが眼について、さらに信頼が加わり、この人のためなら、自分は死ぬかも知れないという一種の感動と快感とにひたっていた。こんなにあけすけに自分に対してしゃべるのは、疑いもなく自分への信頼を示すものと、その点も今野は満足していた。ゆきづまった戦局を打開するために、自分になにかよい考えはないかとききながら、諸葛孔明でも楠木正成でもどうにもならぬというのは、べつだん今野軍曹に起死回生の妙策を期待しているわけでもないことは明瞭である。また今野によい考えのわくはずもなかったが、こんな戦争には、太っ腹で、図太い神経の者でないと向かんといっているのが、自分はすこし向いているのだといっているようで、どんな凄惨な経験も影響をあたえないような明朗な若々しい顔を、不思議なもののように見た。これはすでに死を覚悟しきった人にときどきあらわれる明るさであるが、自分ひとり死ねばよいということが、戦場においてはいかに無責任で有害なものであるかということの実証は、たびたび示されてきたのである。

今野は、汚ない顔に、急にくすぐったそうな、当惑したような微笑を浮かべて、

「参謀殿」

「あん?」

「ちょっとお伺いいたしますが、……」

「うん、なんだ」

「参謀殿には奥さんがおありになりますか」

「うん、ある。子供も二人あるよ。可愛い奴でな」

まだ独身にちがいないと思っていた今野は二の句がつげなかった。独身の者と、自分たちのように妻子のある兵隊との感想は、戦場のなかでは多少の相違があるように思うということを

述べるつもりであったのが、あてがはずれた。どぎまぎして口ごもっていると、

「それがどうしたのか」

「いいえ、なんでも、……ちょっとおききしただけであります」

「おどかすなよ」

島田参謀は大きな声で笑って、降りだしてきた空を眺めて、腰を浮かした。投げだしてあった戦帽と上衣とを無造作につかんで、右手にかかえた。

「おかえりですか」

「うん、大降りにならんうちにかえろう、どうも空模様が険悪になって来た。……や、大きにお邪魔した。今度くるときは、なにかお土産を持って来てやるよ」

風が高い梢を鳴らしはじめていた。見る間に風が強くなって来て、木の葉が降り落ちて来た。嵐のきざしである。小径《こみち》に出た島田参謀は、なにか思いだしたように、後から送ってくる今野をふりかえった。

「今野軍曹」

「は」

「この中隊は、まだ戦力があるようだな」

「はい、充分あります」

なにかうなずいた島田参謀の姿が、風に吹き飛ばされるように、巨木の間を縫い、斜面を降り、竹林にかくれ、またむこうの丘にあらわれ、やがて坂を登って、稜線のかげに小さく見え

なくなった。

中隊本部にかえって来た今野軍曹は、三浦看護兵からクレオソート丸をもらって、七粒飲んだ。すこし腹をこわしていたので、アミーバ赤痢になるのが怖いのである。こういう前線で病気になることは、死ぬことと同じであった。薬といってもヨーチンとクレオソートと若干の注射薬があるきりだ。マラリアの予防に一番大切なキニーネもまったく不足していた。三浦兵長は今野軍曹が参謀の質問に対して、虚勢を張ったことがすこぶる不満であったので、投薬の態度もつけつけしていた。もうあんまりありませんよといって、紙包みをぽんと投げたのである。今野は三浦をちらと見たが、なんにもいわなかった。三浦の方では中隊は病人と怪我人ばかりで、戦力などありはしないと思っていたのだし、今野は別に虚勢を張ったわけではなく、実際に戦力があると確信していた。またそれを確信を持っていえることは、隊長としての自負心を満足させるに足りたので、今野は参謀と別れても機嫌がよかった。

しばらく寝ようと思って、竹床にあがろうとすると、今野軍曹、と呼ぶ者があった。田丸兵長が立っていた。

「田丸じゃないか。どうしたんだい」

青ざめた悲痛の面持をして、ややうなだれて立っている田丸を、今野は不審そうに見た。田丸のうしろに、ババが気づかわしげな様子で立っている。

「今野」

「うん」

「許してくれ」

「なにを、だしぬけに……」

「いや、……許してもらおうなんて思うもんか。どうでもしてくれ。お、俺を、処、処分してくれ」

「なにをいってるんだ」

「俺が馬鹿なんだ。俺一人のために、中隊全部を苦しめる。俺ゃ、考えるとたまらん。ああ、馬鹿、馬鹿」

田丸は昂奮してきて、額に汗をにじませ、自分の頭を両手の拳でなぐりはじめた。

「さっぱりわからん、わけをいえ」

あきれた今野は、すこし腹立たしげにいった。

「だれか怪我をしなかったか」

田丸のその言葉でやっと諒解がついた。前にも何度もいったことがある。分哨を敵の斥候から発見されて、中隊の位置を暴露した。そのために中隊が標的になる。すまないので処分してくれというのであった。今野は笑いだした。

「さっきの砲撃のことかい」

「すまん、すまん。怪我人はなかったか」

今野はまだ部下の戦死の報告を受けていなかった。

「だれも怪我なんかせん。あれくらいの砲撃がなんだ。びくびくするなよ」

「びくびくしてるんじゃない。俺のために、……」

「なにがお前のためだ。お前のために、この瀬振りがわかったなんてことは、絶対にないよ。心配するな。わかったから、砲撃したんじゃないんだ。それなら、もっと早く撃って来たはずだ。あれからもう一週間も経ってるじゃないか。盲目砲撃だよ。さぐりを入れただけなんだ。十二、三発ばらばら来ただけだろう。ほんとにここが目標なら、弾丸はくさるほどある敵のことだ。もっと執念ぶこう、百発も二百発も撃ちこんで来るよ」

「そんなことはない。この次は、きっと、はげしく撃ってくる。そしたら、……ああ、考えるとたまらん。百発も、二百発も、撃ちこまれたら、きっとだれかやられる。……俺のためだ。……いかん、いかん、こらえてくれ。……今野、今度はいい。怪我人がなくてよかった。この次はやられる。頼む。ここの場所を移動してくれ。な、な」

「大丈夫だというのに、うるさいな。心配するな、二度と大砲は来んから。……それに、場所を移動しろなんて、そんな勝手な真似はできないぞ。たとえ、標的になっても、命令がなけりゃこの場所を動くことはできん。また動くにしても、お前の指図は受けん。お前とは同年兵で、戦友だが、いまは上官と部下だ。代理としても、かわりの将校が来るまで、俺は中隊長だ。いいか、この中隊を動かす動かさぬは俺の権限だ。……お前の気持はわかるが、……」

田丸は、昂奮してきて、もう人の言葉は耳に入らず、泡を吹くように、口をあけて吃りながら、

「頼む、頼む、な、な、な、ここにおったら危ない。みんな、やられる。お、俺のために、……いかん、いかん、移動してくれ、移動……」

「馬鹿、甘えるな」

今野はとうとう癇癪を破裂させて、そうどなると、すたすたと谷川の斜面を駈けくだっていった。竹林での出来事を報告するために、傍にさっき立っていた江間上等兵がそのあとを追った。

田丸はぽかんと口をあいたまま、風がはげしくなって、ざあざあと木の葉を散らすなかに立っていた。そうして、当惑した面持で、弱々しげに、なにをいってるか、いつだれが甘えたか、馬鹿にするな、とぶつぶつ同じことを何度も呟きつづけた。

今野中隊に対して、――「ブルバザー、ビシェンプールノ中間地区マイバム付近ニ直チニ進出シ、該地敵戦車部隊ヲ攻撃、戦車ヲ爆砕スルトトモニ、敵戦車進出主要道路ノ全部ヲ破談スベシ」という、ほとんど決死隊に近い困難な命令のくだったのは、それから二日の後であった。命令をとどけに来たびしょぬれの伝令が、咆哮《ほうこう》する烈風に吹きあおられて、何度も転倒するような嵐の日だった。

第六章　未　練

おなつかしき敏三さま。

日曜日なのですっかり朝寝してしまいましたが、井戸端で顔を洗うと、矢も楯もたまらぬ気持で、机の前に坐りました。ペンをとったら、まだ手がぬれていて、われながら顔が赤らみました（ほら、相変わらず慌て者だと、あなたの眼が笑ってる。見える）。いよいよ深くなった秋の朝空に、ちぎって投げたみたいに流れている棉の花のような白雲が、南へ南へ走っているのをふっとそれが回り舞台のようにわたしの立っている花道のさきに、いつかあなたのいらっしゃる南方の戦場があらわれて来そうな、そんな錯覚と軽い目まいを感じたのです。そんな夢を見たことがあったので、わたしは動悸がして机の前に追い立てられました。

ツワブキの黄色い花の咲いている庭の垣のずっとさきに、わたしの勤めている工場の煙突が見えます。銀行の方を止めまして、半月ほど前から挺身隊で、そこに通っています。労働に馴れませんが、大して身体に無理になるわけでもなく、まして戦地の兵隊さんのことを考えましたら、わたしたちもこれ位の苦労はいとってはおられぬと、勇気をふるいおこしております。それに、わたし、銀行でお金ばかり見ていたり、勘定したり、零のやたらについている金額の伝票を切ったりすることが、自分はお金などに縁がなく（ないどころか仇でさえあるのに、――そうです、このお金のためにわたしたちがどんなにいやな、不幸な目にあったことですか）、いやでたまらなくなっておりました矢先なので、徴用はもっけの幸いでもありました。わたしと同じ位の年配の娘たちが、戦線の拡大とともに、出征が引きつづくので男手不足になった工場へどんどん動員されております。わたくしは工場で仕事をするたびに（と生意気なことをいっても、恥かしいほどの仕事ですけれど）、あなたのことを思い浮かべます。いや、浮かべることにしているといった方がほんとうでしょうか。そうすると、ふにゃふにゃのわたしの腕にも力がこもり、仕事が苦痛でなくなって来るのです。いまはあなたへ通じる道はこの一点、わたしはこの道をひろげるために、もっとむつかしい仕事を、ハンマーを振ったり、旋盤でも習ってみようなどと考えていますの。だって、友達のなかには男も及ばないような板額《はんがく》連中もいますのよ。仕事の荒さで、心も荒れないように——そんな心配は御無用ですわ。

手紙を書いているかたわらで、犬と猫とがさっきからしきりにたわむれています。どちらもまだ子供で、じゃれるのが面白くてたまらないらしく、猫が走ると犬が追っかける。犬が逃げると猫が飛びつく、むろん喧嘩ではなく、尻尾をくわえたり、首筋を嚙んだりしていますが、手加減をちゃんと加えていて、この単調な遊びをいつまでもつづけていたい模様です。もつれるたびに付けてやった鈴が鳴ります。今日にはじまったことではなく毎日です。犬ころの方は隣の野菜屋さんでもらったのですが、猫の方はあなたのお宅から頂いて来たのです。お宅のユキが五匹子を生んだらしいですか、あなたのお母さまが、この人間でさえ食糧難のときに猫を養う余裕はないといって、小僧の健ちゃんに海に棄てにやるときいて、びっくりして一匹貰いました。健ちゃんは主人のいいつけなので五匹とも袋に入れて外に出たのですが、可哀そうになって、これから猫を貰う注文をとって、一匹ずつ配給して歩くんだといっていました。おかみさんには内緒ですよ、知れると給料を減らされるからって笑うんです。親猫の方は鼠をとるための必要品で、別に可愛いからというのではないようです。やっぱりあなたのお母さまは心のおやさしくない方だと存じました。あなたが苦しんでおられた時分には、そうも思わなかったのですが、このごろ、あなたのお気持がわかるようになりました。

　猫は大きくなって、親を探そうともせず、犬ころ相手に毎日たのしそうです。ぴんと耳のたった白黒まだらで、なかなか器量よしです。あなたはわたしを見ると白猫を思いだすといわれたことがありましたね。そのときは失礼だと思ったのですが（ちょっと、ぷんとしたでしょう、忘れまして？）、猫を飼って、つくづく顔を眺めていましたら、なかなか器量のよいことがわかりました（あなたの苦笑されている顔が見えます。しょってるぞ、って）。犬ころは熊のような、ずんぐりした、何種なのか、それは落ちつきのないやんちゃ犬です。それにしても、わたしはこの犬猫のじゃれるのを毎日見ていて、ふっと涙ぐむことがあります。犬と猫とは仇同士、仲の悪いもの、まるで前世の約束ごとみたいにそうきめたのはだれなのでしょうか。わたしはこの犬猫の美しい愛情に、それには知的なものが全然欠けているとしたところで、なにか生あるもの同士がいつも祈っていなければならぬような純粋なものの故郷を感じます。この犬猫にもいつかまた次第に憎悪が芽生えるのでしょうか。闘い争うときが来るのでしょうか。なにかの運命のように。……それはわかりません。信じたくないのです。わたしはなにかくさくさしたことのあるたびに、この三郎と百合（そういう名をつけました）との睦みあうさまを見ていて、心なごむのを常としています。

　おやおや、久々の戦地へのお便りというのに、用もない子猫や犬ころのことばかり書いてしまいました。わたしはいつもこんな調子です。相変わらずと笑われるでしょう。でも、このことはわたしにとっては大切なことなのでした。わたしにとって大切なことであれば、あなたもお許し下さるものと、ちょっと甘えてみるのでありますけど「のであります」──なんて、兵隊さんの言葉がうっかり出てしまったわ。わたしたちの班長が厳格な人で、挺身隊も軍隊だとかいってまるでわたしたちを男みたいに鍛《きた》うのです。でも、わたしたちやっぱりどこまでも女らしさは失いたくありません。叱られるので仕方なしに工場だけではそういって、あとのときは忘れるようにつとめていますの。でも、恐ろしいもので、うっかり出るのね。ごめんなさい。

さて、そんなら、なにを書けばよいかとあらたまっても、そう書くこともございません。戦地への軍事郵便は防諜関係で、内容や言葉が制限されています。犬と猫のことなら叱られないでしょうが、色々なことを書くとお眼玉を頂戴します。

あなたのお父さまもお母さまも一度も戦地へ手紙を出したことがないなんて、ほんとうでしょうか。むろん、慰問品なども。信じられないことですわ。お母さまはともかくとして、お父さまや、弟さんまでが。それはお母さまがあなたの生みの親でないこと、弟さんも腹ちがいであることは知っておりますけれど、……いいえ、このことは申さない方がよろしいのでした。わたしには複雑なお宅の事情はわかりません。きっとわたしの知らないことがたくさんあるのでしょう。それに、このことは、あなたを苦しめます。戦地におられるあなたを苦しめてはなりませんわ。でも、……わたしにはやはりこのことが大切なのです。わたしのこと、お宅では怒っておられるのではないでしょうか。わたしの存在があなたと御両親との離反の原因に、──あなたはそんなことは絶対にないと何度もいわれましたけれど、わたしはやっぱり。──あなたには結婚すべき相手の人があったのではございませんの？　そのことをわたしは御両親からうかがったことがあります。はっきり申します。わたしはあなたのお父さまからむきつけていわれたことがございますのです。そのときは、例によってお父さまはぐでんぐでんに酔っぱらっていらっしゃいましたが、ずかずかとわたしの家に入って来られて、「こら淫売（ああ、お父さまのその言葉をお吐きになるときの眼のいやらしさ、蔑《さげす》みと怒りに燃えた赤い眼、思いだしても……）」、そして、わたしの顔に唾をはきかけるようにして、はっきりと、

「貴様のために、運をとり逃がした。貴様が敏三を誘惑したもんじゃから、家は破産じゃ」。

わたしはあなたの御両親のはげしい憎しみがわたし一身にかかっていることを疑うことができません。その飛ばちりがあなたにまでいって、戦地で苦労されていらっしゃるあなたと義絶されたということは、わたしはつらいのです。申しわけないのです。……でも、わたしは、ただ、あなたのお言葉に縋《すが》ります。お心に縋ります。

——むこうの女は、二、三度会ったことはあるが、何の関係もない。ないばかりでなく、教養もない癖に、高慢ちきで、趣味が下等なので、会っただけで虫唾《むしず》が走る。両親は、といっても、母親は（父は継母の前には全然権力も力もない）その女の家の財産が目あてで、僕に無断で勝手にきめてしまったのだ。小宮山家に僕が必要なのは、その女と結婚するという前提の下のみであって、そうでない僕は依然として単なる厄介者、邪魔物にすぎない。僕は長男ではあるが、継母は自分の生んだ助七に跡をとらせる魂胆たるは明瞭だ。助七は小児麻痺で左腕が発育していない。いわば不具者だから、召集される心配はない。継母の尻の下に敷かれて傀儡《かいらい》たるにすぎぬ父の意見など、はじめから無視されている。父は酒さえ飲んでいれば機嫌がいいん

だ。むろん僕は小宮山雑貨店を継ぎたいなどとも思わぬし、財産といってもすでに父の放蕩で、政略結婚が必要なほど傾きかかっているのにも未練はない。初めから僕はそのつもりで外語学校に入り、店には不必要な英語などをやったのだ。僕はそのとき外国にゆきたいと思っていた。だから、君はなにも心配し、負担を感じることはすこしもない。君と僕との感情は自由で、僕等の恋愛はいっさい、小宮山家と連関はない。

わたしこのあなたのお言葉だけに縋って生きます。もうわたしはそれを他人を犠牲にするエゴイズムなどと卑下しません。わたしにはもうそういう世間的顧慮よりも、たとえ周囲にいかなる波紋を散らそうとも、自分の情熱の方が大切になったのです。わたしの青春の全部をふくらませて、あなたのお胸のなかに飛びこみます。わたしの心は、そして身体は（いま恥じずに告白しますことをはしたない女と咎めて下さいますな）いまもなおあなたの体温をはっきりと感じています。わたしはこの結合の清らかさを、天にむかっても叫びたい思いです。わたしは使徒のようにこの初恋の十字架を負う決心をしました。

姉が赤ん坊を生みました。父親との三人暮らしで、貧乏ながら、つつましくひっそりした生活ですが、義兄は今度はどこかずっと南ソロモンか、ニューギニアの方のようです。その姉が風邪で（肺炎ではないかとちょっと気づかっていますが）寝こんでいますので、わたしが家にいるときには赤ん坊の面倒を見ます。昼間は、父も会社に出ていますので、隣の婆さんが留守番をしてくれます。ほら、あの根くされの、けちんぼ婆さん。あなたが、どぶ鼠みたいだと笑った……。まだ八ヵ月です。赤ん坊って、こんなに親に似るものでしょうか。顔の平べたいところ、団栗眼、厚い唇、えくぼまで、義兄にそっくり。あんまり似てるとおかしいですね。だって、おかしいわ。（何故《なぜ》？　なんて、いわないでもいいの）わたし、このごろお襁褓《むつ》かえるの、とてもうまくなりました。あれ、要領があるのね。手つきやむきがわるいときっと泣くけど、上手にやると気持よさそうにしてるわ。男の子です。わたし、このごろ、いつもお襁褓とりかえてやりながら、自分の練習をしてるのじゃないかと思うときがあります。まだあなたが出られてから一ヵ月足らずですからわかりませんけれど、ひょっとしたら母親になるかもわからないでしょう。わたしそうなることを望んでいますわ。できてないかも知れないけど、もしできたとしたら、男かしら、女かしら、眠れない夜などよく考えることがあります。そうなったら、工場に出られなくなります。工場で働くことに、あなたとつながりを感じていましたけど、子供が生まれるのだったら、もっともっと強い、大きな、たしかなつながりができるわけで、わたしはそれを心から望んでいます。それのみがわたしの生きる希望の全部といってもいいすぎではありませんわ。

弟のことというの忘れていました。中学校から予科練に入りました。小さい時から飛行機が好きで、模型ばかりつくって、口癖のように飛行機に乗りたいといっておりましたので、本望だったでしょう。志願でゆきました。桃太郎のような可愛い出陣でした。でも、飛行機なんて、すこし不安でもあります。

犬と猫とがまだじゃれています。すこしくたびれたのか、休憩時間が永くなったようですが、思いだしたように、また両方から飛びついて組んずほつれつしています。力は犬の方が強いようですが、猫の爪に少々辟易《へきえき》する模様です。

朝日がのぼって来て、工場の煙突の間から斜めに正面の窓にさしています。硝子《がらす》がきらっきらっとまぶしく光ります。高くならんだ煙突からは黒煙がはきだされて、高く深い、秋空のなかに消えてゆきます。黒煙によごれず、白雲はなおも南へ走っています。これまでは、通勤で日曜は休みでしたが、近いうちに住みこみになるかも知れません。工場に寮があるのです。

これを書きながら、お宅の庭の柿の木のことを思いだしました。あなたが自分の家で美しいのは柿の木だけだとよくおっしゃっていた悲しい言葉は、わたしの胸にもこたえます。美しいというのはなつかしいという淋しさなのね。あなたのよく話す少年時代の思い出話には、いつも柿の木が引きあいに出されていました。あなたの右首筋にある傷痕は、小学時代にあの柿の木から落ちたときのでしたね。今年もみごとな赤い実がたわわになっています。どうしてお宅ではあの柿を戦地へ送ってあげないのでしょう。柿などは着くまでに腐ってしまうでしょうか。腐らなくとも、お宅ではそんなお気持にはならないけれど。……そういう孤独なあなたをお気の毒と思いますけれど、でも、わたしはいま強大な確信を持って、そして青春の特権に奉仕する傲慢さをも持って、わたしたちの愛情がすべてのあなたの不幸を掩《おお》いつくしてしまう強さを信じていたいと思っています。

あまり永い手紙を書きますと、戦友の方に笑われるそうですから、これでペンを擱《お》きます（それに、赤ん坊が泣いているようですから……）。

南方の暑さなど、想像もつきません。広東でさえ十二月に扇が要るといえば、ビルマはいったいどんなでしょう。なにとぞ、なにとぞ御身体をくれぐれも大切に遊ばしまして、軍務に勉励され、一日も早く御元気にて御帰還なさいます日をお待ち申しております。承りますと、南方はどこでも悪質の病気、ことにマラリア熱、デング熱、赤痢などが猖獗《しょうけつ》をきわめていることですから、とくに御注意を祈ってやまないのであります。(ああ、また、「であります」なんて……)。

では序《ついで》に、「終わり」。

黄昏《たそがれ》がうすい霧になって、高く深くジャングルを埋めつくすように、山地の方から濃淡の緑が白くぼかされ始める。嵐で吹き折られた梢や、竹林がまだ生々しく電光のように白くはじけた切り口を示し、斜面を滝のように水の流れくだっているところがあった。まだ嵐の尻尾が天空のはるか高いところで、鞭をしごくように鳴ってはいるが、地上からは風は消えていた。いたるところ泥沼のようである。

瀬振りの屋根はどれも濡れて、雫《しずく》がたれている。吹き折られた樹枝が落ちて来て、花車《だし》のように乗っかっているのもあれば、屋根や壁を吹き剝がれて天幕で補修したのもある。いつもなら、こういうはげしい嵐のあとでは、兵隊たちは不貞寝《ふてね》をして、声をひそめているのが普通だが、今日はすこし様子がちがっていた。中隊本部の小屋ではがやがやと話し声がきこえ、兵隊たちが出たり入ったり、ばさばさと書類らしい紙の音、なにかかちあう金属的な音、鈍く床をたたく音、ずしりと重厚な音、けたたましい電話の声、甲高く叫ぶ声、怒鳴る声、そういう物音や声が入りみだれて、騒々しさはこのうえないのである。それはたしかに活気にちがいないが、底抜けの活気とはまるでちがった、必死のものの不安に塗りこめられた焦躁の表情を掩《おお》いがたく露出していた。爆破隊出発のための準備が整えられているのだった。

「爆薬はこれで全部か」

「こちらにダイナマイトがすこしあります」

「これは何じゃ？」

「罐詰だよ。鮭、牛肉、蟹、……宝来煮もあるぞ」

「いまどき、こんなものがまだあったのか、まるで手品じゃのう」

「こっちは乾麺麭《かんめんぽう》だ。二箱ある」

「何日分だね？」

「一週間分です」

「そうか、なるほど」

「煙草もあるじゃないか。てへえ、眼がくらむぞ」

「こらこら、今から着服してはいかん」

「班長殿、まだええものがあります」

「何だい？」

「酒であります」

「酒？」

「江間上等兵が本部にもらいにいっております」

「ふうん、……首途《かどで》の祝いか」

……雑然と耳に入る声や音をききながら、女の手紙を読んでいた小宮山上等兵は、名状しがたい神経の錯倒に、身の置き場もないほど、いら立ってくるのをどうしても押えることができなかった。使役が割りあてられて、小宮山は番にあたらなかったが、寝ている稲田兵長の頭を冷やしてやる仕事があった。昨夜来の狂暴といってもよい嵐のために、稲田の熱は急速度に加わって、ほとんど意識不明になっていた。ときどき痙攣《けいれん》をおこし、囈言《うわごと》を口走る。しかしその言葉はききとれず、青ざめた花王石鹸の広告のような髭面に、刹那的に、奇妙な嘲笑の色、恐怖、怒り、気味わるい笑い、それからほうとした無表情、そういうとりとめのない運動がおこっているのだった。(これは、死ぬな) 小宮山はぼんやりそれを感じた。群がって来る蠅や蚊を芭蕉の団扇《うちわ》で追った。

本部から支給された爆破隊用の物品整理を指揮している今野軍曹の切迫した呼吸、しかし、中隊長としての今野の決意——全滅かもわからない……その昂奮を逆に圧縮してあらわす落ちつき、冷静な行動を見ていて、小宮山も釣りこまれたように、久しぶりで、女からの手紙をポケットの奥から引きだしたのだった。手紙は汗でもみくちゃにされて、折り目はちぎれかかっていて、検閲で黒く墨で消された部分も、墨がうすくなっていて、辛うじて読みとることができた。蠟燭にくっつけるようにして見た。しかし、そのどうしても焦点のあわぬ白々しさに、漫画でも読むように、行儀をくずし、腹這いになったのだった。それすらもう悲しいとも淋しいとも思わぬ明らかな神経の麻痺を自覚した。承認し、肯定し、さらに反発した。胸ときめかせ、襟を正す思いでこの手紙を読んだかつての日の自分はどこにいったのであろうか。しかし、この手紙の意味が真に凄惨にして真実のひびきを伝えるのは、現在なのかも知れぬと、よごれ果て、赤茶けたぼろぼろの手紙が鏡のようにまぶしくもあった。

突然、頭上にすさまじい轟音がおこった。数十門の砲口がいちどきに火蓋を切ったはげしさで、森林と兵営とをゆるがした。と思うと耳を裂く強烈な炸裂音が、身体をも跳ね飛ばす勢いで、すぐ間近におこった。なんの前触れもなく、雷が落ちたのである。

「おどかしやがるな」

「俺たちの首途の挨拶か」

「……お、田丸、どしたか」

田丸兵長は亀のように首をすくめ、両手両足をちぢめて、それこそ団栗のように、泥たんぼのなかに転がっていた。

「やられた」

「まだ早いぞ。死ぬのは明日じゃ」

「どうもなってないか」

「笑わせるな」

霧の底から例のごとく砲声がおこっていたが、雷のはげしさのあとで、音は豆太鼓のように弱々しく哀れだった。拍子木虫が鳴いている。

発作的に稲田は頭のタオルを幾度もはらいのける。焼けているよごれた額からゆらゆらと温泉のように湯気が立つ。バケツの水で冷やしてのせると、なにか怒ったように呟いて、また跳ね飛ばす。まるで駄々っ児だ。苦笑してまたタオルをのせてやりながら、小宮山はふっと、姉の赤ん坊のお襁褓をとりかえてやっているという女のことを思い浮かべた。胸がどきんとした。彼女はひょっとしたら、自分の赤ん坊のお襁褓の世話をするようになってはいなかったろうか？——過去も未来も、兵隊の現実のきびしさのために遮断された。すべてのつながりは断ちきられて、空間に浮遊した一点の運命の泡のように、兵隊はいつ消え去るかわからない。はたしてそういう世界が同じ地球の上にあるのかと、のどかで明るい女の手紙を読んでいると、ただ訝《いぶか》しいのである。女は自分へのつながりをしきりに書いているが、そしてそれに希望と生きる甲斐との全部を感じると底抜けの楽天さでとりのぼせているが、このきびしい現実の前では、その哀れさとおかしさとには、すでに痴呆の感じさえなくもない。女のいうつながりの切なさ、はしたなさを咎めるなと揚言して、その肉体の接触の温度までも再現する女のたけだけしさ、それは美しさであろうかも知れないけれど、現在の小宮山にはその実感がどうしてもわいて来ないのだ。全然無関係な、別世界の出来事のように思えてならぬのだった（なにをごちゃごちゃいってるか。どうでもよいことばかりではないか。もうどうなったってかまわないのだ）。小宮山は、あきれたことに、憎々しい表情さえ浮かべて、この女、馬鹿じゃないのか、と、ふっと考える。これは悲しいことといわねばならぬ。昔はこんなではなかった。少なくとも、この手紙を受けとった当初は。

昭和十七年十月二十九日、と日付がある。二年も前だ。この手紙が高原満津子からの最後の手紙なのだった。戦線も一段落した頃である。中国戦線も南方戦線も警備状態、別の言葉でいえばいわゆる「大東亜共栄圏建設時代」、後にはむざんに崩れたそのはかない夢に没頭していた時期で（その年の八月、ガダルカナル島に米軍の最初の反攻が始まっていたのだが、まだ国内には知られていなかった）、その頃書いた満津子の手紙がのどかな明るさに彩られていたのも無理はないのである。兵員の交替も頻繁に行なわれていたし、小宮山の帰還の日を待つことに、たしかに充分の可能性を含んだ希望の持てたことも肯《うなず》ける。彼女なりに生活の設計も立てていたろう。小宮山もまたこの手紙を受けとったとき、満津子の心の鼓動にぴったりと合致するもの、即応するものを感じていたことを否定できない。一つ一つの言葉がそのままのひびきと意味とで、素直にこっちの胸に伝わってきた。手紙を入手したのは、十七年十一月末、部隊がシャン高原の小さな部落で、平和な警備生活を営んでいる頃だった。事情は一変した。米軍反攻によって徐々に戦線は収縮され、アッツ島の陥落をその口火として、太平洋の島嶼《とうしょ》に進出していた日本軍部隊は次々に米軍のために蹂躙《じゅうりん》された。広漠たる海岸には敵潜水艦が出没して、海路輸送の危険度は増加し、南方向き郵便物は停止されるにいたった。敗勢の焦躁が全戦線にみなぎりわたり、そして最後のあがきのようにして、印度作戦——インパール山岳地帯における二十二度目の瀬振り生活。明日は爆破決死隊。

二年も前に書かれた手紙は、すこしも現在の事情を明らかにしていないのである。一昨年の十月二十九日以後の状態は全然、文字通り、全然ひとかけらもわからない。ほかのことはともかくとして、満津子が母になったかどうかという大切なことの不明な点が、小宮山を焦躁に駆り立てる。しかし、それもはじめのころだけで、いかにしても脈絡のつきようもない懸絶への絶望から、それかどちらであっても、母になっていようがいまいが、まったく他人事のような放棄へ、はじめは故意に、のちには自然に、そして、気づいたときには自分でも驚く白々しさで、陥っているのだった。男女をめぐる倫理のきびしさと、その責任の所在さえ、どうしても呼びさませぬ体温の無感覚のなかで、いつか見失ってしまっていた。戦争の無慈悲さを憎みつつ、人間の願望のたよりなさへ快哉を叫びたい頽廃さえ、心の一隅に巣喰って来た。考えてもわからぬことを考えてもはじまらぬ。望んでも達せられぬことを望んでもはじまらぬ。――そういう戦場の悪魔が媒介する凡俗者の抛棄がはじまっているのだった。そして、振子の振幅のように、片方では押しつめられた意識の一隅で、解明したい他のものへの懐疑は執拗にくすぶっていた。

それにしても、この意味を失ったぼろぼろの手紙（小宮山はやはりこの手紙は棄て去ることができずにいるのだった）を読めば、まるで、満津子と顔をあわせて話をしているようである。よそよそしいもののいいかたをしているかと思うと、急に蓮葉《はすっぱ》になる。一つの思考の途中で、分裂したり、関連したりする他の想念が殺到してきて、それを鵜飼いが手綱をさばくようにてきぱきと処理してゆく。その鋭敏さ、しかし他の一面ではどうしてもその思考の台にのぼって来ない鈍感さを持つ単純さ、思ったことはずけずけという率直さ、思いつめると一途になる恐ろしいほどの真面目さ、小麦色の面長の顔のなかで、大きな二重瞼の眼がこれらの心をたたえまなく反映しながら、くるくる、きらきらと動き輝く。他のことをそらぞらしくいいながら、いつも別の心でその裏やら横を見ている。……そんな満津子の顔がこの手紙からさまざまと浮かび出て、ちぎれかかっている紙の切れ目から、女にしては底厚い強い声がきこえてくるのである。それにしては、書かれている言葉はすべてその意味を失って、遠い世界へ逃げていた。ことに、青春という言葉のなんという白々しさであろうか。それはどこの言葉か。この綿々たる手紙のなかで、青春を総大将として引き具されている、多くの言葉たちの、薄っぺらな感傷、歯の浮く甘さ、安っぽさ、遠さはどうか。それはもはやどこにも通うことを忘れた孤独の言葉として、自分の表情に羞《はじ》らいながら、所在なげにさえ見えるではないか。……しかし、そのとき、小宮山にはその言葉と意味とをことごとく埋没し去ってまったく悔いがないかといえば、それには自信が持てなかったのである。

あざやかに生き生きと美しいのは硝子の文字であった。朝日を受けてきらっきらっと光っている硝子、それはほとんど動悸を伴うほどに魅惑的である。荒涼たる戦場で、鉄道線路を見て、胸のとどろいた経験を思いだす。弾丸と泥濘と屍骸と破壊とのなかを抜けて来て、ふっと見つけた一直線。国内ではなんとも思わなかったレールが、索莫とした戦場を幾何学的な美しさで、しかもその上に青空をうつしてまっすぐに走っているのを見たとき、おかしなことに瞼の裏が焼けてきた。その同じおどろきを、手紙のなかの窓硝子に感じるのだった。ほとんどまぶしいのである。兵隊の安住の栖《すみか》たる瀬振りは惨澹たる掘立小屋で、どの一軒にも硝子などはめられてはいない。総ガラスの家などない。小宮山は眼鏡をはずしてみた。ささやかではあるが、二つの丸い硝子を、これまでにない惚れ惚れする気持で見た。彼は右眼十度、左眼七度の近視眼で、眼鏡はそれこそ生命から二番目だった。これを失っては盲目同然となるので、四つも準備して来たが、戦闘のはげしさによって（一度は不注意のため）、三個を失った。最後の一個である。しかも栄養失調のためか度はさらに進んでいるようで、ピントが合わなくなりつつあった。眼鏡をとって硝子を表にかざしてみて、もう霧のなかに黄昏が深くなっていることを知った。

つぎにあざやかなのは、柿の木の文字であったが、これにはぬぐいがたい苦痛の枠がついていた。小宮山は遮断機をおろすように、手紙を折りたたむと、腹立たしげにポケットに押しこんだ。それから、のろのろした手つきで、稲田の額のタオルをとった。

第七章　前夜の饗宴

一堂に会するほどの座敷がないので、中隊本部の前に集合した。分哨と対空監視哨と病人とを除いた全員が、ひしめきあってならんだ。そのなかには、印度兵ハリハルとババの顔もあった。もうすっかり日が暮れて、本部には細い蠟燭がともされた。今野軍曹の緊張した顔が照らしだされている。片側光線になると、今野の顔は顴骨《けんこつ》と顎の鋭い曲がりかたが目立ち、よごれた髭のまばらさがとげとげしくて、ある残忍の相があらわれた。かたわらにいる星野伍長、江間上等兵、舟崎伍長、三浦看護兵、菅原伍長、糸島伍長、倉本伍長などの顔も、ゆらめく明りのなかで、昂奮と緊張とで無口となり、ひどく仏頂面に見える。竹敷の部屋の一隅には、赤い紙の貼られた火薬箱、食糧などが積みあげられている。それらの上に、もう黒い油虫が這いのぼって、天からぽとぽとと雫がたれ落ちている。蚊と蠅がうるさく、これを追う手や団扇やタオルが動く、足音が、どうかすると飛行機の遠い爆音のように錯覚されることもあった。

兵隊たちはどろどろにこねかえされた地面に立っていた。ぶるぶるふるえている者もあった。この戦線では三十八度以下のマラリア熱と、軟部貫通銃創は患者のうちには入らないのである。それを患者にすると、健康者はほとんどいなくなり、戦力が全然なくなる。だから、集まっている兵隊のなかにも軽いマラリアが少なくなく、嵐で濡れた寒さで膝頭の震動がとまらない者、歯の根のあわぬ者などが、腰のきまらぬたよりなさで立っていた。火を焚くことができないので、身体を乾かすためには、朝になって太陽の出現を待つほかないのである。

今野軍曹は丸太を打ちつけてつくった事務机の前に端坐して、こころもち肩を張っていた。威嚇《いかく》しようとしたわけではないが、重大な任務の自覚感で、おのずからそういう姿勢になったものであろう。孤のようにつりあがった眼が妖しい輝きかたをしている。

「皆集まったか」

ぐるりと暗いなかを覗くようにして、見まわした。

第一小隊長糸島伍長、第二小隊長倉本伍長から、それぞれ人員の報告があった。

「それでは」、今野軍曹はかたわらのぺらぺらの紙片をとりあげた。「これから、わが中隊が受けた任務について打合わせをする。もうすでに皆の知っとるとおりだが、あらためて、念のため、命令書を読みあげる。ええかな。気をつけ。……命令、今野中隊ハブリバザー、ビシェンプールノ中間地区マイバムム付近ニ直チニ進出シ、該地敵戦車部隊ヲ攻撃、戦車ヲ爆砕スルトトモニ、敵戦車進出主要道路ノ全部ヲ破壊スベシ。……休め。……わかったな。皆も想像するとおり、これは大変な任務だ。わが軍の作戦が敵戦車のためにしばしば齟齬《そご》を来たしたことは、皆もよく知っとるだろう。恨み重なる戦車だ。あのM2という怪物だ。それをわが中隊がやっつけにゆく。わしはこの重大な任務がわが中隊に課せられたことをすこぶる光栄に思うておる。もしこれが成功したならば、きっと戦勢転換の契機になる。そう考えたら、武者ぶるいが出るようだ。だが、この任務の遂行が、そうたやすいものでないことは充分覚悟せんといかん。敵のふところ深く入るのだ。ここに地図が来とるが、マイバムといや、敵のどまん中だ。迂闊なことをやったら大事《おおごと》になる。わしも全力を挙げてやる。全員一致協力して、これに当たってもらいたい」

言葉を切ると、今野はかたわらから中隊名簿をとりあげた。兵隊たちの間に動揺がおこり、不安げな呟きが洩れた。「それでな」、今野ができるだけこだわらぬ語調につとめていることが看取される。薄とぼけた顔つきにさえなって、「これは特別任務だから、中隊の編制を変える。それに全員ゆくこともいらんし、できもせん。独立工兵から、一個分隊配属されることになっとるが、これは爆破作業の教導が目的だから、主任務はむろんこっちでやらなくちゃならん。それで、大体これまでの小隊、分隊の編制を基礎にして三班に編制したいと思う。むろん、わしが隊長でゆくが、あとは八名ずつを一班にして、道案内かたがた通訳に、ハリハルとババ、

三浦看護兵はゆかねばならぬとして、

「籤引《くじび》きにして下さい」

暗いなかからどなった者があった。

「馬鹿なことをいうな」

今野の眼がはげしく吊りあがって、明らかに怒気があふれた。

「いま籤にせえというたのはだれだ？」

返事はなかった。

「ゆきとうない者は手をあげれ」

さすかに、あげる者はなかった。

「そんなら、希望者は手をあげれ」

それにも応ずる者はなかった。今野の顔に淋しげな表情がちらと浮かんだが、ふと眼の前にいる田丸兵長に気づいて、

「田丸、お前、ゆくか」

「どっちでもええ」

「ゆこや」

「うん、いってもええ」

今野は政略的な笑みをふくんで、またぐるりと見まわし、

「田丸がゆくといっとるが、ほかに希望者はないかな？」

四、五名、自分もゆきますという者があった。
「うん、そうかそうか」と上機嫌で、今野は名を控えた。

「小宮山も参ります」

どこからそういう意志が出て来たのか。不思議だった。そう叫んだあとで、自分からおどろいていた。人の声のようであった。しかし、小宮山上等兵はいってしまってからはそのことを悔いてはいなかった。ふりむいた田丸兵長が暗闇をすかすようにして、こちらを見た。暗いうしろの方にいたので認めかねた様子で、何度も伸びをしたり、眼を細めたりした。小宮山の方は田丸の頓狂な、べそをかいたような顔に、露骨にうれしさの漲《みなぎ》っているのをはっきりと見た。汗かき運動のとき、いきなり抱きつかれて背中をしゃぶられ、逆上したように夢中で舐めかえしたときの、異様な塩辛いぐりぐりした甘さが、小宮山の舌のさきに唾をともなって蘇ってきた。

なお、五、六名名乗り出た。

「それではな、おおよそ、見当がついたから、編制をここで決める。中隊の幹部連中ともよく相談した結果だから、わしの独断じゃない。大体いまの希望者はこっちの案に入っとったが、洩れておった者もあったんで入れる。小宮山は残留組にしてあったが、勇敢なのに感服したから加える。それじゃ……」

名簿をとりあげると、田丸兵長がなにか思いついたように、あわてた様子で、今野軍曹に耳打ちした。今野はくすぐったそうな微笑をふくんできいていたが、鷹揚《おうよう》に、よしよしとうなずいた。

「それじゃ、これから、……まず、残留組から。……稲田兵長、これはマラリアがひどいから残す。そしてただちに入院させる。……星野伍長、ええな、われわれが出発したら、すぐ入院させてくれや」

「うん、そうするが彼奴、入院するかな。これまで何度いうても入院せんかったのだから……」

俺を入院させんでくれ、殺すならここで殺してくれ、くそ、俺は死にはせんぞ、死にたくはないんだ。……稲田は熱に浮かされながら、頑強に野戦病院に入るのを拒むのだった。野戦病院というより、粗末な野戦繃帯所がライマナイにある師団司令部近くの深いジャングルのなかにあったが、正規の設備とてなく、前線の瀬振りと変わらぬ雨の漏る掛小屋だった。軍医も手不足だし、衛生材料とて貧困をきわめていた。栄養の食糧とて充分にはなかった。どこの病院も二人の軍医が二百人をも引き受けているのでは、手の届こうはずもない。連日、患者は死亡、逃亡者が相ついだ。野戦病院に収容されることは死ぬことと同じだ。病院は地獄だ、そういうことが定説のごとく戦線にひろがっているのである。稲田が入院を恐怖するのもそれが原因だった。

「絶対に入院だ。後方から、最近、ええ軍医や、薬も来とるそうじゃないか。命令だ、ええな」

「うん」

「それから、吉崎一等兵、負傷のため、宇川上等兵、植木一等兵、中村上等兵三人は栄養失調のため鳥目になっているので残す。夜間の行動ができんでは足手まといとなる。それから留守隊責任者として、星野伍長、功績の菅原伍長、江間上等兵、以上残留者九名。あと二十八名のうち、喇叭《ラッパ》の吉田一等兵はわしの伝令、わしの直属として、三浦看護兵、ハリハルとババ両一等兵、残りを三班に編制して、第一班長糸島伍長、第二班長人見兵長、第三班長倉本伍長、班員は第一班、田丸兵長、小宮山上等兵、勝本一等兵、清原一等兵、軽機は三木一等兵、浜田一等兵、大江一等兵、第二班、柿沼上等兵、福島一等兵、……」

編制表が読みあげられ、なお若干の変更があって、部署が定められた。くぐもった呟きと、囁きとが、兵隊たちの間でおこった。

今野は満足そうに、

「以上の通り。出発は明十五時、各班長において諸準備を明日の正午までに完了すること。所要弾薬、爆薬、器具、食糧等の分配は明朝やる。……今夜わけると、久しぶりの御馳走だから、食ってしまう危険があるからな。ただし、煙草と酒だけは、今夜分配する。煙草はとりあえず三本ずつ、あとは明日。酒も泥酔するほどはない。二階から目薬、ほんの印ばかり、班に一本ずつあるとええが、そうは渡らん。月桂冠が二本来とる。……さあ、拝め」。今野はおどけた格好で、両手に一本ずつ首をつかんだ一升瓶を高々とあげ、自分ががくんとお辞儀をしてから、「これを濾過《ろか》水で調合して二倍にする。胃袋が訓練を欠いて弱っておるから、生のまま飲むと、たちまち悪酔いしたうえに下痢をおこす危険がある。これはその道の専門家たる三浦医学博士の説にしたがうことにするのである。宴会は各班ごとにやること。今夜は無礼講、放歌高唱勝手次第、なお、慰安所にゆく者はいってもよろし、慰安所ゆきにかぎって無断外出を許可する。終わり」

はてもなくつづく森林の饗宴をのがれて、小宮山上等兵は一人で屯営を脱けだした。

たしかに今野軍曹のいうとおりだった。訓練不足の胃袋は薄められたわずかの酒にたちまち狂いだして、兵隊たちの喧噪と怒号とのすさまじさは、一種癲狂院《てんきょういん》的風貌を呈した。暗黙のうちに理解されている死の旅への絶望感が、今宵一夜という切ない感慨をこめて、酒の力を借りて狂い立った。歌う者、喚く者、笑う者、踊る者、議論する者、飯盒をたたく、バケツを鳴らす、はては取っ組みあいさえはじまって、文字通り阿鼻叫喚《あびきょうかん》、この閑散であった屯営は一大歓楽境と化したのだ。

剛腹で闊達《かったつ》な今野軍曹は心中深く期するところがあった。あるいはこの馬鹿騒ぎは、分哨と対峙している敵の方にきこえるかも知れない。きこえたところでよいではないか。また、味方の陣営のなかで、この途轍もない騒動を咎める者あらば咎めよ。なんといって咎めるか。不軍紀？　不秩序？　それとも、傍若無人？　出たらめ？　なんでもよい。——今野は責《せめ》は一身に負う決心をしていた。自分も酔い、親分のように、各班をまわっては、兵隊たちと飯盒の中子《なかご》で酒をかわしあい、ええかい、俺の歌をきけ、と（ああ、敵にも味方にもひびけ）、バケツをたたくような錆《さ》び声を張りあげて、あああ、会津磐梯山は宝の山よ、笹《ささ》に黄金が、ええまた、鳴りさがるう――。歌って踊った。

彼は今度の光栄ある任務がたしかに島田参謀のさし金によることを確信していた。数日前、いろいろ話したとき、この童顔の稚児参謀の人柄に魅惑され、この人のためならば喜んで死ねると思った。その人から見こまれた、信頼されたということは、かぎりなく今野を満足させた。陶酔さえさせた。今野は兵隊たちの酔ったまぎれの悪口雑言、

「とうとう俺たちを殺しやがるか」

「こんな阿呆な戦争があるか」

「中隊長が見栄を張るから、こんな無茶な命令がくだるんだ」

「命令、命令って、兵隊は命令なら、どんなことでもきかにゃならんのか」

「犬死にはしたくねえぞ」

「畜生、ほんとに慰安所につれてゆけ、泣かん子を泣かすようなことをいうな」

「女はどこにいるんじゃ?」

「インダンギよ。百里あるわ」

「馬鹿にするな」

そういうむきつけの言葉すら、こころよい音楽のようにきいた。彼らがどんなことを放言しようとも、弾丸の下では、彼らがつねに勇敢な兵隊であることを、今野はこれまでの経験で、かたく信じていた。

いずれも黄黒く日に焦げて憔悴し、うすぎたない不精髭は伸び放題の顔を酒で染めながら、

襤褸《らんる》の兵隊が痴呆のごとく喚き騒いでいる山塞の図を、なんと形容したらよいであろうか。……小宮山はそのけたたましい悲しさに堪えきれず、逃げだしたのであった。いつか酔っていたのか、足がふらつき、鈍く頭のしんの疼くのを感じた。

墓地に出ると、月夜であることがわかった。ただ一色、深々とすべて濃い青につつまれている。うしろにきく屯営の騒擾《そうじょう》がうおんうおんと丸くこねかえされる鈍い声の玉になって、ジャングルの一角に渦巻いている。そこだけぼうと蠟燭の赤味をさしているのが、血膿のように見えた。声は地底からおこる呻きに似ていた。戦慄をおぼえた小宮山は、追われるように歩度をのばし、どろどろの泥泥の道を何度か辷《すべ》りながら、いつか「印度公園」への登り口へ来ていた。そこから松林がはじまっているのである。拍子木虫や、こおろぎがしきりに鳴いている。しいんとしていた。錯綜した梢を透して、八日くらいかと思われる月が弦を斜めにかかっている（八夜かな？　それとも十夜かな？）。ちょっと首をひねった。印度の月の算定に自信がないのだ。十日を過ぎると突如としてぐっぐっと空気を吹きこまれるように急速に膨張する印度の月、そして少なくとも満月が三日以上つづく、そんな面白い月のありかたに、すこし気持がほぐれて、すべらないように、松の根を踏みながら、峠になった彎曲部を右に折れようとした小宮山は、ぎょっとして立ちどまった。

一間ほど先に、黒い影が立ちふさがっているのである。月を背後に受けて、顔はわからぬが、直立不動で、両手をぴたりと両股につけ、彼にむかってがくっと首を傾けてお辞儀をしている。ふくらんだ背負袋、胸にはすかい十字にかけた雑嚢と水筒、帯革につけた弾薬盒、剣、巻脚絆、軍靴、凛々しい武装姿であるが、銃と鉄兜とは足もとにころがっている。伏さった鉄兜の頭が月光に鈍く光っている。小宮山は息をつめて凝視した。なにも武器を持っていなかったので、思わず拳をにぎりしめた。しかし、事の真実を知るに時間は要しなかった。そのまったく微動だにしない兵隊は、松の枝に首を縊《くび》っているのである。重さで枝が折れたのであろう、ちょうど足が地につくところでとまっていたし、夜で紐が見えなかったので、ちょっとは縊屍体と気づかなかっただけだ。しかもその兵隊が稲田兵長であることも、近よるとすぐに知れた。小宮山は不思議に落ちついて、善後策のことがすぐ浮かんだ。いま報告することはまずいと頭に閃いた。

小宮山は稲田の帯剣を抜いて、縄を切った。屍体はどさりと、草の上に落ちた。彼は戦友の身体をかかえようとしたが、鉛の塊のように重かったので、両脇にうしろから手を入れて、松林のなかに引きこんだ。まだ身体は熱く、熱のこもっている脇からむっと汗をふくんだ体臭が鼻をついた。どろっとしたなにかの粘液が手に触れた。こおろぎの鳴き声が止んだ。そこから十米ばかり先の、萱《かや》の密生しているところまで引いていって、そこに寝かせた。そうすれば外部からは見えなかった。銃と鉄兜とを拾って来て、屍体のかたわらに置いた。稲田がいつも大切にしていたウォーターマンの万年筆を形見と思い、ポケットから抜いた。これだけの動作を冷静に的確にやった自分が小宮山はわれながら不思議だった。なにか自分のなかに別個の自分が形成されつつあり、それが勝手に行動することの気味わるさは、これまでにも経験したことがあった。心にも鬼が住み、身体にも鬼が宿っていることを、いやでも肯定せずにはいられなかった。

夜のインパール平原は一望の下である。霧は晴れていた。内地では月の明るいときには星の光は遠慮がちであるが、印度の星は月などに負けていなかった。小さいながらも全部の星がありたけの光を強烈に放出しあって、夜空は絢爛《けんらん》としていた。銀河は豪華な光の帯になって、空を両断している。そして月と星との明るさを欲深く吸収するように、青白くひろがった眼下の平原は、縹渺《ひょうびょう》たる海に異ならなかった。

左下のビシェンプールをはじめとして、ポッサンバム、ニントウコン、チニイゲイ、モイラン、等の部落は黒い塊となって、あるものは大洋に浮かんだ島のようにも見え、あるものは遊《ゆう》弋《よく》している鯨のようにも見える。ミルクのように霞むロクタク湖は海上に泡立った白波（故郷の漁村ではこれを白馬が走るというが）のようである。前方はるかバレルの山岳地帯は氷山のように浮遊している。平原に出る山脚までには、いくつかの起伏があるが、それはうねりよせて来る波のようで、小宮山はじっと眼をこらしていたが、この静謐《せいひつ》な青白い海岸が、どうしても凄惨な戦場であるということが実感とならないのだった。

各部落ともに両軍の部隊がおり、陣地があるわけだが、無論その片鱗も見られない。すべて青一色に呑まれている。美しい海である。冷え冷えするのを感じながら、松の根に腰をおろして前方を見ていた小宮山は何度も眼をこすった。自分が近視眼のせいであろうか。全体の風景がなにかで遮断されているように見えて仕方がない。どうもそれが硝子のようで、巨大な一枚の硝子板がたしかに山脚からつき立って、平原と自分との間にある。眼をこらせばこらすほどそう見える。おかしなことがあるものだ。自分も鳥目になったのか。鳥目なら夜は全然見えないはずだが、とそんなとぼけたことを考えていると、はるかの眼下に、ちかちかと小さく赤く光るものが眼にとまった。マッチをするように、火花がぴかぴかと明滅する。線香花火のようでもある。一匹の鯨の尻尾のところで閃いている。音はきこえない。ぴかぴかはしばらくつづいた。なんの感情もなしに、しばらくぼんやりとその美しい火花を眺めていた。しかし、やがて小宮山は気づいたのである。それは戦闘の火なのだった。

その鯨はニントウコン部落らしい。ニントウコンの北端近くロクタク湖に注ぐ一本の細い溝川があって、その川をはさんで両軍の第一線が対峙しているのである。夜戦がはじまっているのである。死闘が展開されているのである。その現場はすさまじく凄絶な修羅場にちがいない。そしていくつかの生命がまたもそこで傷つき失われているにちがいない。しかし、その戦場は遥かのこの展望台からは、ただ美しい花火大会のように見えるのだ。小宮山は耳をすました。全然音のきこえぬはずはないと思ったが、きこえないのである。視力とともに聴力も鈍ったかと耳をほじくった。やっぱりきこえない。そうして、小宮山はひとりうなずき、自分と海洋をへだてている硝子の所在を確認したのである。同時に、小宮山の胸ににわかにえたいの知れぬ恐怖の感情がおこった。やがてまだ鈍くつづいてきこえる屯営の饗宴の声が耳に入ると、全身に冷水をあびたようにぶるっぶるっと顫《ふる》えた。狂暴な怒りが渦をまいてきた。泣きたくなってきた。叢《くさむら》に寝かせて来た稲田兵長のことか浮かんできた。

（稲田はなぜ自殺したのだろうか？）

だが、この疑惑とその釈明にはすこしも興趣がわいて来ないのである。稲田が死んだという厳たる事実だけには充分に納得がいっていた。大事件のようにも思えない。数日前、砲撃を受けたとき、吉崎と二人で防空壕にかかえこんでやると、熱に赤く火照る顔に涙を浮かべるようにして、何度も、すまんな、すまんな、をくりかえした。盲目砲弾にあたって死にたくはなかったのだ。野戦病院に入らないと駄々をこねたのも、野たれ死にのような死にかたをしたくなかったのであろう。いつのまに、稲田は出ていったのか、すこしも気づかなかった。残留組となって、しかも強制的に入院させられることを、小屋のなかできいたものであろうか。それにしても武装して死んだのは、爆破隊に加わりたかったのであろうか。稲田を犠牲者にすれば、どういう意味の犠牲者だろうか。彼は不幸だったのだろうか、幸福だったのだろうか。悲劇か喜劇かの区別はなかなかつけにくい。

するとにわかに、小宮山は腹痛を感じてきて、思わず下腹に手をあてた。きりきりと細紐でしぼるように切れこんで来るのである。馴れぬ御馳走にあたったと悟った。賤《いや》しいと知りつつ、好きな酒であり、がぶがぶ飲んだ。罐詰の蟹や鮭をがつがつ食った。豊饒《ほうじょう》さを忘却していた胃袋を無益に狼狽させたものにちがいない。嘔気もすこしあった。便意をもよおして来たので、松林に入り、叢にしゃがんで脱糞をした。尻に冷やりとした風があたった。腰の筋肉がたるんでくずれてゆくような悪感がして、はげしい下痢をした。下痢の不快さで、しばらくしゃがんでいた。そうして見おろすとなおも眼下の火花は音もなく、ちかちかと光りつづけている。ふいと（腹痛、下痢、爆破隊にゆかずにすむのではないか）、おどろいて首をふり（なぜ、ゆけなくなるのではないかと悲しまないのだ）、一瞬狡獪《こうかい》の心に鞭をあてた。（ゆかねばならぬ）それはすでに確固とした、そうして安らかでさえある決意になっていた。

脱糞を終わると、はたと当惑した。紙がない。全部のポケットをさぐったが、日誌をつけている小さい手帳が一冊あるきりだった。塵紙などという上品なものはとっくの昔に切れている。普段は兵隊たちは広い草や木の葉を落とし紙がわりにしていた。見まわしたがそれらしいものも見あたらぬ。小宮山は手帳を破ろうとしたが、ふとなにかに思いあたって、残忍な笑みを浮かべた。ポケットから満津子の手紙をとりだした。かさばらないようにとの心づかいからか、長たらしい文面は三枚の大型便箋に、それこそ胡麻粒のような字で埋められてあった。三枚とももみくしゃにしようとしかけたが、思いかえし、一枚で尻をふいた。

立ちあがると、またもとの台地の端に出た。しばらくぼんやり青い海原を見おろしていたが、無意識に妙な動作をした。右首筋に右手の掌をそっとあてがって、きき耳を立てるようにかすかに首を傾けた。そこに、少年の頃、柿の木から落ちたときの三日月形の傷痕がなお残っていた。五針も縫ったあとが盛りあがっていて、かすかに掌にわかる。鶏が卵をかえすように、しばらくじっとそうしていたが、突然ばちばちとそこをたたいた。それから、小宮山は左手に持っていた手紙の一枚を幾重にもたたんで裂いた。粉々にちぎった。それを口の先に持って来て、うっと強く息を吹きかけた。白い切片《せっぺん》は青白い空のなかに、ひらひらと蛾の群のように舞いあがっていったが、大海原にむかって散ってゆくと、一つずつ空間に吸いこまれて消えた。どうもそれは硝子の壁につきあたって、そこから落ちるものとしか思われなかった。何度吹いてみてもそんな気がした。（青春など用はない。青春などというものは俺たちとは無縁の贅沢品だ）小宮山は身が軽くなってゆくような満足感で、その分割された女の文字の花あられが印度の空間に四散するのを打ち眺めていた。このとき人間の復讐の立場から、この狂暴の発作が新たな地獄への門を豁然《かつぜん》と開いているのだった。小宮山も心のかすかな一隅で、無意識のようにして、そのことを意識していた。

「小宮山じゃないか」

びくっとしてふりかえると、田丸兵長がずんぐりと月光のなかに立っている。

小宮山はあわてて、残っていた手紙の一枚をポケットに押しこんだ。罪悪を発見されたような不思議な差恥感が、顔を赤らめさせた。夜で顔は見えなかったとしても、狼狽をかくしきれなかった。そんな様子に気づくような田丸兵長ではない。ぶつくさと、

「お前、なにやっとったのか」

「月を見に来たんです」

「ほんとに、ええ月じゃのう」

ちんちくりんの田丸が月を仰ぐと、背丈がさらに縮むように見えた。

「皆は？」

「ま、まだ、やっとるわ。今野がええ奴だもんだから、兵隊がみんなええ気になっとる。あんなどんちゃん騒ぎ、生まれて見たことがない。たった二升の酒で、まるで四斗樽でもあけたような騒ぎやっとる。……そ、それがな」あまり他人と口をきかぬ無口の田丸も、小宮山なら、

吃りながら、ぽつりぽつり話をするのだった。すこし酔っているのか、いつもより雄弁に、「さっき、大隊本部から、伝令が来たんだよ。なんか、どなりこんで来てな、てっきり喧《やかま》しゅういいに来たんだろうと思って、覚悟はしとったが、びくびくしとったらな、そ、それがな、酒くれというんだ。あの、腰抜けの殿様大隊長がな、中隊には酒があるらしいから、こっちにもよこせ、中隊だけで飲むのは怪しからん、とたいそう怒っとるというんだ。大隊長の命令だとさ。今野が怒ってな、酒はもうない、今ならまだ残りがすこしあるから、欲しいなら自分で飲みに来いて、大隊長にいえ、といってどなりおったわ。伝令の奴、び、びっくりして飛んでかえった。今野の奴、よ、よっぽど腹が立ったんだろうよ。そしたら、伝令がまた来てな、今野を呼んで来いって、大隊長がいうたとかでな、よし行くというて、戦帽を鷲づかみにして出ていったよ」

「君はここに何しに来たんです？」

「俺か、お、俺はな」月光のなかでも、露骨に、にやにやと浮かび出た、いかにもたのしげな微笑みが看取された。三歳の小児のような無邪気な童顔である。「蟻を見に来たんだ。うかうか飲んどったらな、糸島の奴が、田丸、お前、蟻にお別れにゆかんでもええのかというのでな。おっ、大変な忘れごとしとったと思うてな、と、飛んで来たんだ」。

言葉の半から、もう田丸はつかつかと台地の北端の方に歩いていった。松の木の密集した斜面に降りて、そこへしゃがんだ。地面に顔をくっつけるようにしたが、月光でわかるとみえ、「おっ、やっとる、やっとる」

這いつくばって、もごもごしているのは蝦蟇《がま》のようだった。

しばらくして顔をあげると、

「稲田がおらんのだがなあ、小宮山、お前見かけなかったか」

「知らんですなあ」

「便所にでもゆきやがったのかな？……そ、そりゃそうと、小宮山、お前、足はどうする？」

「足？　足とは？」

「足よ、はきものはあるのか」

「軍靴があります」

「あのはんばりのはげたのか。あれは駄目だ。あんなものはいとったら、いっぺんでへたばる。難行軍だぞ。俺が明日ええ草鞋をつくってやる。竜舌蘭でな。皆にもつくってやるつもりだが、お前には特別堅牢なのをこしらえてやる」

そういって、また地面に顔をつけると、石のように動かなくなった。

第八章　出　発

頭上を飛行機が通っても、遮蔽する必要もないほどの深い霧である。微細な粒子になった霧の粉が、平地の方から吹きあげて来る東風にあおられて飛び散る。そのなかにいくらか粒の大きい蟬の小便が、とき折、見わけがたいほどの虹のいろを刻んで、高い榕樹《ようじゅ》の梢から降ってきた。インパールの方向で、かすかな砲声が断続的にきこえるが、それは遠雷のようでもあり、なにかの爆破音のようでもあった。

こんな日は対空監視哨はいらない。のっぽで、声が大きいために見こまれて、吉崎一等兵とともに、対監専門にされている柿沼一等兵は、落雷のため、横たおしになった巨木の幹にあがりこんで、さっきから、せっせと竜舌蘭の葉で草鞋を編んでいる。図体が大きく、動作が緩慢なのでいつも戦友からからかわれているが、手つきもすこぶる不器用で、横にいる田丸兵長が三足つくる間に、まだ一足が仕上がらない。何度も繊維を組みなおしたり、引き抜いたり折ったりしてはいまいましげに舌打ちしている。

「ぶきっちょな奴だのう、そこの緒の組みかたが反対じゃが、……貸してみい」

ほかのことではへまばかりやっている田丸も、草鞋つくりとなると技倆は自他ともに許していることとて、言葉も確信にあふれていた。柿沼から編みかけの草鞋をとると、ごつく堅い掌にぷっと唾をかけて、ぎゅぎゅと繊維の紐をしごいた。遅鈍な田丸の神経とは全然分離したような敏捷さで、二つの手が動く。

「やっぱり百姓だなあ」

感歎ともひやかしともつかぬ言葉をはいて、柿沼は両手を後首筋にあてると、ごろりと樹の上に横になった。長い身体が、いっそう長く見える。

「おい、田丸」

「うん」

「お前、腹具合なんともないか」

「すこし、ぐじぐじすることはする」

「昨夜《ゆんべ》の酒がこたえたなあ、酒なんて何ヵ月ぶりで飲んだかなあ、腹の虫奴《め》が眼をまわしやがった。今朝から下痢のしとおしだ。もう、十ぺんもいった。俺ばかりじゃない。みんなやられとるが、……こんなことで出発ができるかなあ」

「なあに、出かける時分になりゃ、気が張って、しゃんとなるよ」

「今野軍曹もぴいぴいやっとったようにある。隊長以下全員腹下しじゃ、任務はつとまらんぞ。相手は大型装甲重戦車M２の旦那と来とる。いや、敵さんにお目にかからん前にぶったおれるわ」

「心配するな、俺のつくった草鞋はいとりゃ、鬼に金棒だ」

なにが鬼で、なにが金棒なのか、きいた方にはわからなかったが、草鞋つくりはすこぶる得意の様子で、敏速に仕事をすすめていった。かたわらにはすでに編みあげられた十足ほどの草鞋が、緑と白とのだんだら模様でならべられてある。一足だけ離して置いてあるのは、小宮山にやる特製品らしい。

「おい、田丸」

「うん」

「稲田はどうして首なんかくくったんだろうなあ？」

霧のしぶく白い空をあおいだまま、柿沼は鈍く重い声を出した。

「攻撃に参加できんのが、口惜しかったんだろうよ」

「そうかなあ、……どうもわからんなあ、……死なんでもよかったろうがなあ……」

なあという語尾のたびに、柿沼は空気を吸う鮒《ふな》のように大きく口をあけた。田丸はそんなことと考えても仕様がないというように、草鞋つくりに専念した。

「あいつ、もう用がなくなったんで、淋しくなったんじゃないかなあ、あいつは家をつくるのがたまらなく好きだったんだ。あいつが大工の棟梁だったたってことは嘘じゃあるまい。うるさいおしゃべりだったが、嘘つきじゃなかった。マラリアにかかってからは、得意のおしゃべりもしなくなったが、あいつが自分の建てた家のことを自慢して話すのにゃ、うんざりしたもんだ。日露戦争のときの何とかいう将軍の家、何とか炭鉱の鉱主の御殿、どこやらの公会堂、それが間取りはもちろんのこと、廊下やら、欄間やら、天井やら、床の間やら、柱から、便所の隅々までこまごま話すのにゃくたびれた。だが、あいつはほんとうに家を建てるのが好きだったんだ。建築が生命だったんだ。この俺たちの瀬振りだって、あいつのおかげで部落随一の豪勢の建築だ。あるだけの材料をつかって、あいつは将軍や炭鉱主の御殿をつくると同じ気組でつくったんだ。あいつは根っからの大工なんだ。あいつは戦争に来たんじゃなくて、建築の研究に来たんだよ。……あいつの日記帳には、家のことばかりが書いてあったたっていうじゃないか。あいつ、自慢ばかりして話しとったけど、やっぱり自分のつくった家に不満があったんだなあ。失敗したのもあったんだ。そんなこと、戦場に来てからも、気にばかりしてたんだ。おかしな奴だなあ。だれそれの家の渡り廊下をなおさなきゃならんとか、どこそこの家は欄間と鴨居の調和が悪いので、とりかえにゃいかんとか、そんなことばかりが書いてあったそうだよ。……あいつ、生きてかえりたかったんだなあ」

田丸は柿沼のひとりごとなど、きいてはいなかった。手と耳と一緒に働くようにできていないので、草鞋のことだけで頭は一杯なのである。

「あいつ……」。青黒くむくんだ柿沼の頬を伝って落ちた涙が、黒く濡れた幹の肌に吸いこまれた。ごくんと柿沼の咽喉が鳴った。「きっと、もう仕事のなくなったことが淋しかったんだ。俺たちの中隊の瀬振りをこしらえることが、あいつのたった一つの生き甲斐だったんだ。それがもう用がなくなったもんだから、……もう中隊に家などいらなくなったもんだから……」

手を休めていた田丸に、この言葉はきこえた。

「なんてや？　中隊に家などいらなくなった？　それ、なんのことかい？」

「もう中隊はなくなるんだ」

にわかにはげしく投げる声だった。

「どうしてや？」

「どしてって……」

怒りに満ちた歪んだ顔が田丸を睨んだ。

「全滅だ」

「中隊がか？」

田丸の声は間のびしていた。

「そうとも。今度のような任務で、生きてかえれるわけがないじゃないか。決死隊じゃない、必死隊だ」

「そうともかぎらんよ。俺ゃ、ちゃんと任務を果たしてかえれると思うとる。そりゃ、何人かはやられるか知らんが……」

もうお前と話しても仕様がないというように、憎悪にちかい侮蔑のいろを浮かべた柿沼は、くるりと起きあがると、編みかけの草鞋をひったくるようにして、大股に掛小屋の方へ歩み去った。濡れている赤土の地面に、扁平足の大きな跣足がぺちゃぺちゃと鳴った。

あっけにとられて見送っていた田丸は、瞬時、いいようのない悲しそうな顔をしたが、すぐけろりとした表情になると、くすんと団子鼻を鳴らして、積まれた竜舌蘭の束から、広い葉を一枚抜きとった。

霧は深くなる一方だった。もう中隊の一角がわかるきりで、あとは一面の白さである。

最後の心やりのつもりだった前夜の饗宴を、今野軍曹はいくらか後悔していた。結果を杞憂《きゆう》しないわけではなかったが、自分の感傷もまた抑えがたく魅惑的だった。なにものにもはばからぬたけだけしい気負いがあったし、心と心の結び目がかならず戦場であらわして来た経験の堆積が、新しい冒険の前に、習性のようにして、今野をその行為の確信のなかに置いた。しかし、杞憂は若干実現して、自分も腹をこわしたし、部下にも何人かの新たな病人をつくりだした。熱を発し、猛烈に吐瀉する者も出て、三浦看護兵の勧説にしたがって、予定の隊員を六名も減じなければならなかった。

　稲田兵長の自殺は意外だった。原因を推察することができないのである。これまで多くの部下を戦闘で失ったが、みずからの手で生命を断ったのは、稲田がはじめてだった。昨夜、部隊が乱痴気騒ぎを演じていたとき、すでに稲田は屍体となって、松の枝からぶら下がっていたという想像は、恐れを知らぬ今野の堅確な心にも、慄然《りつぜん》たるものをおぼえしめた。哀れな部下のために、彼は深い自責の念になやんだ。涙もろい一面のある今野は、自分が部下を愛して来たことについては深い確信を持っていたし、稲田が自分にたいして不満をいだいてはいなかったことについても自信があった。一人よがりとは思わなかった。同時に、その半面に、水くさい稲田の行為にたいするあるいきどおりのようなものもあった。

　発見された叢のなかに、穴を掘って葬った。屍体には蟻がまっ黒にたかり、蟻が這いのぼってしきりとなにかを模索していた。だれが樹からおろして、ここへ運んだのかわからなかったが、それは追及しないことにした。調べればわかるかも知れないが、なにかそのことに、舌の上に砂を置くような、後味のわるい結果が予想されて、今野はそれには一言も触れなかった。出発に際してのこの異変には、不吉な予感をおぼえないでもないけれども、そういう迷信にたいしては、今野の心は強かった。逆に稲田の死が敵への怒りへ転嫁されて、（きっと仇はとってやるぞ）そういう回転の仕方をし、勇気のようなものに変じるのである。

　数人の手で、稲田は裸にされた。物資が極度に欠乏しはじめてからの習慣だった。以前は服装をつけたまま火葬にしたり、土葬にしたりしたのであるが、いまは一枚のぼろぼろ軍服も、軍袴も、巻脚絆も、シャツも貴重品だった。はんばりのはげた軍靴も棄てられなかった。小銃、弾薬盒、帯剣、水筒、雑嚢等はいうまでもない。それらは一個所に積みあげられ、稲田の痩せた身体は掘られた穴のなかに寝かされた。さまざまの斑点や、凸凹のある身体に、肋骨が縞をはっきりあらわして、花王石鹸の広告といわれた尖った顎が、へこんだ喉仏の上に刺さるようにとどいている。いかにも滑稽な感じだった。これも習慣として、形見に右手の小指が切られた。穴のなかに降りた功績係の菅原伍長が、さもいやそうな態度で短剣で指を落とした。あまり愉快でない役目である。指の下に石を置いて、ふりおろすと、稲田の身体が生きているように動いた。きたないタオルで、指の土を落とし、くるんでいると、

「菅原、稲田の左腕になにか書いてあるじゃないか」

今野は穴の縁にしゃがみこんだ。

菅原はいぶかしそうに細い腕をとったが、

「彫青《いれずみ》ですな」

「ふうん、なんて彫ってある?」

「片仮名で、キヨとだけありますよ。女の名でしょう」

つまらなさそうにいって、はずみをつけて、穴の上に飛びあがった。土がかぶせられた。

「稲田が首吊ったなんてこと、絶対に他部隊の者にいうな」

「そんなこといいませんよ」

「いいか、大隊本部への報告はな、――稲田兵長ハマイバム付近ノ敵戦車部隊攻撃ニ参加シ、

勇敢ニモ単身破甲爆雷ヲ背ニシテ敵戦車ニ突進、コレラ完全ニ爆破スル目的ヲ果タシタリド雖《いえど》モ、自身モ亦ソノ破片ヲ受ケテ、壮烈ナル戦死ヲ遂ゲタリ――いいな、いまいった通りにするのだぞ」

　菅原は黙っている。

「わかったな」

「わかりました」

　今野軍曹が今度の任務にたいしていだいている覚悟が、重苦しく胸におしかぶさって来て、菅原の声は呟くように細かった。そういう文章を幾枚も書くようになるのではないかと、軽々しく返事ができなかった。

　屯営の方から、坂道をだれかあがって来る足音がきこえた。白い霧のなかから、ぬっと姿が出た。喇叭《ラッパ》の吉田一等兵だった。喇叭を吹くからそんな口になるのか、そんな口だから喇叭を吹くに適しているのか、吉田一等兵はすべての造作が鼻を中心により集まっているような、まん丸い黒い顔のなかに、かものはしのような分厚でつき出た唇を持っていた。落ちつきのない日頃の癖で、なんどもつまずくようなせかせかした歩きかたで近づいてきた。

「隊長」

　がらがら声である。今野がふりむくと、

「連隊長殿が来とられます」

「ほう、お一人で？」

「副官殿と、それと、憲兵の大尉の人と、お三人です。中隊長に会いたいので、すぐ呼んで来てくれって」

「すぐゆく」

屯営にかえると、中隊本部の框《かまち》に、百地大佐が軍刀をついて、腰かけていた。赤で大きく憲兵と書かれた白の腕章をした長身の将校と、副官の中尉が積みあげられた爆薬の箱を背に立っていた。沖縄出身の連隊長は髭のなかに顔があるほど、黒い濃い髭で掩《おお》われているが、一皮目の細い眼には柔和な光があった。今野を見ると、立ちあがって歩みよって来た。今野は挙手の敬礼をした。

「今度の任務については御苦労、連隊長は見送りにきた」

「ありがとう存じます」

「容易ならぬ任務じゃが、きっとお前なら成功することができると確信しておる。歴戦の勇士たる沈着なお前の勇気と智謀とに、連隊長は万幅の信頼と期待とを寄せておる。しっかりやってもらいたい」

「全力を賭しております」

「作戦が困難な状態になったのはお前もよく知っとるとおりじゃ。もはや普通の手段では挽回はできん。今度の任務には、全軍の期待がかけられとる。これが成功したら、戦勢転換の機になるかも知れん。いや、きっとなる。責任は重大じゃ。……実はこの命令は連隊に来てな、一個中隊を爆破隊に出すようにとあったんじゃが、参謀部から電話でな、今野中隊をという特別の指定があったんじゃ。名誉なことじゃ」

「はい、まことに名誉に存じます。かならず目的を達します」

今野は実際に感激して、身内に凛々たる勇気が熱くたぎって来るのを意識した。

「近く師団長閣下が交替されるらしい。もう新しい師団長閣下が戦闘司令所に見えられるとのことじゃ。明日、団隊長の集合を命ぜられとるから、大方、そのことじゃろう。作戦開始以来の会田閣下の御苦労はなみ大抵ではなかったんじゃが、軍の方ではなにか考えのあることじゃろう。今度来られたのは、村本中将、……ほら、お前たちも知っとる、満州で匪賊《ひぞく》退治で有名な、どこまでつづくぬかるみぞ、歌があるな、討匪行、あの村本閣下じゃ。尤《もっと》もあの頃は大佐じゃったが、勇猛そのもののような方ときいとる。明日はお目にかかれるが、……こういう際じゃから、一段と奮発してもらいたい。師団長閣下の交替で、戦局も一新せんとしとる。かかる際、この爆破任務の成否が、全軍の運命にかかわっとるといっても差し支えない。頑張ってくれな」

「頑張ります」

「なんにも首途《かどで》に餞《はなむけ》するものがない。連隊本部も貧乏しとる。気は心で、罐詰をすこし持って来といたから、腹のたしにゃなるまいが、持っていってくれ」

「ありがたく頂戴します」

「なにか、憲兵の方から話があるそうじゃから……」

百地大佐はそういって、憲兵大尉に目くばせした。

さして上等というのではないが、憲兵のきちんとした、どこにもよごれのない服装、赤革の長靴、最近任官したのか、カーキ色のシャツの折襟にま新しい金筋の三つの星、それはほとんど襤褸の兵隊たちのなかでは、まぶしいほどに目立った。ゆっくりゆっくり今野の前に来た憲兵大尉は、面長の顔をちょっと考えるようにしてこころもち傾けたが、一語々々区切るように荘重な語調で口を開いた。

「整列しなくてもよいから、ほかの兵隊たちもきいとってくれ。ほかのことでもないが、最近、作戦の渋滞とともに、士気の低下はおびただしいものがある。戦争はいわば水物であるから、勝敗は時による。まして、一時の困難が生じることは戦場の常だ。現在はたしかにその困難の時期に相当してはいるが、しかし、なにも絶対に悲観すべき状態なのじゃない。最後の勝利は日本軍のものだ。現在、後方から補充員もぞくぞく到着し、武器弾薬、食糧、飛行機等も逐次増強されつつある。最近頻々として無断で戦線を離脱する者があって、遺憾に堪えない。戦線離脱、逃亡が戦場においては最大の罪たることは、諸君も知っていよう。軍法会議にかけるまでもなく、即決にて死刑だ。軍人としてこんな不名誉はない。敵軍に捕虜となることとともに、兵隊の二大不名誉だ。いかなる惨烈の場面に遭遇するとも、任務の重責にかんがみて、軍人の本分を全うすべきことは、諸君も、くりかえし教育されて、肝に銘じているはずと思う。今回の任務、まことに御苦労です。いかなる困難があろうとも、最後まで自重して、完全に任務を果たしてもらいたい。……憲兵としていうことはそれだけです。……わかったな？」

「わかりました」

そういったが、なんのことかわからなかった。ぽかんとした顔で立っていた。戦線を離脱、逃亡、捕虜になる――今野の頭のなかには全然存在しない言葉であった。たしかにそういう忌《いま》わしい現象のおこっていることをきいたことがないではなかったが、憲兵大尉のいうことは一種の恐喝的誇張で、日本の兵隊には無用の言葉としか、今野には思われなかった。同時に、今野はひどく侮辱されたような思いが耐えがたくなり（見損ってもらいたくない。今野と今野の部下とにはそんな訓辞や威嚇は不要だ）、そういう反発で、憲兵の顔を睨みかえすようにしていた。憲兵の言葉をきいていた兵隊たちにあたえた微妙な影響などは、今野の関知するところではなかった。

なおしばらく雑談をした連隊長は、くわえていた煙草を今野の手に握らせると、憲兵を促して去っていった。かえりに、

「みんなもしっかりやってな、連隊長は成果を首長うして待っとるぞ」

兵隊たちにもいちいち会釈をあたえた。

「ええ連隊長だなあ」

今野はすっかり有頂天になって、もはや完全に任務を果したような満足感で、身体中があたたまって来た。憲兵の不愉快な言葉などはとっくに吹き飛んだ。全軍の運命が自分の双肩にある。この任務の達成によって、交綏《こうすい》状態にある、というより惨めな膠着状態にある日本軍が潮のごとく立って攻勢に転じる――この想像はすばらしかった。おさえてもおさえても、もぞもぞ唇のほぐれて来るのが制しきれなかった。それを我慢しようとして、今野は妙な渋面にな

り、ときに不幸な人のように見えた。

工兵隊から一個分隊配属されてきた。花田伍長、市村上等兵、佐々木上等兵の三名だった。いずれも二十五、六の若い兵隊である。今野が隊員に紹介し、さっそく、簡単な爆破演習が行なわれた。大してむつかしいこともなく、爆薬の操作、戦車への仕掛けなども、短い時間で要領を会得した。印度兵ハリハルとババが、この演習を妙に不安な面持で眺めていた。後手を腰にあてたハリハル一等兵は、なぜか、しきりに生唾をはいては、口のなかでぶつぶつ呟いていた。正午が過ぎると、霧がすこしずつ薄らいできた。

準備は着々とすすめられた、六人も残留が増した上に、人見兵長の第二班は三人も減ったので、第一班から一人回した。総員三十名であったのに、二十四名となり、これに工兵隊三名が加わったのである。破甲爆雷、ダイナマイト、弾薬、手榴弾、食糧、など、各班ごとに分配され、円匙《えんぴ》、十字鍬《じゅうじしゅう》、偽装網、鉄線鋏《てっせんきょう》、蚊帳《かや》、マッチ、それに梯子《はしご》などが用意された。煮沸した水は水筒にいっぱいつめられ、別にガソリン罐に満たされた。

朝から軽機や小銃の手入れをしている者もある。稲田の身につけていたものは、さっそく、それらの不足している者、あるいは程度の悪くなっている者に分配された。縁起が悪いといっていやがる者もあったが、背に腹はかえられぬとそれをつける者もあり、また戦友の弔合戦のつもりで、すすんで所望する者もあった。

田丸は早朝からせっせと草鞋を編んで、十八足もつくった。屯営にいるときは跣足《はだし》でもすんだが、刺が地面を掩っているジャングルのなかの行軍は、そういうわけにはいかなかった。軍靴も満足なものはなくなっていたが、ともかく爆破隊員で跣足の者はいなくなった。残留者の方に跣足ができたのである。もっとも念を入れた竜舌蘭の草鞋を小宮山にやった。

「どうだ、具合がええだろうが」

小宮山がそれをはくのを、田丸は満足そうに見た。

「なかなか調子がいいです」

あまりしっくりしなかったが、小宮山はそういって、田丸に笑顔を見せた。

「名人のわしが一段と力を入れてこしらえたんだ。悪かろうはずがない。草鞋なんかはくのははじめてだろう」

「はじめてです」

「靴下のさきを切って、二股に縫うとくと、なおええ、縫うてやろうか」

「いえ、自分がやります」

小宮山は田丸の愛情をうるさいと思うことをやめて、これからは自分の方からつとめて接近するようにしようと考えていた。人間の愛情の最後の場所をたしかめる機会が迫ったと思い、そのときだけでも納得のいくうなずきかたがしたいと思った。しかし、それが攻撃と殺戮《さつりく》とを媒体としている矛盾によりかかっていることの自覚は、ほとんど息苦しいほどだった。解決はどんな形で来るだろうか。瞬間へ没入するときにすべてを委ねて、それまではとやかく思いわずらうまいと努めた。

命令書につけられている地図を、各班長たちは写しとった。きわめて簡単な要図であったが、方角だけは明瞭だった。

十五時には正確に出発したいと今野は考えていた。そこで、十四時に整列準備をかけた。準備をととのえた兵隊たちは、本部前の広場に集合した。残留者たちも見送りのためにならんだ。病人や怪我人は小屋のなかに坐った。

出発してゆく兵隊も真に健康な者は数人しかいない。いずれも半病人ばかりで、顔色もすぐれなかった。しかし、武装して整列すると、長い間の倦怠と鬱屈とから脱れ得る、その行方と結果とがいかなるものであるにしろ、本能的に動きを求めている人間の精気のようなものが、あまり勇ましくは見られないうす汚ない隊列のなかに、おおいがたく漲《みなぎ》っていた。ことに勇気と確信とにあふれている今野軍曹のきびきびした動作が、たしかに兵隊たちの心理に、ある投影をしていた。狐のように眼をつりあげて、はっきりした語尾でものをいう今野の表情は、ひとつの頼もしさとなって、兵隊たちのなかに急速に一団の中心となってゆくものを形成しつつあった。

しかし今野は実は腹痛に閉口しているのである。朝から何度も下痢をし、やたらにクレオソート丸をのんだが、盲腸のあたりがときどき発作的にきりきり痛むのがなおらなかった。歯をくいしばって我慢した。久しぶりに完全武装をすると、身体中につけた装具の重荷で、身体がうしろに引かれそうになり、それがやはり下腹の痛みにこたえた。

番号をかけさせ、人員の点検をした。

「これから出発をする」

それから、残留組にむかって、

「星野伍長、あとはよろしく頼んどく、帰隊はまず一週間後と思うが、情況次第ではどうなるかわからん。病人はよく養生して、早く治ってくれ。ひょっとしたら、留守中に、補充兵が到着するかも知れん。新しい中隊長が来るかも知れん。連隊長殿がそんなことをいわれとった。そしたら、瀬振りも賑やかになる。皆で、元気で待っておってくれ」

「留守中のことは引き受けた。ぶじ任務を果たして、全員帰還を祈る」

同年兵である星野伍長は、秀麗な顔に訣別《けつべつ》の思いをこめて、今野の手を握った。

「きっと、全員ぶじでかえる。……それでは」

送る者と送られる者との間に、無表情に近いながら、複雑な感情の交錯があった。二度と会えなくなる者ができることは、これまでのたびたびの経験で思い知らされている。眼と眼があい、うなずきあった。

号令をかけて、部隊が動きだそうとしていると、西側の坂道を走ってくる兵隊があった。いつもくる大隊本部の伝令だった。

「今野軍曹殿」

今野はふりかえった。自然に部隊もとまった。

「なんだ」

「大隊長殿の命令であります。すぐ大隊本部へ来るようとのことであります」

小柄で眼をぱちつかせる伝令の一等兵は、声だけは大きいが、どこかおどおどしていた。

「なに？」

今野の顔色がさっと変わった。ぎゅっと両唇が内側にまくれこんで合わさった。

「すぐ、一緒につれて来いと、大隊長殿が……」

「爆破隊に出かけることを、大隊長は知っとられるのか」

「はい、知っとられます。そのことで……」

星野伍長も不愉快そうに、

「今野軍曹、ゆかなくたっていいよ。もう出発したといっとけばいい。……おい、伝令、かえって大隊長殿に、今野中隊はすでに出発して留守だったと報告しとけ」

伝令はきょとんとして、返事をしなかった。

「星野、ええ、ええ、ちょっといって来う。……皆、かえってくるまで休んどってくれ」

今野は歩きだした。伝令がそのあとにつづいた。

大隊本部まで三百米ほどの距離だった。濡れて辷《すべ》る幾つかの坂道を登り降りし、きれぎれにつづいている森林の間を縫って急いだ。霧もだいぶん晴れて、冷たい風が出て来ていた。頭上の飛行機が黒く薄い塊になって白い空を過ぎていった。

鬱蒼たるジャングルの奥に、巨大な防空壕があった。その入口に神部少佐は茣蓙《ござ》をしいた板の上に胡坐《あぐら》をかいていた。森が暗いので、細く削いだような大隊長の顔は廂《ひさし》のながい戦帽の下でただ徳利のように青黒く見えただけだった。右側に若い少尉、左側にひどく横柄な軍曹が立っている。勝手に二人こしらえているという副官なのであろう、小姓まで侍らせているということだったが、それは見あたらなかった。大隊長の前には十冊ほどの本が積まれ、一冊の英書がひろげられてある。両拳を膝にのせ、肩と肱とをできるだけ張って、間断なく貧乏ゆるぎをしている。

今野軍曹を見ると、ぎょろりとした眼をあげた。猜疑心にあふれた一種狂気じみた眸《まなざし》である。

「今野参りました」

敬礼をすると、

「ふん、来たか」

「なにか用でありますか」

「出発前にどうして挨拶に来んのか」

今野は唇が硬ばって、身体がふるえた。自然に、眼が険しくなった途端、

「よし、ゆけ。へまをやるな」

疳高い声で、鋭く威厳をこめてそういいすてると、神部少佐はくるりと回転椅子のように貧弱な背を見せ、ちょこちょこと防空壕のなかへ入ってしまった。

第九章　前　進

東面の分哨とは反対の側から、山道に入った。

まだ地面は嵐と濁水の名残りをとどめていて、乾いている部分が少なく、ずるずると辷った。

霧がいつか雨に変わりつつあった。正規の道路などはなく、張られている電話線だけが唯一のたよりである。蟬の声だけがどこまでいってもついて来た。いたるところに小さな渓谷があって、それが道路がわりになっていた。電話線が流れのなかを伝っているのである。この細い黄色い線がいかにも心強い味方だった。この線のある間は友軍の陣地内であるわけで、まだ斥候を出す必要もなかった。流れのなかの岩を飛び飛びに伝って上流へさかのぼる。衰弱しているので、運動神経もたしかでない。何人も足を踏みはずして、水のなかに落ちた。今野は先登に立って、なるべく歩みやすい道をえらんだ。

今野のすぐ後ろに、伝令の吉田一等兵（喇叭は持っていなかった）、赤十字のついた革鞄を掛けた三浦看護兵、三人の工兵隊、ハリハルとババ、それから第一班、第二班、第三班の順序だった。隊列の外観は颯爽としているということはできない。あたかも乞食の引越しであった。身体中にはつけられるだけのものをつけ、何人もで梯子をかついだり、煮沸水の入ったガソリン罐、バケツ、一升瓶をぶら下げたりしていた。おまけに、前からマラリアの者、昨夜の御馳走で腹下しをしている者などがあって、腰つきも足どりも見事ということはできなかった。ぼろ軍靴と、竜舌蘭、林投、芭蕉などの草鞋とが奇妙な交響楽を奏《かな》でる。

太陽のあるときとないときでは、温度の差が極端だった。直射に耐えぬほどの強烈な太陽も雨雲にへだてられると、服にしみてくる雨の冷たさは、唇の色を奪ってしまうほどだった。だれも天気になることを祈りつつ歩いた。今野はときどき足をとどめて、隊員を激励し、いたわり、また先登に出た。

一度も陽の目にあたったことのないような腐蝕した森林の湿気が重くただよっている場所には、たれ下がった榕樹の気根に、巨大な女郎蜘蛛が縦横に厖大な網をかけていた。小銃の標的になるほどの大きさで、兵隊が水晶の玉をつないだように水滴の付着している強い糸を切ってゆくと、蜘蛛たちは縞のある頭をふりあげて、攻撃してくる気配を示した。褐色になった濡れ落葉を踏んでゆくと、何匹も蜥蜴《とかげ》が青硝子の背を光らせて走った。熊笹や歯朶《しだ》の生いしげっている崖の横腹に、思いがけず不思議な花を見た。蒟蒻《こんにゃく》に似た茎に黒い班点があって、長い蠟燭のような白い花が咲いている。人間の背丈ほどのがある。その茎をしきりに鼠色の蟻が上下し、筒になった花のなかを右往左往していた。蟻好きの田丸兵長も行軍の途中なので、観測している暇はない。

森林は深くなったり、浅くなったりし、思いがけぬ開濶地に、一間ほどもある道路を発見した。兵隊たちは黙々として、今野の教導にしたがって歩いた。雨は降ったり止んだりした。爆音と砲声とは絶えることはない。音は近くなったり遠くなったりする。頭上に飛行機がくると、遮蔽した。無理をしないように、三十分くらいずつ歩いては小休止した。屯営にいるとき、田丸が印度公園へ毎日二往復、八百米の行軍をすることを大事業と考え、なるべく動かぬように努めていた連中ばかりなので、たしかに今度の行軍は容易でない。みな怒ったような顔をし、歯を食いしばって歩いた。

前方に人影が見えた。森林の道を三人の兵隊がこちらへ歩いてくる。近づくといずれも患者で、後方の病院へ下がるものらしい。共通してぼろぼろの服装で、三人とも竹の杖をついている。帽子をかぶっていない。青くむくんだ顔の兵隊は戦友に肩を貸していたが、よりかかった男の顔の左半分はちぎれて、いくつもの肉片が襤褸のように、だらりとぶら下がって、歩くたびに揺れている。苦痛に耐えぬように、ひいひいと息ぐるしい泣き声を立てている。一人は中風のように、小きざみによちよちしか歩けず、ぶるぶるふるえながら、杖によりかかるようにしている。ひどいマラリアである。彼らの手はまっ白で、はじめ離れているときには手袋をはめているように見えた。ところが近づいてみると、手がふやけてしまって、白くなっていることがわかった。前線の水びたし壕のなかで、雨に打たれて長い間、戦闘したためである。細い縮緬皺《ちりめんじわ》につつまれ、ほとびて弱くなった皮膚はすりむけて、赤身が出ている。跣足の足も同様で、三人とも銃を持っていなかった。肩章も襟章もなく、階級もわからない。

「御苦労だったな、煙草やろか」

今野は雑嚢から「金鵄《きんし》」を一箱とりだした。三人は立ちどまったが、なにもいわなかった。さしだされた煙草は、一番しっかりしている、肩を貸している男がまっ白い手でとった。

「何部隊か」

「栄部隊です」

それは声というより、紙片をもんだようなかすれ音だった。その男は左腕をシャツの上から巻脚絆でぐるぐる巻きにしていたが、血と泥とで赤黒くにじんでいた。

部隊は行軍してゆく間に、何組か、こういう患者に会った。一人でやってくる兵隊もあった。その若い兵隊は道傍の叢のなかにたおれていたが、部隊の足音をきくと、顔をあげて這いだして来た。見ると左手首のところが、紫色に腫れ、空気が入って風船玉のように薄皮がふくれあがっていた。腐敗した部分には白い蛆《うじ》がわいている。みちみちとうごめいている。そこだけ黒い蠅がたかっている。異様な臭気が鼻をつく。少年のようにあどけない顔で、今野の足もとに転がり出て来ると、

「病院はどこですか、教えて下さい」

喘ぐようにそういった。

「この道をまっすぐ下がればよい。わからなくなったら、電話線を伝ってゆけばわかる。元気を出すんだ。……三浦、これはなんとか手当の方法はないのか」

「処置ないですなあ、片手切るほかないですよ。ここで外科手術はできません。ほっといたら、身体中腐ってしまう」

「水を下さい」

今野が、水筒をあたえると、噛みつくように口に持ってゆき、ああ、うまい、ああ、うまい、と、咽喉に引っかからせて飲んだ。

こういう途中での邂逅《かいこう》は、士気を昂揚させるものとはいいがたかった。自分たちの運命を目のあたりに見たように、兵隊たちは、不機嫌になり、無口になった。今野の口癖の「必勝の信念」はこういう表情を受けつけても揺がぬものかどうか、兵隊たちの心のなかの陰影は消しがたかった。前方にあるものがなにか、それは巨大な深淵の不気味さをもって、大きくか小さくか、強くか弱くか、兵隊たちのそれぞれの心に作用することはまぬがれなかった。しかし、こ

の死と生命との絶対の想念が、この一団の兵隊たちの共通のものたることとの自覚は、最後のものを守るよりどころとしての強固な団結と協力へ、無意識に高められていったことも否みがたい。部隊は黙々として、そぼ降る雨のなかを、なおも前進をつづけていった。


「小宮山、大丈夫か」

「大丈夫です」

田丸と小宮山とはならんでいた。二人とも第一班で、班長の糸島伍長がすぐ前を歩いている。班編制のとき、田丸が急に思いついて、今野に耳打ちしたのは、小宮山を自分の班に入れてくれということであった。田丸は兄貴のように、小宮山の面倒を見てやる気でいた。

肩が痛いので、頻繁に銃を持ちかえた。背負袋の紐が肩をきりきりと嚙む。身体は汗と熱とでべとついている。田丸のつくってくれた草鞋は、特製かなにかは知らないが、足に食いこんで来て、すでに豆ができた。体力にはあまり自信はなかったうえに、しばらく懶惰《らんだ》な時間を過ごしたあとなので、ひとしお応える。小宮山は腹立たしい思いが拭いされず、志願で来たような自分の愚かさが口惜《くや》まれる瞬間があった。しかし、彼はその邪念を勇猛心をふるって、たちまち心のなかから放逐した。

咽喉が乾いて、しきりに水を飲んだ。田丸からあまり水を飲むなと注意された。いわれてもたまらなかった。

こういう苦痛の間にも、小宮山はいつも戦闘にむかうときに、心内を駆けめぐる支離滅裂の想念に、またも捉われていた。疲労と麻痺した神経とで、例のごとく、散漫に、断片的に、飛躍したり、連絡したり、交錯したりして、とりとめがなかったが、彼の思考の必死さは、最後の場までに解決を求めたいとあがいていた。解決などあるわけがない。しかし自分が単なる殺戮者となることへの恐怖は、なんとしてもぬぐいがたいのである。戦争の凄惨さはそのなかに投げこまれて、いやというほど見せつけられて来た。戦争には推賞すべき部分があろうとは思われない。人間は戦争などしてはならぬ。戦争の罪悪ははかり知られぬ。だのに、人間は戦争から解放されぬ。戦争は不可避の人間の運命か。なにが戦争をおこし、戦争を欲するのか。人間か、民族か、歴史か。どれの意志か。……意志？　運命は意志を必要とせぬ。運命？　そういってしまえば、すべての問題は拒否されてしまう。……民族、国家、……小宮山の背にどすんとぶつかる巨大な岩石、これを跳ねかえす力があるか。日本民族、日本人、このくびきは絶対のものだ。そう思う。祖国、祖国の危急、身を挺して立つ。それに誤りがあろうか。祖国への愛情と、これを守る情熱、犠牲への献身、これに誤りがあるだろうか。……戦争の手段が殺人を基本としている恐ろしさに、小宮山はふるえあがる。気の弱い、喧嘩ひとつできぬ自分だった。人と争うことはできるだけ避けて来た。その自分が殺人の場へ出てゆき、これを実行する。また、して来た。これは罪悪ではないのか。戦争の肯定によって許されるのか。……殺さなければ殺される。この生命の場だけに立てば、動物となんら変わるところはない。戦場には人間を高める美しさなどというものはなにもないのか。……ある。あると思いたい。人間そのものは本質的に憎悪すべき理由はない。それがなぜ殺しあわねばならぬか。殺しあうことによって、なにを成就しようとしているのか。国と人間との結合は絶対的のものか。個と全、……しかし、その全は限界を持ち、人間全体とつながっていない。だが、自分にあるその現在の全、国の重量は軽くはない。たしかに自分は戦場で一つの勇気を持つ。それは国によって裏づけられ、付与されたもの、国を背負えばこそ、正当とされるもの。気弱な自分にわいてくるこのような勇気は、殺戮への興味でも、残忍性でも粗暴でもない。その勇気はただ行為だけを裏づけるものであってはならぬ。行為を超えたところを見ている精神の基礎だ。今日の殺戮の是認は、人間の新たな結合のための、呻《うめ》きだ。そうでなくてはならぬ。耐えられぬ。絶望の照らしだす光ではないのか。この瞬間の戦争は直接には永遠の問題に関知していないが、人間は戦争を超えて、永遠の人間の結合にあこがれているのではないのか。――小宮山は昏迷してわからなくなる。これから戦闘へ出かけて敵をたおすということが、単なる殺人行為であってはならぬこととともに、その人間の不幸が、そこを超えて見出すものを発見するのでなければ、小宮山はたまらぬのだった。さすれば自分が殺されても、その犠牲において人間の救いがやはりある。死ぬことも、殺すことも、そこへつながっていたいのだった。宗教にも神にも牽引《けんいん》を感じない小宮山の模索は、狭い自己の散漫な堂々めぐりで、どこからも救いの光がさして来ない。思想としてはまとまらず、直観としては根柢がなかった。政治、経済、思想、戦争への盛りあがるそういう壮大な主題よりも、人間の皮膚の色、眼の色、髪の色が、幻燈のようなあざやかな対立で、生命の断崖の上にあらわれる。人間の愚劣さ、矛盾と混乱のまま、最後のものを出しつくしているたわいのなさ、……さすれば、人間は単なる道化か？　正しいものはなにかもわからない。誤謬《ごびゅう》と罪悪と、そうしてかぎりない哀愁とが満ち満ちている。しかし、人間は誤謬と罪悪のなかでも生長することができるのではないか。前進することができるのではないか。救われることができるのではないか。――小宮山のきれぎれの妄想は、どこかに一本抜けているところがあって、いつまでもばらばらで組み立てが利かないのである。……（人殺しではないぞ）この力みかえりがなにかを求めている。人間の最後の結合だ。死を代償とする最後の人間の愛情だ。そんなものがあるだろうか。しかし、この人間の念願が達成されるところに、そうして、その夢の追求のなかに、なにか、若々しいもの、つねに希望の豊かさにあふれているもの、老い朽ちぬ情熱の源泉、人間の青春の永遠の沸騰があるような気がしてならぬのだった。……人間の青春、――小宮山は眼を見はる。心をかがやかせる。しかし、その晴れがましい姿が暗黒の泥濘のなかから真に光りだすことがはたしてできるのかどうか、自己の小さな生命の実験だけでは、はかりきる確信はてんでなかった。さすれば、なにも考えないと同じである。ただ苦痛ばかりが残ってくるのだった。

「どうした？　顔色がわるいぞ」と、田丸が顔を覗く。

「気分がすこし悪いです」

小宮山は嘔気をもよおしていた。しめつけられた胸が苦しくて、なん度も背負袋を跳ねあげたが、すぐにまた息ができなくなってくるのだった。

「今野軍曹」

「あん？」

今野は立ちどまって、田丸とならんだ。歩きながら、

「なにか用かい」

「今日は、どこまでゆくんだ?」

「コイロックに出ている栄部隊の位置までゆこうと思っとるんだ。今夜はそこで一泊する。……もう着く時分だがなあ。どうも地図が簡単すぎて距離がよくわからん。この電話線がそこへ通じとるはずなんだ」

「そうか、そ、そんならええが、……みんな、だいぶん弱っとるから」

「うん、明るいうちにきっと着くよ。早目に休憩する」

今野はまた先登に出た。さすがに、疲れている様子は見えなかった。地図と磁石とを見くらべながら、また深くなったジャングルのなかをしきりに見まわした。


砲弾と爆弾とで、菊石《あばた》のようになった赤禿の高地に、なお陣地があった。陣地といっても単に穴にすぎない。頂上の穴には水がたまっていて、兵隊が腰まで浸っていた。暇のときは鉄兜で水をくみだす。これらの兵隊たちの手も足もほとんどまっ白だった。飛行機がくると、その水のなかに潜ってしまう。今野たちは屯営で不自由と欠乏とをかこっていたが、最前線はその比ではなかった。ここにいる兵隊たちは亡霊といった方が早かった。高地脚の森林のなかに、掘立小屋があるが、ほとんど裸に近い青黒い兵隊たちが眼ばかりぎょろぎょろさせていた。鉄兜のなかで、なにかすりつぶしているのを見ると、木の実で、米も籾も全然ないのだった。

ここの分哨の位置で、一泊することにした。幸い雨は止んだので、林間の樹木に蚊帳をはりめぐらし、念のためにその上に天幕を張った。疲れていた兵隊たちは装具を解くと、将棋をたおすように、ばたばたと土や草の上に横になった。三浦看護兵は診断と投薬に忙しかった。たまらぬように腹をおさえて、脱糞にゆく者があった。

のっぽの柿沼一等兵は生汗を顔一面に浮かべて、苦痛をこらえていた。彼は不機嫌に、どの兵隊にもあたり散らした。しかし、班長の人見兵長が、苦しいのか、ときにくると、これくらいの行軍へいちゃらですよ、と傲慢な態度で返答した。

小宮山は足の豆が痛くて、腰をおろすと、がっかりともう動けなかった。三浦が来て、治療してやるとて、メスで邪慳《じゃけん》に穴をあけ、ヨーチンを流しこんだときには、あっと気絶する思いで、ひっくりかえった。医者はそんなことは馴れているので、五つの豆に手当すると、次の患者へ移り、今野軍曹、豆の数総計二十八などと、おどけて報告していた。田丸兵長は流れはどこかと分哨の兵隊にきいて、水を飲みに、がさがさと深い叢をわけ、斜面を降っていった。

やがて、日が暮れて来た。

分哨は十七名で、加藤という軍曹が長だった。頑丈な骨組の男だけに、痩せると逆に哀れに見えた。今野は吉田一等兵に命じて集めさせておいた若干の乾麺麭、罐詰、煙草などを加藤軍曹の前にさしだした。

「ほんのすこしですが」

加藤はへこんだ眼をきょとんとさせて、今野を見たが、

「よろしいんですか」

「いいですよ。われわれは何とかなります」。今野は現地徴発を考えているのだった。「今夜お世話になる旅籠賃《はたごちん》です。どうぞ、とっておいて下さい」。

「頂きます。佐伯兵長、これ頂いた。あとで、栗岡とよく計算して、十日間ほど食いのべの工夫しておけ」

「はい」

ひょろひょろした兵隊が一人の兵隊を伴って来て、それを運んだ。

今野は煙草をさしだした。だまってとった加藤軍曹は火をつけると、おそるおそるそれを口につけた。ちょっと吸って、あわてて、ぷっと吐きだした。

「なにしろ、訓練ができとらんですからな。ほんものの煙草をあたりまえに吸うたら、いっぺんで眩暈がしてたおれますよ。これ一本あったら、三日は大丈夫です。もう乞食以下になりましたよ」。加藤軍曹は快活に笑って、「ひでえ戦さになりましたな。よくこんなことで戦さができると、不思議でたまらんですよ。不思議というよりおかしいです。ここの陣地って、たった十七人で、それも栄養失調の、マラリア兵隊ばかりなんですよ。それでちゃんと持ててるから面白い。敵の奴、馬鹿ですよ。これが日本軍のようにどんどん突撃したり、夜襲したりする軍隊だったら、こちとら、とっくの昔に全滅ですよ。こっちから攻撃なんてできやせんでしょう。ただ持っとるだけです。四、五日前、……いや、一週間になりますかな、どうも頭がぼやけて、日日《ひにち》も時間もわからんようになってしもうたが、……この八百米ほど先から下ったんですがな、藁人形をつくって、鉄兜をならべて、逃げだしたんですよ。楠木正成流どろんの術ですな」

今野はこういう状態にあって、なお冗談口をたたいている加藤軍曹に、勇気づけられる思いだった。


なにか耳のなかをかきまわす声で、ふと眼がさめた。肌寒さをおぼえた。外は明るかった。朝かと思ったが、いつか月がでているのだった。小宮山が眼ざめた原因の声はなおつづいていた。きき馴れたハリハルと。ババの声である。印度語なのでなにをいっているのかわからないが、投げつけるような口早のハリハルのはげしい語調と、吃りながら短い言葉で抗弁しているババの弱々しい口調とで、なにかいい争っていることがわかった。印度語はだれにもわからないと思っているのか、それとも思わず声高になったのか、ハリハルの声は深夜の森林の静寂のなかに、鳴りひびいていた。しかし、皆疲れて眠っているのか、相手になっても仕方ないと思っているのか、だれも出てゆく様子はなかった。渓流へくだる斜面の上のようだった。蚊帳をすかして、白い月光のなかに、ならんで腰かけている二つの黒い影が見えた。

小宮山は蚊帳を出た。豆の痛さで、あっと思わず声が出て、たおれた。その音で、ふりかえった二人のうち、一人がすばやく逃げた。草鞋をつっかけ、跛《びっこ》をひきひき、近づいてゆくと、月光を背にして、ハリハル一等兵がつっ立っていた。彼の肩は大きく動き、小宮山を待つようにして、早口の英語でしゃべりはじめた。

「いつか話そうと思っていました。ミスター・コミヤマ、ババに気をつけて下さい。われわれは印度国民軍の一員として、チャンドラ・ボース閣下の命のもとに、光栄ある偉大な印度解放の使命のために、日本軍と協力しています。私たちは最後の勝利を得るまで、いかなる困苦にも耐えて、……そうです、哀れな奴隷の民族たる印度人は、世界中の被圧迫民族の最下等のものよりも哀れな虫けらとして、どんな困苦にも耐えることができるのです。……日本軍とともに苦しむことに、なんらの不満もない。むしろ苦痛の大なるだけ、光栄の日の幸福も大なることをよろこんでいるくらいです。私を信じて下さい。……しかし、私はどうしてもあなたに、そしてイマノ隊長に早く話しておかねばならぬことがあったのです。ババを警戒して下さい。彼が裏切ることを断言することはできないが、彼の心の変化を忘れないようにして下さい。彼はなにか考えている。彼はネパールのグルカ兵です。私はシークのパンジャブ兵です。この区別を忘れないで下さい。あなた方には一様に同じ印度兵と見えるかも知れませんが、我々は他民族のように心がちがいます。私は回教徒で、彼はヒンズー教徒です。グルカはたしかに勇敢で、従順ですが、下等で精神の高さを持たない。彼等は平時は、ウオッチマンやメッセンジャーなどをしている、……。ババは日本人医者の庭番でした。……通称ダウンと呼ばれている階級です。ババが投降兵であることは、あなたも知っておりましょう。私は志願でＩＮＡ（印度国民軍）に入ったのです。ババは敵の戦線から来たものです。なるほど、彼はなかなか正直で、忠実で、生意気な私よりも皆さんに愛されている。しかし、グルカの、パンをあたうる者に忠実なれ、という最高の生活原理をあなたがたはどうお考えになりますか、ババの心は動きはじめている。日本軍にパンが少なくなったからです。彼を警戒して下さい。彼が昔の自分の戦線に、つまりパンの多い故郷に近づいてゆくにしたがって、賤《いや》しい……」

「わかった、わかった」

小宮山は薄笑いを浮かべて、ハリハルの雄弁を打ち切った。むっとしたように、ハリハルは肩をそびやかした。その細い肩の先に、きらきら光るふくらんだ大きな月があった。樹かげからババがおずおずと覗いている。

「二人ともすぐ寝るんだ、朝早いぞ」

そういって、小宮山は蚊帳へかえったが、それからなかなか寝つかれなかった。戦友たちは重なりあうようにして、鼾《いびき》をかき、歯軋《はぎし》りをし、寝言をいったり、呻いたりして寝返りを打つ者もあった。拍子木虫がしきりに鳴いている。広場をへだてた前方の蚊帳のなかで、煙草の赤い火が明滅していた。


いくつかの谷々を越え、いくつかの味方の陣営を過ぎていった。変化のはげしい天候は定まらず、晴雨の間に、すさまじい風が吹いたりした。疲労の色は眼に見えて、隊列に濃くなったが、脱落者はまだいなかった。無残な最前線に来ると、今野隊はまるで救済事業の施療班だった。今野はかまわず分配した。手をあわせて拝む兵隊があった。

三日目の朝になると、

「もうこれから先、友軍はいませんよ」

そういわれた。

黄色い電話線はぽつんと切れ、不安と緊張とが隊を染めた。はじめて、斥候が出された。

第十章　女と兵隊

朦朧《もうろう》とした意識のなかで、……風車が四枚の芭蕉葉を団扇《うちわ》のように回転している。山峡の渓谷から川のように流れ入る風の方向を利用して、人々の嘲笑のうちにつくった。だが、水車のいくらでもできる場所に、お伽噺《とぎばなし》のような風車をしつらえることに、なにか少年時代の夢と憧憬とを、うす汚なくみすぼらしい生活のなかに、新しくみちびき入れる昂然たる喜びを感じていた。思い立つと、事の善悪を度外視して、てきぱきやってのける気質も手つだっている。反対があるといっそう勇気の出る天邪鬼《あまのじゃく》な自分の性格を後悔しようとは思わなかったし、いっさいの生活の支柱として、いついかなる場合にも、もはや脱ぎがたく棄てがたい自己の鎧とした。いついかなる場合にも、場所にも、——戦場に来てからも。……たしかに鈍い風車のうなりがさっきから間断なくきこえる。その音をどうして聴きちがえよう。……陽の光を見ることの少ない、日の出が遅くて日没の早い山峡の部落で、今野壮吉は哀れな小作人であった。ほとほと下積みの生活に倦《あ》いた。そして圧迫と貧窮とに復讐するように、人の上に立ち、命令し、こき使いたいと発奮した。威張ってみたいとも思った。それには軍人がよい。階級がいささかの迷いもなく、すべてを規定している。とはいえ、将軍になるために必要な資力も頭脳もなかったので、現役から下士志願をして、せめて大尉まで昇進するつもりだった。入営した宇都宮連隊には特進の佐官がいた。だのに、まだやっと金筋に星一つで、内務班長をしていた時代に、女のことでしくじり、夢やぶれて山峡の故郷にかえった。風車は彼の怒りのごとく、悲しみのごとく、誇りのごとくにして、近郊の村々のどこからも望まれる場所に立てられ、ならべられた五個の臼の籾をやや荒々しく打ちくだいた。付近の住民たちはこの途方もなく大きな杉皮張りの風車の回転で、風の方向を知るようになった。その風車が、東南風を受けたときに特殊の鳴りかたをする、防波堤の切れ目で満干差のはげしい潮流のざわめくときのような音で、鈍く高く、荒々しく、また弱く、きこえて来る。……ぼうと薄明りがあるが、夜明けなのか、深夜なのかわからない。月光のようでもある。瞬間の変化で、小紋散らしや、棒縞になる光線の乱舞がとじられた瞼の内側でつづけられている。にもかかわらず、肩や腰の鈍痛にときどき無意識な輾転をくりかえしながら、今野軍曹はその薄霧の立ちこめた風車のぐるりに、いろいろな顔が集まって、なにかひそひそと語りあっているのをはっきりと見た。扁平で、木炭のように黒い、食欲で、吝嗇《りんしょく》で、しかし寛容な老父の顔、健康で働き者の、いつも髪をさんばらにしている、むっちりと肉のかたく張った、頑丈そのもののような妻の丸顔、兄弟なのに、どうしてこんなに顔形も性格もちがうかと思われる、十六と十二になる二人の子供の、赤土色の顔と、白い顔、だれも相手にならなくなって転げこんで来た、聾《つんぼ》で、中気も出かかってている伯母の、梅干じみた縮緬皺《ちりめんじわ》の深い醜悪な顔、そして……なんとしたことか、にわかに、今野は不明瞭な意識のなかで、騒然たる運動神経の狼狽したざわめきを感じはじめる。赤く黒く白くきらめく瞼裏の執拗な重さと痛さとに、いまは動悸すら打ってくる。家族たちの顔のなかにあるもう一つの顔、そこにあるはずでない、しかし不自然にも思われないのうのうさで、挾まれているのっぺりした白い顔、三浦看護兵の顔を見たからだ。なぜ、彼が自分の家族たちのなかにいるのか。しかも彼は勝ち誇ったような奇妙な薄笑いをたたえ、妻へ密着するように（へばりつくようにといってもよい）、その白晳《はくせき》の長顔をヨネの浅黒い丸顔によせている。しかし、これは今野がはじめて見る幻影ではなかった。唐突に、ときどきおとずれる、忘却をいましめるように。……今野は濡れ犬のように首を振る。すると、やっと、つながりの遠さも近さも、戦場の荒廃した意識の麻痺で、世界は二つに分断される。意識の底だけで、きびしく交流しあってはいるが、脈絡も順序もいつか失ってしまった。そして、幸いなことは、それは戦場の摂理を明快に割り切ることのできる今野の頭のなかで、倫理感、罪悪感の喪失ともなった。自然のことだとだれもが疑わない恐ろしさで。

……鈍く重々しい粘液のうねり。咽喉の奥いっぱいになって、気持わるく口中に漲ってくる苦甘い唾液は、横隔膜をたえず上下動させながら、嘔吐となって、胸をつきあげる。あろうことか、勇敢無比の中隊長今野軍曹は、饐《す》えた密林の泥濘が、人間の最下等の生理だけにしか訴えないような場所で、なまめいた妄想の虜となって、渋面をつくっているのだった。頭上で風車の音をききながら、朝まだき、臼へ籾をうつす。山峡の底では、九時にならねば陽がささない。小屋のなかでは、妻ヨネと二人きり。粗野で健康な妻との、籾殻にまみれたたけだけしい自然の営み。今野は単純な自分の嗜好をいつもうなずいていたし、そのあらわれかたもまた、直截《ちょくせつ》だった。彼が現役当時、上官と争った女と、妻と、そして戦場で求めた女と、——丸顔、中肉、受け口、濃い眉、いつも共通していた。右耳下に青痣《あざ》があれば、なおよい。肉体と精神の問題について深く考えたこともなかったし、習慣のようにして戦場の生理にしたがった。広汎に倫理感と罪悪感との喪失が、このときおこって、審判をくだす者はだれもいなくなったが、伏兵のようにして、人間としての生地《きじ》の一徹な感情が、内部からこの頽廃へ矢を射かけて来た。

出発の前夜、「本夜は無礼講、放歌高唱勝手しだい」。そこまではよかったが、「なお、慰安所にゆく者はいってよろし、慰安所ゆきにかぎって、無断外出を許可する」残酷以上の言葉だった。女と離れてから、何ヵ月が経っていたろうか。肉体の疼きを無視した作戦の無慈悲さには馴れていた。唐突に密着させ、唐突に切断する、その不自然な人間への鞭も、いまは兵隊には、鼻唱まじりで受けいれられた。後方情況はわからないが、命令受領にゆく江間上等兵の「ニュースの泉」によれば、慰安婦の最先端はインダンギにあるもののごとくである。さすれば三百キロを隔てているわけで、一夜に往復のできる距離ではない、自分の冗談に、兵隊たちの眼が呆気にとられた腹立たしさで、棄鉢《すてばち》にひらめいたことを見てとった。そのなかの（今野はまた口のなかがざらついて来る）、柔和な顔立ちの三浦衛生兵長の皮肉な眸、刺すような、くすぐるような、蔑むような、勝敗の観念が時間と場所とのありかたで、その忘却の度合いを狡猾に量っているような、食いいる鋭い凝視が忘れられなかった。

風車の鳴りはためく幻覚の不快さが耐えきれず、今野は魘《うな》されたように歯軋りする。忘れられた遠い艶冶《えんや》の世界で、

「待ってるわね」

その声のむなしさ、空々しさ。

「お前は三浦が好きなのか」

「こんなところで、兵隊さんが好きになったってしようがないじゃないの」

「結婚するって約束しとるそうじゃないか」

「三浦さんがいったの?」

「本人がちゃんといった。衛生兵と恋敵じゃ困るのう。病気になっても、うっかり、薬ももらわれん。道理で、どうも三浦の俺に対する態度がつけつけしとると思った。一服盛られんだけ、まだええとせにゃならん。糞面白うないが、ま、ええわ。俺はお前が好きなんだから仕方がない。俺になびけ」

「あたしもあんたが好きよ」

戦場でつくりだされる虚偽のうちで、もっとも深い罪は、人間の大切な愛情への冒瀆《ぼうとく》であろうか。肉体の生理がただ本能の充足によって終わるのみでなく、爪跡のように残してゆく傷痕の堆積が、唐突のようにして、麻痺しつくしたと信じた神経をも、荒々しくゆすぶり、高ぶらせる。青春の痕跡は消そうとしても消しがたい。そしてその清らかさや美しさが、生命を侮蔑する場所に来て、けがれた邪念や妄想に変じ、健康さは悪魔のささやきによって、頽廃をみちびきだす。今野は妻ヨネの肉体によりかかっていて、忘れがたい現役時代の初恋の女を再現し、戦地の淫売にさらに狂暴な恣意《しい》を燃やす。

「お前はうちの女房にそっくりだ」

その言葉の感傷で、ごまかしてしまうのである。相手をも、自分をも。主として、自分を。酒に酔うと、呂律《ろれつ》にかくして、三浦が、班長はわたしの女をとりましたな、という。その顔に憎悪は認めないが、それとちがった針があった。狡くはあるが、一本気で誠実な三浦が、その女に真剣に惚れていたらしいことは、部下の兵隊からきいてたしかめ得た。女も三浦に参っていたらしい（馬鹿な奴だ。明日も知れぬ戦場で、女と将来の約束をするなんて）。今野はまだ独身の三浦の子供っぽさが可笑しく哀れだったが、彼の燃やしている情念の強さと、絶望の環境のなかで屈せずいだいている夢の猛々しさを、不気味と感じることがないでもなかった。

……亡霊の呟きのように変わってくる風車の音の下で、忘れがたい家族のなかに、しかも女房にへばりついて、勝ち誇った憫笑《びんしょう》を自分に投げている部下の顔の恐ろしさ。鋸《のこぎり》で背を引く戦慄の念、ねばねばした口中の唾液が糞尿と化してゆくような嘔吐感、……ばりばりと歯を噛み鳴らし、びっしょり汗をかいて眼がさめる。ふうと自然にためいきが出る。が、この健康で便利な兵隊の頭脳の組織は、あざやかに現実の認知へ一足飛びに飛躍する。彼には眼前のことだけしか問題にならない。眼をこすって、あたりを見まわしながら、もうけろりとした顔で、

「妙な夢を見とったが、なんの夢だったかな」と、そこらへ唾をべっぺっと吐き散らし、

「まだ、夜は明けんらしいな。何時ごろだろう。寝相のわるい奴らだ」

そのぶざまな寝かたに兵隊たちの疲れがはっきりとわかり、今野は起きあがって、蚊帳から出ている足を押しこんでやったり、毛布をかけてやったり、青白い三浦看護兵の面積のせまい額にじっとりと浮いている脂汗をふいてやったりするのだった。

触角をだしてさぐりさぐりゆく昆虫のように、隊列は斥候の先導で、いくつかの渓谷や密林を過ぎて、しだいに敵中深く入りこんでいった。

これが味方の陣営内であったら、安堵でみんなくず折れてしまいそうなはげしい疲労に見舞われていたが、緊張と任務の自覚で、悲痛な無言の前進がつづけられた。なんといっても、先登に立つ今野軍曹の堅確な表情が隊員を勇気づけた。なかでも、喘ぎ喘ぎゆくハリハルとババは、数歩ごとに、今野の顔色をうかがった。今野も気づいて、二人の肩をときどきたたき、「ジャイ・ヒンド、元気を出せよ」と英語でいった。

「ジャイ・ヒンド、大丈夫、大丈夫」

ハリハルは秀抜な鼻をうごめかし、顎髭を撫して答え、ババはうす汚ない下ぶくれのおでこ面を上げ下げして、おどおどとうなずく。ハリハルの制服の左腕にはＩＮＡの赤の縫いとりがちぎれかかって雨にしみ、どす黒く読まれるが、ババの腕からは消えていた。出発するときにはあったのだから、どこか辷って転んだときにでも失ったのであろう。小宮山は二人の様子を特別な関心をもって注意していたが、外部からそう顕著に見わけられるような変化も認められなかった。しかし、先夜の二人の口論をきいている小宮山には、二人が二人だけにしか通じない奇妙な眼球の投げあい、探りあい、猜疑と反発と、警戒とを両方からかわしあっていることは、判断することができた。

いよいよ痛くなってきた調子の悪い草鞋とずきずき切れこむ肩の疼痛に、小宮山は一足ごとによろめき歩いた。平気そうに歩いている、今野や田丸が羨ましいというより、腹立たしくなってくるのだった。幸い腹具合だけは常態に復したようで、小休止するたびに、あわてて脱糞や下痢をしにゆく戦友ほどの苦痛はなかった。

天候は一定しない。太陽は散見しながら、東から西へ移動する。十二段がえしの舞台のように空は変幻をきわめて、服を濡らしたり乾かしたりする。ときに、烈風が蓊鬱《おううつ》とそびえ立つ密林を吹き折るかとばかりざわめかす。間道になった前方から突風が奔流のごとく落葉をともなって吹きつけてくると、行軍は中止された。もう風に抵抗する力がなかった。人間も追風の方がよい。榕樹の気根が女の髪のように密集してたれ下がっている暗いジャングル内には、なお人間へ闘いをいどむ精悍《せいかん》きわまる巨大な女郎蜘蛛がいて、垣根のような太く強い糸の上を自在に駆けまわり、するどい声を発して牙をむいた。山蛭《ひる》が雫のように落ちてくるのも閉口だった。蚊や蝿の気づかずにいると、靴のなかが血だらけになり、手の甲に血のたれることがあった。蚊や蝿の襲撃はどこまでいっても減らず、熱病患者は行程とともに増していった。行軍がこのように陰鬱であったのは、もとより敵の眼を避けねばならなかったからである。ことに炊爨《すいさん》の不自由さは言語に絶した。昼夜とも、火を焚くことが許されない。昼間の煙、夜の火、どちらもかなりの距離からわかるので、発見される危険があった。発見されぬということが最大の防禦であり、また攻撃の唯一といってもよい条件であった。米はなかったので、火を焚く必要も減ってはいたが、水が切れると、当惑した。どこの流れも見た眼には澄んでいるが、アミーバ赤痢のいることは確実で、平常は濾過したうえ充分に煮沸し、しかも十分間ほどおかないと飲めぬとされていた。そんな悠長なことができるわけもなかった。背に腹はかえられず、兵隊たちは生水を飲むようになった。排泄物に赤いもののまじる者が日に増した。

小休止のとき、

「三浦、みんなの身体に充分気をつけてくれや」

今野はそういうと、三浦は首を振って、悲しそうな顔をする。

「もう、私の手に負えませんよ」

「投げだしちゃいかんよ。万全の策を講じてくれ。任務をはたしてたおれるのなら仕方がないが、目的地に達せんうちにへたばったんでは、男が立たん」

男が立たん――三浦の眼が異様に光った。だれの男が立たんのか。だれの男が立てばよいのか。中隊にはまるきり戦力などありはしなかったのに、島田参謀のおだてに乗って、充分に戦力があるなどと威張ったから、こんな命令がくだったのではないか。柔和な三浦の眼に露骨に非難の色があらわれた。しかし、今野にはそんなことなど通じるはずがなかった。

「はじめから、無理だったんですよ」

そういってみた。

「今ごろそんなことをいったところで仕方がない。怠けたことをいうな。貴様はだいたい弱気でいかん。死んでも任務を果たすんだ」

三浦は黙った。下唇を強く噛んで、うつむいた。

断崖をゆくとき、ついに、二人の兵隊が力つきて、絶壁の底へ転落した。第二班、人見兵長と、第三班、有田上等兵だった。

赤土の肌に岩のようにつき出ている樹の根、竹の根、岩角などを手がかり足がかりに、百米ほどの切り立った断崖を攀《よ》じたが、水分をふくんでいる赤土の崖は、わずかに盤根錯節《ばんこんさくせつ》によって緊《し》められているとはいえ、ともするとゆるんで抜け、ずるずると辷った。幾度か斥候によって偵察したあげく、この道をゆくほかなしときめたのであったけれども、やっと前方に渡ったとき、二人の兵員を失った隊列の寂寥《せきりょう》は、兵隊たちの心の底へ深々とある終末的な陰影を刻みこんだ。今野軍曹の号令で、谷底へむかって、追悼の挙手礼が行なわれたが、沈痛な兵隊たちの顔には、いずれも自分たちの運命を予想する面持が消しがたくあらわれていた。それは深淵が前方にも背後にもなく、脚下にあることを実感した厳粛の顔だった。ハリハルとババの黒い顔から血の気が引いて唇のふるえているのがわかった。あのとき、みんな必死に樹根にしがみついていて、二人が異様な叫びをあげ、抜けた竹の根をつかんだまま、崖の側面を石ころとともにころがり落ちてゆく姿を眼前にしながら、どうすることもできなかった。二人の姿は二十米ほど下の樹林のなかに吸いこまれて見えなくなったが、有田上等兵の落ちた場所は、黒い蟷螂《かまきり》のように、軽機関銃が樹木の尖端に脚をふんばってひっかかっているのが見えた。第二班は班長を失い、第三班は軽機銃手を失ったわけである。第二班は中田上等兵が新班長とされた。階級からいえば当然田丸兵長が選ばるべきなのだが、今野は彼を任命することなど考えていなかった。

すこし広くなった峠の道を歩きだすと、

「団栗、お前、よう落ちなんだのう」

糸島伍長のそういう声に、もう兵隊たちは笑っていた。

「俺ゃこう見えても、山登りは名人でのう。俺よりゃ、小宮山のぼんやりが落ちはせんかと気が気じゃなかった。こいつの後ろから、尻を押すようにして渡ったんだ」

「ゆきはよいよい、かえりは恐い、ちゅうのを知っちょるか」

「うん、知っとる」

「もう、お前、『印度公園』にゃかえれんぞ、蟻にお別れしといて、よかったのう」

「馬、馬鹿ぬかせ、かえれんでどうする」

田丸兵長の顔と声は確信に満ちていた。

今野は二人の部下の喪失に心を痛めながら、その悲しみと憤りとを、さらに敵への憎悪と任務達成の勇猛心とへ転化させながら、——爆破隊第二班長人見兵長ハ密集シ攻撃シ来ル激戦車群ノマッタダ中ニ率先突入シ、背ニ負エル三個ノ破甲爆雷ニ同時ニ点火セルガ、寸刻ノ猶余ヲ許サヌ間髪ノ情勢ニ、遂ニミズカラ爆雷トトモニ肉弾トナッテ敵戦車ノ下ニ転ゲコミ、壮烈無比ノ戦死ヲ遂ゲタリ、敵戦車数台ヲ破壊セルモ、ミズカラモ爆砕シテ肉片ノ一片ヲモトドメジ。……第三班、軽機関銃手有田上等兵ハ爆破隊ノ掩護射撃ノタメ、……そんな文章を心のなかで苦しげに、しかしどこか楽しげに書いていた。

小宮山はこの悲惨な事件を見て、暗然となったが、なにか狂暴にどよもす形で、自分の心の奥底に、頭をもたげてくるもののあるのを感じた。絶望の勇気に似ていた。しかしそれは抛棄ではなくして、たしかになにか先を見ているものであることが確信された。人間の最後としているものが、肉体と生命とから飛翔してゆく場合を考えた。単に死が人間の最後と考えられることが正しいか、どうか。すでにいつのまにか心と体とに宿った鬼どもが、えたりとばかり、囁きあい、呼びかわし踊っているようなむずがゆさをおぼえた。二人の戦友を呑みこんだ曇天の下の谷底を覗いていて、小宮山は、ふいと、ある言葉が浮かんだ。ダンテの地獄の門のいただきに録されてあったという言葉である。彼は文学にさして知識もないのであったが、外語学校でも習い、英語教師としても教えたことがあるので、このダンテの地獄篇の印象は残っていた。冷たい家庭の陰影のなかで、生活に希望を失っていたころ、ある共感をおぼえて、短い言葉であるし、その門の言葉を記憶していた。ふいと頭に浮かび、原語は知らぬが、英語の呟きがひとりでに口をついて出た。

われを過ぎて憂愁の都へ、
われを過ぎて永却の憂苦へ、
われを過ぎて亡滅の民のうちへ、

小宮山はぐっと唾をのむ。

一切の希望をすてよ、
汝ら、ここに入る者、——

「小宮山、お前、なにをいうとるか」

田丸が肩を寄せて来たので、どぎまぎと、

「いいえ、別に、……」

「苦しいのじゃないか。あんまり苦しいと頭が変になって、起きたまま囈言《うわごと》をいうことがある。そう参っとるようにも見えんが、……元気を出せな」

「大丈夫です」

金庫の在所をうかがう盗賊のような眼つきで、ハリハル一等兵が、小宮山の不分明な呟きに、きき耳を立てていた。


しきりに頭上を飛行機が飛んだ。砲声や炸裂音は一日中絶えなかったが、砲弾の危険からはまぬがれているようだった。すでに、照準点の内側に入りこんでいるのだった。頭上を砲弾がうなりを生じて過ぎた。砲声がまるであおりを食わせるようなはげしさで間近に鳴りひびき、敵陣地へ近づいて来たことは疑えなかった。今野は磁石と地図とを慎重に見くらべ、緊張して、注意ぶかく隊の誘導にあたった。彼は敵への肉薄と比例して、勇気に満ちてくるものらしく、たしかに敏感に隊列はその影響を受けとった。目的地まではまだすこしあるらしいが、敵と遭遇する時間の近まったことは明瞭である。

ところが、前進してゆくにしたがって、これらの地点がかつて日本軍の占領していた場所であることがわかった。いったんは進出していた部隊は戦線を収縮したのだ。収縮というときこえはよいが、疲弊して攻撃力を失ったため、撤退したわけである。その証拠は歴然としていた。安住の場所を持たなかった日本軍部隊の仮の瀬振りの残骸がいたるところにあった。それらは以前は兵隊の唯一の塒《ねぐら》であったろうが、いまは風雨にさらされた単なる木片、板片と化していた。陣地や防空壕や、蛸壺の跡もあった。叢に腐蝕した小銃、飯盒、鉄兜などがころがっていたり、天保銭型の認識票が渓谷の流れの底にきらきら光って沈んでいるのも発見された。

いくつかの屍体も見た。今野部隊が暴露をさけて、死角ばかりを縫ってゆくので、棄てられた屍体を探して歩くような具合になった。そのほとんどは骸骨となって、だぶだぶの軍服の中に平たくへしゃげ、細い足の骨が花瓶に一輪ざしをしたように、軍靴をはいていた。敵か味方かは軍服でわかった。まだ蛆《うじ》のわいているのは、ぽかんとひらいた眼窩《がんか》のなかに血膿がむちむちとたぎり、蠅と蟻とがまっ黒にたかっていた。湿気をふくんだどろどろの藪に、淀んだように強烈な屍臭がただよい、それでなくてさえ疲れ、胸のむかついていた何人かの兵隊は嘔吐をもよおして、猛烈に吐瀉した。

あるところでは、軍馬が肋骨をさらして横だおしになっていた。食糧の欠乏した前線でやむなくこれまで行をともにした挽馬を食べたことは珍しくない。飢えた馬が飢えた兵隊に食べられ、その兵隊たちは白骨と化しているのである。空洞になった馬の胴中にたむろしている黒い虫や白い虫が、くぐもって馬のなかに吹きこんで鳴る風に吹き散らされ、雨に流されしていた。狼のように眼の鋭い、茶褐色の山犬が、耳まで裂けたような口から赤い舌をたらしながら、いたるところに徘徊している。なにかをしきりに食いあさっている。

(彼奴等《あいつら》、兵隊を食いやがるのだな)

田丸兵長の頭にむらむらと怒りがわいて来た。かっとなると見さかいのなくなる例の癖で、小銃をかまえると、かちりと安全装置をはずした。茂った葦の間に散見している一匹の犬へ照準をつけた。射撃には絶対の自信がある。

「こら、田丸、なにをするか」

ぐいと引かれて、よろめいた。今野軍曹だった。

「う、射ってやるんだ」

「馬鹿なことよせ。敵のなかに来とるんだぞ。銃声がしたら、どんなことになると思うか」

(その通りだ)

田丸はまたしてもへまをやろうとした自分が情けなかった。かつての分哨に敵斥候を導きいれ、中隊の位置を知らせたときの失敗どころではない。重大任務を帯びた爆破隊を敵へ密告するようなものだった。差恥と、腹立たしさに赤くなった田丸は、すまん、すまん、と呟いて、こそこそと隊列へかえった。


思いがけず、展望のきく場所へ出ることがあった。豁然《かつぜん》とひらけた広漠たるインパール平原は中央にロクタク湖を光らせ、前方にパレルの連山をそびえさせていることに変わりはなかったが、ビシェンプールの背後へ出た位置からは、眺望はいくらか変わっていた。ビシェンプールの敵陣は眼下におどろくほどの近さで望まれる。背後の三つ瘤砲兵陣地にずらりとならんだ大砲、高射砲、前方台地のトラック群、貝殻を伏せたようなキャンプの列、そして多くの敵兵たちがそれらの間を悠長に歩行している。ある者は休憩している。各所から炊爨《すいさん》らしい白い煙が立ちのぼっている。すべては露出し、なんらの遮蔽も行なわれず、その顧慮すら払われていないように思われる。日本軍の飛行機はまったく来ず、砲声も、攻撃も行なわれないとあっては、敵陣の長閑《のど》かさはさもあろう。直接対峙し、鍔《つば》ぜりあいをくりかえしている最前線は別として、敵の後方陣地はどこでもこんな調子なのか。ビシェンプールでこれだから、ずっと後方の本拠インパールはもっとのんびりしているのだろうか。たらふく御馳走を食べ、音楽をやり、ダンスでもしているかもしれない。

今野軍曹が歯がゆさと腹立たしさとで、脚下の敵陣を（今におどろかしてやるぞ）、狗《いぬ》のような眼をつりあげて睨みつけていると、敵陣地に変化がおこった。にわかにざわめきはじめたのである。平原を貫いて、一本の道路がいくつかの部落を結び瘤にして、白く長く帯のようにつづいている。ビシェンプール部落前の道に、十数台のトラックがずらりとならんだ。黒豆のようにキャンプからあふれだしてきた人影が、いうまでもなく兵隊が、それぞれトラックにびっしりと分乗した。トラックが尻から青い煙をはく。やがて、左側の台地脚から、二台の戦車が甲虫のように這い出してきて、トラックの列を前後にはさんだ。まもなく先登の戦車が動きだすと、トラックの列は道路上を右にむかって走りはじめた。前線へ補充されてゆくのか、交替であろう。日本軍が三十八度以下マラリア、軟部貫通銃創を患者とせず、戦力としているのに、敵は五日か一週間で、戦線交替をしている模様だった。前後を戦車で警護しているきりで、まるで演習にゆくような具合である。整然たるトラックの列はポッサンバムから、ニントウコンへむからしく、やがてつき出ている台地の樹林のかげに消えた。見えないけれども、戦車の出てきた方向が、目的地マイバムであろうか。今野の眼は妖しくいら立って光り、唇がしっかりと嚙みあわされていた。

(なにかに似とるぞ)団栗眼をひっぱりあけて、小首を傾けながら、この光景を見つめていた田丸兵長は、おっと声を立てて、膝をたたいた。「印度公園」で毎日眺め暮らした蟻たちの、あの剽軽《ひょうきん》な茶色の列車蟻とそっくりなのだった。すると、田丸は奇妙な郷愁に似た感情がかすかな不安をともなって胎動して来るのを感じた。

民家がところどころにあった。チン人の住居らしいがいずれもとっくに避難していて、人はもちろん、調度も、物資もなにひとつ残っていない。現地徴発を考えていた今野は大いにあてがはずれていたけれども、旅館とするには足りた。粗末千万な藁葺小屋であったが、雨露はしのがれた。象、牛、山羊、馬などを素朴な浮き彫りにした長い材木のべんがら塗りの墓や、卒《そ》塔婆《とば》のならんだ墓地が部落の背後や入口にあった。獣骨の頭蓋が墓の尖端や、ま上の樹木の枝などに眼窩を貫いてつき刺してある。古代の埃及《エジプト》彫刻を思わせるような銅盤の墓がまれにあった。家というものはどんな下等なものでもなつかしい。兵隊たちは空家を見つけると、子供のように喜んだ。家のなかでは、掌で隠さなくとも、煙草も吸えた。煙草も残り少なになった。

夜、民家に雑魚《ざこね》寝していると、歩哨をおどろかすものがある。すでに敵中に入っているという意識が抜けず、緊張しきっているので、かすかな物音にも神経質になる。叢でがさがさ音がしたので、あわてて全員抵抗線についたところが、兎が一匹出て来たことがあった。兎ならよいが、夜陰、鼻を鳴らす不気味な音とともにまっ黒い動物が剽悍《ひょうかん》な跳躍のしかたであらわれることがある。闇黒のなかに、二つの青い眼玉がらんらんと光る。黒豹のようである。歩哨はびっくりして家のなかに逃げこみ、戸をしめる。しばらく家をぐるりとまわる足音がしているが、やがて、遠ざかってゆく。

民家があると、無駄とは知りつつ、一応はあらためることにした。わずかでも食糧や物資があればよい。何軒もあると、手わけして探した。

もう山脚の端へ出て、いよいよ目的のマイバム部落を目前にひかえたある日、田丸兵長は今野に指図されて、崖上にある民家を捜索にいった。

すっかり枯れたとうもろこし畑が裏にある。見るかげもないあばら家だった。木臼や、木製のさす叉が穴だらけの土壁に立てかけてある。だれもいないと思って、なんの警戒もせずのっそり戸口をくぐった田丸は、ぎょっとして、立ちすくんだ。がらんとした部屋の隅に藁束が積んであったが、それがさがさと動いたのだ。動いたばかりではない。隠れるために、頭の上に積みあげたらしい藁の一束が、ぼさっと前に落ちた。びくっとしたが、田丸はとっさに小銃をとりなおし敏捷に安全装置をはずして、腰がまえに藁へ銃先《つつさき》を向けた。田丸はしだいに呆然とした表情になり、ぽかんと口をあけはじめた。

藁のなかにふるえながら半身をあらわしたのは若いチン人の女だった。二十歳にはなるまい。

縄のように組んだ黒い下げ髪を振りわけにして、長く前方にたらしている。青、赤、紫、橙、などのけばけばしい硝子玉をつないだ頸飾《くびかざり》を十本近くも首にかけ、その尖端には銀貨をつけている。髪と頸飾とが驚愕と恐怖とにわななく女の身体の顫動《せんどう》につれて、音立てて小刻みにゆれる。

薄桃色の厚ぼったいガウンのような衣服をつけているが、ひらかれた胸元、短い袖のさきから覗かれる小麦色の皮膚は、やつれてはいるが、若々しく張っている血潮のたぎりでむせるようななまめかしさを発散している。恐怖で顔はゆがんでしまっているが、見はった眼も、ひらいた厚い唇も、置き場もなく身体中をさまよう二本の手も、すらりと高い背たけとともに、泥濘と、塵芥《じんかい》と、臭気との堆積たる戦場に馴れてきた田丸の眼に、現実とは考えられぬ異様の錯覚をおこさせた。絵のような（と、このとぼけた兵隊は思った）美しさとなまめかしさに、柄になく忘れていた感情を刺戟され、身体が熱くなってくるのをおぼえた。かっと顔が燃えてきた。そして、ちんちくりんの日本兵は眼をぱちくりさせ、団子鼻をひくつかせ銃をつきつけたまま、自分の方がふるえだした。なぜか、がくがくと膝頭が動きだしてとまらないのである。

この家にはほかに人が住んでいるようには思われない。また彼女一人が住んでいるわけもあるまい。彼女の実家なのであろうか。そして、いったん待避した彼女は、なにか忘れ物でもとりに来たのであろうか。女はがたがたとふるえながら、狼狽した複雑な表情を示したのち、やがて、はげしい絶望の色をあらわすと、にわかに脅迫者たる日本兵へむかってゆがんだ笑みを投げかけて来た。機嫌を伺うような、許しを乞うような弱々しい眼の色だった。しかし、昂奮に硬直し、恐ろしい顔になって自分を睨みつけたまま、銃先をそらせようとしない日本兵を見ると青ざめた女の顔にとうとう諦観の決意があらわれた。女は藁をはねのけて全身をあらわした。そのどさっという音に、田丸はびっくりして飛びあがった。投げるようにみずからの身体を藁束にたおした女は、いきなり両手で裾をつかむと、日本兵の顔を凝視したまま、ふるえる手で両方にひらいた。ふくらみのある小麦色の両股がめくられる裾の下からすこしずつあらわれてきた。やがて女は観念したように、両足を左右にひらいた。上衣の下にはなにもつけていず、すべては、ひろびろとむきだしにされた。女が貞操をすてて命を守ろうとしたことに疑いはなかった。わななく女の身体が荒々しく藁を鳴らす。

棒立ちになった田丸兵長は、唾液で顎のたるんでくるような悪感に耐えきれず、いまは露骨にがたがたふるえだすと、

「馬、馬、馬、馬、馬、馬鹿野郎」

馬馬馬馬と何度吃ったただろうか。息をのみこんでものみこんでも、鈍いモーターのように同じ音しか出て来ず、焦躁に転倒せんばかりだったが、やっと、馬鹿野郎と吐ききると、くるりと回転して、一目散に逃げだした。隊のいるのとは反対の方向だった。

高尚な邪念が珍しく田丸の神経をかき立てていた。逆上したと同じだった。彼は深い葦の叢のなかに身を投げだすと芋虫のように転がった。下は湿っていたが、もうそんなことに頓着はなかった。せかせかした手つきで、軍袴の前ボタンをはずした。命令をくだされて、どぎまぎととち迷うように、田丸は相変わらず不器用だった。ふるえる手をつっこみ、焼けているもの

を摑んだ。マラリアの熱よりはげしく、身体中が燃えうずいているのを感じた。昂奮したときにのみおこる神経作用であろうか。とりのぼせたような動作のなかで、いつか汗だし運動のときに思いがけず浮かんで来た故郷のさまざまの幻影が、またも眼前に、鮮明に髣髴《ほうふつ》として来た。なかでも女房の顔がいちだんと大きく、ぶよぶよと揺れる提燈《ちょうちん》のような気味わるさで。――田丸は泣くようにして、女房の名を呼んでいた。泥草の上にたれ落ちたねっとりとした液体が、どこか不健康ななま白さで、生きもののように感じられた。人間の秘密の汚ならしさに、さすがの田丸もげんなりした。

第十一章　死　神

「なに、女がいた」

奇妙な疲れかたで、隊のところへ帰ってくると、田丸はなにげなしに、しかしどこか照れるいいかたで、屋上の家には物資はなにもない。ただ女が一人いた、ということを今野に報告したのだった。

すこし離れたところに寝ころんでいた糸島伍長が、がばと跳ね起きると、そう叫んで飛びかかるように寄って来たので、びっくりした。

「うん、おったよ」

「どこだ？」

「あの」そこから、樹林越しに屋根だけ見えた。「家だよ」

「それで、貴様なにをしたのか」

「なにをって……」

田丸は眼をぱちくりさせた。差恥で、顔が赤く燃えて来た。

「そのままにして来たのか」

糸島の語調のはげしさの意味が、田丸に呑みこめない。黙っていると、

「今野軍曹、ちょっといってくる」

背嚢や装具を解いた軽装で、小銃を右手に崖を登っていった。あわてた足どりだった。

兵隊たちが四、五人、その後からつづこうとした。

「ゆくな」

今野がはげしい語調でとめた。兵隊たちは不承々々にまた腰をおろした。

糸島はなかなかかえって来なかった。三十分ほどが経った。

驟雨《しゅうう》が箒ではくように、ひとしきりそこらを濡らして過ぎた。こういう雨は遠望すると、雲が簾《すだれ》を引きずっているように見えるにちがいない。いくつも天のあるような広大なインパール平原は、いつでも一時に各種類の天候を有しているのだった。

崖の上に糸島伍長の姿があらわれた。ゆくときの元気はなく、小銃を右手にぶらさげてのろのろした足どりで降りて来た。面を伏せているようでもあった。顔色の青ざめているのがわかった。出しゃばりで、意地悪で、口も悪く、狡猾《こうかつ》で、あまり人に好かれぬ男なのだが、いま坂

を降りてくる糸島は妙に生真面目で、おそろしく深刻な顔をしている。観念と実践との食いちがいを自覚したときに、人間が急激に自信を喪失する、あの一種痴呆に似た空洞の状態にいるもののようにも思われた。

隊のところへくると、力なく小銃を投げだして、両手を後頸にあて、ごろりとあおむけに転がった。軍袴に点々とこまかい血痕が散っている。

だれもなんにもいわなかった。なにをしてきたかを訊く者もなかった。もうそんなことはどうでもよいというように、疲れている兵隊たちはそれぞれの位置で、それぞれの姿勢で、おおむね眠っていた。

田丸だけがそわそわしていたが、糸島伍長の渋面を見て、出かけた言葉が引っこんだ。彼の行動の意味がわからないわけではない。またも、自分の失策を難詰されているのだ。――間抜け奴、どうして、その女を殺さないんだ。女を逃がして、俺たちのことを密告されたらどうするんだ。女へ同情している場合じゃないじゃないか。峻厳な作戦には感傷は絶対禁物だ。女だから逃がしたのか、この助平奴。……日ごろの糸島なら、容赦なく自分にその言葉をたたきつけるはずなのに、むしろ自分へ面を反《そむ》けているような糸島の態度が、田丸にはなんとしても後味が悪いのである。むきつけてそうどなってもらいたいのだ。そうしたら、さっぱりするだろう。田丸は不快な口の粘さで、自分の気分をはかりかねていたが、やがて、やっと女がふるえながら、自分の前に必死に展開した行動を思いおこした。女の太股の間にひらめいた妖しいさそいがよみがえって来た。それからはじめて愕然としたように糸島を見なおした。

（やったな）――すると、めったに怒ったこともない田丸なのに、耐えがたく波立ち騒ぐ荒々しい怒りが身体中をふるわせてくるのを意識した。いつか嶮しい眼になって、寝そべっている自分の班長を睨みつけていた。

休憩している地点で、蟻を発見することはまれでなかった。そんなところには不思議に「印度公園」に似た松林があった。ほうと珍しげに、というよりなつかしげに兵隊たちは枝を張っている松の梢を見あげた。蟬の声はどこまでいってもついて来た。

蟻の活動に見入ると、田丸は自分が今いる場所も、なにをしに来たのかも忘れてしまうのだった。あまり変わった蟻も見なかったが、台地脚に近い窪地に来て、奇妙に頑強な青緑色の蟻を見た。その蟻たちもせっせと毛虫やこおろぎを運ぶ作用に大した差はなかったが、隊長株とおぼしき三倍ほどの大きさの蟻が出てくると、うやうやしげに通路をひらくのだった。不似合にでっかい頭に甲虫のような角が二本あり、それをふりまわしながら、指揮しているように見えた。怠けている蟻があると、その青光りのする鋏でつまんだ。鋭利な刃物のように、蟻の身体は二つに切れた。田丸はしばらく熱心に見ていたが、この隊長蟻の威張った暴君ぶりにむらむら反感がわいて来て、木片をつまむと、その蟻の頸をおさえた。頸といっても、頭と胴の大きさがあまり変わらないので、まんなか近所にあたる。瓢簞《ひょうたん》のようにくびれている胴中に木片がはさまると、隊長は鋏をふりまわして、頭をじたばたさせ、胴の方も必死のように尻をもごさせ、足をばたつかせた。田丸はちょっと力を入れた。ぶちっと音がして、蟻は二つになった。ところがその両方とも活動はくっついていたときとすこしも変わらないのである。足のない頭の方は鋏をふりふり転げまわるだけだったが、足のある胴はそこらを自在に歩くのである。もっとも方角は、もうわからず、文字どおり盲目的行動にすぎない。ところが、その胴の歩行は確固たる方針のもとに動いているように、たけだけしく足どりも正しかった。この別々になってもなお行動する蟻に気味わるさのわいた田丸は、木片で両方とも押しつぶしてしまった。しばらく頑強に動いていたが、土に押しこまれて、やがて、動かなくなった。すると、今度は部下たちが隊長の遺骸に群がってきて、土を掘りおこしはじめた。それから、神輿《みこし》のようにかつぎあげると、穴のなかへ引きずりこんでしまった。彼らが隊長をねんごろに葬るつもりなのか、食糧にするつもりなのか、それはわからない。しかし、田丸は立ってもいてもいられないような焦躁に駆られた。遅鈍でお人よしの田丸の神経も、出発以来、静謐《せいひつ》な「印度公園」でのときとは変化していた。たしかに怒りっぽくなっていた。彼は蟻の巣を龍舌蘭の草鞋の下でふみにじったが、しかしそれは怒りというよりも、恐れ、昆虫が悪魔に見える戦慄、(ここで死んだら大変だ。こいつらのために身体を寸断されて、穴のなかに引きこまれてしまう。死んではならぬ)勇気とはちがった反発が身内にたぎってくるのだった。

「タマルさん、また、アリですか」

田丸の蟻あそびには馴れているババ一等兵が、不安そうな顔で、わざとらしい笑いを浮かべて肩越しに覗く。

「お前、しっかりせえよ」

「は？」

「死んだら、駄目ぞ。お前、女房も子供もあるといったろう」

「ニョボ？」

「おかみさんのことよ」

「オカミサン？」

「わからん奴じゃな。どういうたらわかるのかい」

ババもやっと気づいて、にわかににこにこし、

「ツマですか」

「洒落たことをいうな。その妻よ」

「ございます」

ババは笑顔を消すと、沈痛な顔になった。眉と眼とが、せばまりあっている眉間の中央に、小皺が深く刻まれた。

「死にたくございません」

ぽつんといった。

「おう、死ぬな。絶対に死ぬな」

田丸とババの言葉は食いちがっていたが、最後の呟きは田丸自身へのいましめの調子を帯びていた。

隊列は疲労と空腹とにみだれを見せて来た。全部が病人に近いといってよかった。足どりも捗《はかど》らず、ほとんど二十分おきくらいに小休止するのだったが、休憩時間の方が長かった。今野は隊員を激励しつづけていた。不本意ながら、言葉荒く叱咤した。

出発のときから、下痢に悩んでいた柿沼上等兵はついに渓谷のほとりに来てたおれた。のっぽで声が大きいので吉崎一等兵とともに対空監視専門にされていたのだが、いまはもうその任務はつとまらなかった。声はかすれてしまって出ないし、腹をおさえおさえ歩いているので、まるで佝僂《せむし》のようで、背の高さも戦友たちのなかで目立たなくなっていた。顔はむくんだように腫れ、虫に食われたあとが紫や赤の斑点になって、いたるところに膿を持っていた。マラリア熱も四十度に近く、新班長中田上等兵が肩を貸すようにして、喘《あえ》ぎ喘ぎ歩いていたが、巨大な蠟燭花が一面に咲きみだれているいる密林内の渓谷のかたわらで小休止したとき、

「今野班長、私は置いていって下さい」

唐突にそういいだした。

「なにをいうか、もうひと息じゃないか。頑張るんだ」

今野はやさしく柿沼の肩に手をやった。七輪にさわったほどの熱さだった。

「そう思って、これまでついて来たんです。もう駄目です。一歩も動けません。こんな私がついていったら、足手まといになるばかり、任務のさまたげになります。かまいませんから、置いて行って下さい」

「馬鹿なことをいうな。置いてゆくなんて……残ってどうするんだ」

「ここからかえります」

今野は笑いだした。

「かえれるなら、ゆけるだろう。もう。先の方が近いんだ。地図を見たってわかる。明日はマイバムに着ける。せっかくここまで来たんだ。男じゃないか。日本の兵隊じゃないか。頑張れよ」

柿沼は熱でまっ赤になった顔をあげた。

「今夜はどこまでゆくんですか」

「どうも地理不案内で、さっぱりわからんが、ともかく、今日中に、台地脚まで出たいと思っとるんだ。日も暮れかかって来たから、早くゆきたい。設営したら、すぐ攻撃準備にかかりたいんだ。もう、二キロもゆけば出られると思うんだが……」

「二キロ」、鸚鵡《おうむ》返しに呟いた柿沼は、「そうですか、二キロくらいなら、私も歩けます。実は休みたくて仕方がないんです。どうでしょうか、しばらくここで休ませてくれんですか。きっと後から追っつきます」

今野は苦しげな柿沼を見ていたが、

「そうか、そんならそうするか。……中田上等兵、柿沼が苦しくてたまらんから、休ませてくれというとるから、そうしてやろう。しかし、一人じゃ心細いだろうから、だれかお前の班から一人つけてくれんか。……そうか。河瀬でよい。……河瀬、お前、すまんが柿沼といっしょにここに残って、疲れがのいたらいっしょに隊に追及してくれんか」

柿沼はあわてて、

「今野班長、他人に迷惑かけんでええです。柿沼ひとりで大丈夫です」

「迷惑なことはない。戦友は相みたがいだ。そんな心配せんでもよい。……河瀬、わかったな、柿沼のめんどうをみてやってくれ、お前は元気そうだから安心だ。幸い、今夜は月明だ。十二日くらいの月が出るはずだ。明るいから、道々、白布をちぎって標識をしておく。曇っても、雨月なら、標識は見えよう。いいな」

「はあ」

出発になると、河瀬はかついでいた軽機関銃を松本一等兵に渡した。

「頼んだぞ」

二人を残して、夕暮れのひやりとする風が蠟燭花を揺らめかせている密林のなかを、隊列は疲れた足を引きずって樹木の蔭に消えていった。

台地脚に近づいていることは斜面の傾斜でわかった。密林は連続しているわけではなく開濶地のかなり長くつづく場所もあって、そういう場所を抜けるときの苦心はなみ大抵でなかった。いっきょに駈けぬける体力はなく、発見されれば、敏捷に動くこともできないとすると、一人一人目立たぬように、匍《は》ってゆくほかはなかった。これまではそうしてきた。

窪地を出ると、三十米ほどのそんな開濶地があった。青草の肌に点々とひくい叢が飛石のようにある。ゆくとすれば、それを伝ってゆけばよかった。しかし、四囲に暴露しているので、どこから見られているかわからない。もはや敵中深く入っているわけであるし（地図を按ずると四囲すべて敵であるといってもよい）、いたるところに展望哨がありそうに思える。今野は窪地の出口に立って、しばらく躊躇した。思案した。一気にここを駈け抜けるがよいかどうか。ひとたび発見されれば、これまでの辛苦はすべて水の泡となる。今野は心をきめた。日没も間がない。いまになって、ここ二、三時間を急ぐこともない。先刻の窪地で夜を待った方がよい。この臨機の措置の転換が今野は自分でも大いに気に入った。そして、得意の面持で、そのことを兵隊たちに告げるためにふりむいた。

そのときだった。背後で一発の銃声がきこえた。窪地からつづいている密林の空気が何度も谺《こだま》を跳ねかえしたほど、近かった。兵隊たちは不安の顔を見あわせた。今野はとりあえず遮蔽するように命令した。兵隊たちは思い思いに、藪や灌木林や、大樹の根もとなどに身を潜ませた。耳を澄ました。そのあとはしんとしていた。蟬の声ばかりが消えない。変わったこともおこった様子はなかった。

「どこらだったか」

「どうも、先刻いた窪地の方向のようでしたな……」

今野が工兵の花田伍長と話していると、草を踏んであわただしく走ってくる音がした。窪地の方からだった。兵隊たちは身を沈めた。今野も叢にかくれた。下は膝まで浸る泥沼で、太く赤い爪をふりあげた不格好な蟹が数匹、泥土に豆をまくように穴をあけて逃げていった。足音の近づくのを待った。

樹林を縫ってくる一人の兵隊の姿が見えた。河瀬一等兵だった。彼はなにかから追いかけられてでもいるように、けそけそと不安の面持であたりを見まわし、足もとをさぐりさぐり（白布の標識を探しているのであろう）、近づいて来た。

今野は泥沼から足を抜いて、叢から出た。

「あ、隊長」

細面の河瀬の顔はにわかの安堵と、なにかの鬱屈した衝動とで、べそをかくように歪んだ。

「どうしたんだ」

「柿沼が死にました」

「死んだ？」

「自殺しました。自分で咽喉を射ったんです」

今野の頭におどろきよりも、むらむらと怒りがわいた。

「馬鹿」

はげしい鉄拳が河瀬の頰に飛んだ。

怒りはすぐに狼狽に変わった。敵にきこえた。きこえぬはずはない。機をうつさず逃げねばならぬ。――今野の頭脳は目まぐるしく回転しはじめた。生命の危険、任務の失敗、犬死、（ここまで来て、なんたることか。柿沼の大馬鹿者）罵倒してもはじまることではなかった。

「よし、この開濶地をいっきょに突ききれ」

できるだけ早く、この地点を離れねばならぬ。後退よりもつねに前進。やがて歴戦の兵士たる今野の意志力は危険の前に来て、沈着な落ちつきをとりもどした。自分がまっさきに出た。

草原と見えたのは沼沢地であった。水面にびっしりと薄緑色の水草がはびこり、その上に、落葉が散りしいていたので、黄昏の薄明のなかで、草原と見えたのである。水のなかに膝まで浸った。腰までも、また、胸をひたすところもあった。腐敗した水のにおいが鼻を痛がゆく刺戟して、咽喉へひっかかって来た。沼底は粘土質で、長く立っているとずるずると、めりこんでゆく。叢と見えたのは小島らしい。それを伝ってゆけば浅いという見当をつけた今野は、俺のゆくとおりについて来いと、じゃぶじゃぶ沼沢を渡りはじめた兵隊たちをふりかえってどなった。破甲爆雷、梯子、乾麺麭箱、蚊張や毛布袋、などをかついでいる兵士たちは、この渡渉が楽でないらしかったがみんな必死の面持でつづいた。今野は危険感から安堵感へ移りつつあった。こういう沼を、敵が監視しているはずはない。こんなところまで日本軍が攻撃して来ようなどとは予期していないだろうし、たとえ注意はしていても、沼までは考慮されていまい。発見されて、機関銃の掃射でも食えば、全滅のほかはないが、まず心配もなさそうだ。先刻の銃声をききつけて捜索にきたとしても、まさかこの沼を渡って、敵の方へ近づいているなどと想像もすまい（危険はすぎた）。今野は確信をもって、そう判断した。

ようやく、沼沢を渡ることができた。人員を点検すると、落伍者はなかった。人員は二十四名になっていた。いつか日が落ち、沼からすぐつづく深い密林は夜のように暗かった。ずぶ濡れになって泥溝《どぶ》くさい臭気をはなった兵隊たちは、ものを言う気力もなくなったように、巨大な歯朶《しだ》の葉が密生している場所に来て、装具を解いた。そこにも女郎蜘蛛の巣があった。高い樹の梢から、梟に似た眼の大きな、嘴《くちばし》の太い黒い鳥がじっと怪しい客たちを見おろしている。

「疲れたろうな。今夜はここでゆっくり休もう。明日はいよいよマイバムだ。攻撃したら分捕品もあるにちがわん。今夜は乾麺麭一箱と、残っている罐詰を半分、食べてしまおう。腹ごしらえせにゃ、仕事もできん。……お疲れ、お疲れ」

今野は機嫌をとるように、兵隊たちの間をまわって、一人一人に言葉をかけた。

「あんた方も御苦労です。疲れたでしょう」

工兵隊の三人はひとかたまりになって、もう牛肉の罐詰を切っていた。

「大変なところですな」

花田伍長が棄鉢のようないいかたをした。

「思ったよりも難行軍ですが、もうこれで終わりでしょう。……ところで、爆弾類は大丈夫ですか。だいぶん濡らしたんで……」

「そうですな、たいてい大丈夫でしょう、防水はしてありますから。でも、どうかな、すこし濡れすぎたかな、すこしは不発ができるかもしれませんよ。調べておきましょう」

今野の唯一の不安はこのことだった。仕掛けた爆薬が全部不発――考えると慄然としてくるのである。

第十二章　剃刀

「自分もうかつでありましたけど、まさか、柿沼がそこまで思いつめていようなんて、それこそ夢にも悟らなかったもんで……」

蚊帳のなかで、河瀬一等兵の声は沈んでいた。

風が出て、森林がごうごう鳴っている。月も星もない曇天らしい。蚊帳の上に、大きな葉が音たてて散り落ちてくる。蚊帳というより網袋といった方がよい。せまくて、頭も足もつかえる。海老のように背をまげ、兵隊たちは縦横に身体を接して寝ている。しめった夜気に押されるように蚊帳が顔にたるんでくると、饐《す》えた黴《かび》のようなにおいが鼻孔の奥にいがらっぽく刺さる。

蚊帳の外は不思議な光景だった。無数の鋭い光の欠片がまるで白熱した星のつぶてを投げちらすように、乱舞している。身体にさわればそこがはげしい光で焼き切ればせぬかと思われるほどの強烈な閃光だ。光点は威嚇するように明滅しながら、高く、ひくく、樹々の梢から、幹から天へ、また、蚊帳の上に落ちてとまる。蚊帳はまるでこの光群の襲撃を防禦してちぢこまっているように見えた。螢である。日本の螢のように柔らかく弱々しく光をだすのではなく、大きく鋭く、きらっ、きらっ、と瞬《またた》く。

「隊長はたいそう自分を怒りなさったが……」

暗くて顔はわからないが、隣にいる河瀬の不服らしい様子は、口ぶりで明瞭だった。

「怒ったわけじゃない」

「怒ったっていいですよ。そりゃ、わかりますよ。あの場合、隊長としてなら、腹のたつのが当然でしょうからな」

自分が柿沼のかわりにたたかれた。罵られた。もし柿沼のそばに隊長がいたら、不用意な銃声を発したということで、気の強い隊長はすでにこときれた柿沼をたたいたかもしれない。馬鹿と叫んで、蹴ったかもしれない。きっと、そうしたろう——そう非難しているようにもきこえた。しかし、今野はいまはもうあの瞬間の狼狽を、ただおかしく思いだしているだけだった。その直後のとっさの処置に満足しているのである。——柿沼の弱りかたは予想外だった（河瀬一等兵はあおむいて、妙に、口のなかの生唾をぺちゃぺちゃ気味わるげに、ときどきのみこむようにしながら話すのである）。自分が疲れていたので、人の分までは気がまわらずにいた。下痢をこらえていたのがいちばんこたえたらしく、柿沼は顔色はまっ青で、生汗がたらたら顔中をぬらしていた。眼が落ちくぼんでいた。息がくさかった。自分は三浦看護兵からもらったクレオソート丸をのませ、ただ芸もなく、元気を出せ、元気を出せ、というほかはなかった。自分も心細かったし、なるべく早く本隊に追及したいと気があせった。腰をもんでやったり、背中をたたいて按摩をしてやったりして、一分でも早く彼の疲労を回復させようと努力した。彼は、すまん、すまんと何度も自分の手をにぎった。平べたく痩せているくせに、手は骨といっしょに火のように熱かった。自分は柿沼とは同郷で、学校は彼が一年上だったが（実は同級だったのに、自分は落第した）、小さいときからの喧嘩友達だった。かしこい男ではなかったし、生来の不器用で、気短だったが、いい奴だった。不器用なくせに、手工、作業、細工物が好きで、将来は大工の棟梁《とうりょう》になるのが目的だったらしい。親父が指物大工だった影響もあった。そこで、町できこえた棟梁のところに、徒弟に入ったものの、なにさま、生来の不器用で、師匠からたちまち見切りをつけられたうえ、絶対手職は不向きという折り紙までつけられた。彼は四男だったし、自由の立場にあったので、急転回をして魚屋になった。これなら、魚をつくるわけでないから、いくら不器用でもかまわない。浪花節や安来節をうなる咽喉自慢で、売り声が評判になった。われ鐘の由さんなどといわれた。さして繁昌はしなかったけれども、働き者の女房を貰ってから、店の都合もそう悪くはなかった。悪い女房は一生の不作というが、たしかに柿沼はその意味では豊作だったといってよい。のっぽと不釣りあいのちんちくりんの女房だったが、別嬪で、健康で、従順で、骨身おしまぬ働き手で、夫婦仲は癪にさわるほどよかった。岡焼き半分、自分たちは、貴様ら、すこしは喧嘩しろと煽動に出かけたりしたものだ。こういう調子なので、赤紙が来たときの愁歎場ははたで見ておれぬほどだった。親父が腹を立て、帝国軍人たる者がなんたる女々しいことか、と日本刀でおどしたという話をあとできいた。

戦地に来ると、動作緩慢で、間にあわぬので出世はしなかったが、任務に忠実な男だったことは、隊長も知ってのとおり。彼は稲田兵長と人一倍仲よくして、もう皆がききあいていた稲田の建築自慢話を、一人で相槌うちながらきいているのが好きだった。大工の棟梁になる夢をいだいたことがあるので、稲田の話に特別の興味を感じていたのであろう。稲田が瀬振りの建築にとりかかると、柿沼がまっさきに助手になっていたのは、これも、隊長の知ってのとおり。彼は下手な字でうるさく女房に手紙を書く奴だったが、女房も負けずに下手糞の嘘字だらけの返事をよこした。出征後、まもなく男の子ができていたらしい。どんなことがあっても生きてかえりたいと口癖のようにいっていた。凱旋とか、帰還とか、もうなんべん騙《だま》かされたかしれんが、こんなひどい戦争になって、先の希望などなくなったようであっても、いつか帰れると頑固に信じていた。今度の任を受けてから、ひどく不機嫌ではあったけれど、彼の日ごろからの考えや、任務への責任感を知っているので、まさか自決しようなどとは、それこそ、爪の垢ほども考えなかつた。油断をしていたなどといわれると情けない、自分は一分でも早く柿沼を回復させようと、奇妙なまじないまでさせたのだ。いつも笑われる自分のまじない、「お母さん、お母さん、たのみます」あれ。……これはしかし迷信ではないのだ。自分はこの救いによって、今日まで忍耐し得て来ている。最初、広東作戦に従軍して以来、自分はすべての苦境をこの信仰によって切り抜けて来た。行軍でへたばりそうなとき、股がうずき、豆が痛み、アキレス腱がひきつって歩けないとき、自分は目をとじて念じる。

「お母さん、お母さん、頼みます」すると、痛む個所がぴったりととまる。いつでも利くわけでなく、ぎりぎりのいよいよのとき、自分の母は自分を救ってくれた。自分はそれを不思議なぞとは思わない。自分は母の愛情と加護とを信じている。自分の心と母の心とが交流することを信じている。腹にまいているこの垢と泥によごれた千人針が、寒中、凍えて気が遠くなりそうなときに、「お母さん、お母さん、頼みます」必死の祈願とともに、にわかにほかほかと暖かくなってきた経験がある。今度の任務でも、自分は母に救われた。人見隊長と有田上等兵が落ちた、あの危険な断崖の行進のとき、自分の疲れていた足は母を念ずることによって、にわかに力を増し、自分の行手には強い竹の節や、たしかな足場になる岩があらわれた。自分は母一人子一人、兄貴がいたが若死にしたので、母は自分一人をたより、自分も母一人をたよって来た。そんな親子だから、愛情が千里はなれていても通うのは当然だ。母は自分の神なのだ。自分は、きっと母が最後まで自分の命を守っていてくれることを、堅く信じている。隊長はこのことをけっして笑いなさらぬと思う。自分はそこで、そのとき、柿沼に、妻を念じよ、と諭したのだ。柿沼はすなおにそうした。そして、おかげですこし楽になったといった。自分は脱糞をもよおしたので、かたわらの叢にいった。ひどくはなかったが、自分もみんなと同じく下痢に苦しんでいたし、柿沼にその由を伝えて、そこを離れた。ふたたびいうが、油断をしたなどと思われたくない。柿沼を監視しなければならぬどんな理由があろうか。戦友を信じたことに、なんの落度が罪があろうか。ほんのわずかの時間だった。その間に、柿沼は銃口を咽喉にあてがい、足の指で引鉄《ひきがね》を引いたのだ。この方法はそうたやすくはないのだが、のっぽで、胴も足も指も長いことが、はからずも成功させる原因になった。銃声におどろいて駈けつけたときには、血にまみれて横ざまに倒れ、かすかに痙攣しているきりで、なにもいわなかった。自分は狼狽と悔恨とで、腰が抜けそうだった。勇を鼓し、急いで浅い穴を掘ると、彼を埋めた。形見に、いつも左手にさしている銀指環をはずした。そのとき、自分はかたわらのしめった赤土の上に、指で書いたらしい文字の跡のあるのに気がついた。怒ったように、深々ときざまれている。鉛筆で書いても、指で書いても、見おぼえのある下手糞な彼の字で、一つは、「天皇陛下万歳」、も一つは、それにならべて「兵隊の敵　軍司令官を殺せ」、自分は鼓膜の底に彼の野太いがらがら声が、この二つの文句を鳴りひびかせてくる恐ろしさに、あとを見ずに駈けだした。その文字を消してくるのを忘れた。……

「指環はこれです」

暗いなかで、左手をあげた。薬指にはめられた銀指環が蚊帳のそとからの強烈な螢の閃光を、いくつも鈍く反射した。今野もよく知っている。指環は印鑑になっていて、柿沼がいつも給料や封書受取りなどに使用していたものだ。このごろはそんなものは長く渡ったことがないので、用がなくなっていた。

「この指環はあいつの女房のもんだったんですよ、あいつが、どんなに大切にしていたか。なんとかして、女房に届けてやりたいもんですな」

「お前が持ってかえってやれ」


小宮山は寝苦しいまま、あまり離れていない場所で、二人の会話をきいていた。足の豆と、肩のうずきと、痺《しび》れたような身体全体の鈍痛で、横になると、逆にとろけるような快感をおぼえるのだが、寝がえるごとに節々の鳴る身体から、神経だけが分離してゆくような不安があった。横にいる田丸が歯軋りしながら、ひどい鼾を立てているのが、耳ざわりで仕様がない。昼間はうるさいほど、小宮山、大丈夫か、元気を出せ、と兄貴のようにいたわる田丸も、やはり疲れているとみえる。眠ると無意識に身体をひねったり伸びをしたり、呻き声を発したりする。ときどきずんぐりした汚ない足をどすんとこちらに投げかけて来る。小宮山はいつもそっとそれをはずした。そうしながら、自然に耳に入った二人の会話、なにかが瞼の裏にちかちかしみてくるようで、いよいよ眼が冴えた。が、そぐわない凄愴な環境での感傷の甘美さが、一種痴呆の表情で人間をたかぶらしていることなどに、いまは注意がむかなかった。酬われるものの失われている場所においても、愚かな人間の願望がいつでもはかない幻影をつくりだす。そのことには懲りていた。歯がゆいことに、河瀬のぼそぼそした話が、――柿沼はどんなことがあっても生きてかえりたいと、口癖のようにいっていた。……そこへ来たとき、鼻の頭がつうんと痛くなって来た。光があったら、満津子の残り一枚きりになった手紙を出して読みたいという衝動を感じた。抵抗を度外視して、野放図な感傷をむしろ許容したいのだった。それよりも、――「悪い女にひっかかって入れあげるみたいに、兵隊をつぎこんでいる」紅顔の参謀島田少佐のいつかの無残な譬喩が、身体のふるえる怒りとともに、よみがえって来て、破損した上下の歯が音立てるはげしさで嚙み合わさった。(兵隊には一人の端役もいないのだ。一個の人間としての生命、その尊厳さと価値において、軍司令官と兵隊とのどこに差があろうか?）小宮山は眼が冴えてくるばかりで、何度も眼鏡の玉をふいた。

ふいに、ひきつけるような笑い声がおこって、どきっとした。笑い声でなく、嗚咽だった。河瀬一等兵なのか、今野軍曹なのか、わからない。

最後の偵察が行なわれることになった。目的地マイバムに近づいたことは明瞭である。密林はしだいに浅くなって、低地への斜面には灌木林や、羊歯藪《しだやぶ》、葦原が多くなった。部落は見えないが、思いがけず近いところに、ならんでいる横文字や、数字の入った天幕が見えたり、ふいに戦車のエンジンやキャタピラの音が間近にきこえたりした。

戦場のまっただなかにある奇妙な安全地帯、砲弾も、機関銃弾も、爆弾も、そして襲撃もない安閑とした場所に、燈をともし煙を立てる民家があったり、女をまじえた人影がちらついて、笑い声がきこえたりした。小部隊の敵兵がなんの顧慮もない姿勢と隊形で、山道をぶらぶら登り降りするのも見えるようになった。

高い樹林にかこまれた藪の窪地に潜伏して、夜になるのを待った。二時間ほど、はげしい雨にたたかれた。ずぶ濡れになったが、黒雲が去り、塗りひろげられるように底抜けの青空が出て、かっと強烈な太陽がさしてくると、兵隊たちの身体は白く蒸気を立てて急速に乾いた。泥溝鼠《どぶ》のようにくさくよごれていたのが、洗濯されたようで、すこし気持がよくなった。

敵の近くに来て、偵察は困難であったが、今野の腹案はきまっていた。あらかじめ準備もしてあった。ババを土民に変装させて、斥候に出すのである。このことには、副隊長糸島伍長をはじめ、田丸や小宮山の意見が加えられていた。ハリハルとババとを二人出してもよいが、この二人を協同させた仕事でうまくいったためしがない。機敏で気取り屋のハリハルは、遅鈍で低級なババを軽蔑しているし、二人が腹の底で融合しないもののあるのは、動作からも察しられる。ことに通訳になっている小宮山は二人の印度兵の相異をもっともよく知っていた。

任務をあたえられたババ一等兵は、おかしいほど喜んだ。

漆黒のおでこ面をひやかすように、何度も首をふってうなずきながら、

「大丈夫、大丈夫」

と、片言の日本語をくりかえした。

敵戦車部隊の拠点、兵力、地形、戦車道の偵察、が、主任務だった。とくに戦車道をたしかめることが大切である。命令はむつかしい。「——敵戦車ヲ爆砕スルトトモニ、敵戦車進出主要道路ノ全部ヲ破壊スベシ」。歴戦の勇士たる今野の的確な頭脳は、この命令の突飛さを最初から感じとっていた。どんな命令でも発することはできるけれども、その内容の可能の限界は、言葉と現実との間をいくたびか死をもってくぐった者しか理解されない。気まぐれの陶酔をもって、無造作に壮大な命令が書かれる。しかし、実践者はもっと冷静であった。代償はつねに死と直面しているからである。事業は一度しか可能でない。発見されずして目的の全部を達成できればこれに越したことはないが、現在の不充分な準備と、技術と、そして、わずかの疲弊した兵力をもって、いかにしてそのような大事業を遂行し得ようか。戦闘が目的ではないので、なるべくはいたずらな衝突は避けたい。兵を損じたくない。それにしても、成否がただ一度の作業にかかわっていることは深く計画してみるまでもなかった。さすれば、正確な偵察と、広汎な装置とが必要である。まず地理に詳しいババを下偵察に出す。土民の服装をしておれば怪しまれる率も少ない。目的地付近をさぐってかえるまでには、二時間ないし三時間あれば充分であろう。その報告にもとづいて、日暮れを待って、さらに工兵隊の援助のもとに、手わけして精密な偵察をする。その夜、ただちに、爆破装置にかかり、いっきょに爆砕して、夜の明けぬうちに引きあげる。……現地に来て、今野はさらに勇気に満ちたけれども、任務の困難さの自覚はそれ以上に深まった。

白っぽい寝巻のようなチン人の服装に変わった背の高いババが、あまり見栄えのせぬ跣足で、たよりなげに藪の道を消えてゆくと、ハリハルがもう我慢がならぬというように小宮山をつかまえて、血相かえてがなりはじめた。疲れは目立っているが端正さを失っていない黒い顔に、ハリハルは露骨に嘲笑と侮蔑のいろを浮かべ、地団太をふむように、突如、雄弁になった。

「あなたがたの勇敢さと寛大さとには、敬服するほかはない。それは驚歎にすら値する。あなたがたは、いまや、敵を敵のなかに放った。それは不可解な信念によってなされた。私にはいかにしても諒解することができない。彼が脱走と裏切りの意図あることは、前に何度も指摘したではありませんか。彼は出発のときに、すでにそのたくらみをもって、光栄ある印度国民軍のマークINAの腕徽章さえ棄ててしまっているじゃありませんか。こともあろうに、ババを斥候に出すなんて。……彼の出発の足どりの軽さを見なかったですか。あれは彼がしてやったりと足でほくそ笑んだのです。下等で、低劣なヒンズー教徒、あのネパールのグルカ族を、いかなるわけで、あなたがたはそんなに信用するのですか。……ああ、もう彼はかえって来ない。絶対にかえって来ませんよ。かえって来ないのみでなく、きっと、あいつは、あなたがた全部を、相違なく、死神の手に渡すでしょう」

小宮山は面倒くさそうに、不得要領なうなずきかたをして、たおれている腐木の幹に腰をおろした。

いらいらと喚くハリハルは、もう不安に耐えかねたように落ちつかぬふうで、しきりと敵陣の方にきょときょとと眼をやったが、だれも相手にならないので、張りあい抜けして、羊歯《しだ》の繁みにうずくまった。痩せた膝をだき、貧乏ゆるぎしながら、しきりと舌打ちする。

兵隊たちは思い思いの姿勢で、多くは寝ころんでいた。陽のさしている場所と蔭とが、くっきりとした光線でわかれ、うるさい蚊柱が光と影の交錯点に来て、白くなったり黒くなったりした。疳高い蟬の声が耳を聾する高い梢から、ときどき白い霧吹雪が虹を浮かべて散ってくる。蟬の小便である。残り少ない食糧を分配して、昼食をすませた。乾麺麭は咽喉につかえたが水はどこにもなかった。どろりとした湿地の黒い水は、さすがに飲めなかった。

二時間はとっくに過ぎた。三時間が過ぎた。四時間が過ぎた。五時間、六時間が経っても、ババ一等兵はかえってくる気配もなかった。火焔のような夕焼けを天いっぱいにひろげて陽がかたむいて来た。

もの憂い時間が流れた。

窪地の入口の白い小粒の咲いている籔かげに、監視哨がひとり立っているきり、あとの兵隊たちは、大部分、いぎたなく眠っている。つぎに待っている運命がいかなるものであろうとも、ただ瞬時の睡眠だけが、いまは許された最大の贅沢である。飛行機がときどき頭上を過ぎるが、警戒の要もなかった。ところどころで、ぼそぼそ話し声がきこえる。にわかにバネ仕掛けのように跳ねあがるのは、下痢患者が脱糞に出かけるのだった。

羊歯の密生している窪地の隅っこに、かものはしのような嘴の吉田喇叭卒を中心に、四、五人かたまっている。羊歯が大きくて、兵隊たちの姿は見えにくいが、ゆらゆらと葉なみの上に煙が白く立つ。けだるそうな笑い声がしているかと思うと、妙に深刻そうなためいきや、舌打ち、唾をはく音、などがした。

五米ほどさきの大きな岩に背をもたせて、うたた寝している今野軍曹の方へ、羊歯の葉越しにちらちらとうかがう視線を投げ、声をひそませる。狐のように鋭い今野の顔も、眠った首をうしろにもたせてあおむくと、自然に口がぽかんとあき、日ごろの威厳はなく、あどけなく阿呆のように見えた。呼吸のたびに、鼻毛の出ている黒い鼻孔が、小鼻をひらいてうごめく、涎《よだれ》さえたれている。ただ、顔にはこれまでにない艶があって、赤黒い顴骨《けんこつ》のあたまがてかてか光っている。ババを斥候に出したときまでは、たわしのような髭面だったのに、いつの間にか剃刀をあてたらしい。そういえば、さきほど黒い水のかたまっている湿地のかたわらにしゃがんでいた。部下たちはこの戦闘の前の今野のお洒落に馴れていた。彼は髭面では死にたくないという古風な礼節を大切にしていて、敵前上陸、攻撃、夜襲、斥候など、逼迫《ひっぱく》した状況のときには、かならず携帯している日本剃刀で顔をあたった。砥石《といし》まで肌身はなさず用意しているのだった。この今野のお洒落は、じつをいうと、部下たちにはあまり気持がよくはない。困難と思われる戦闘のときでも今野は髭面のままでいることもあるからである。剃る要があるか、ないか？　その独特なお洒落の判定は、歴戦の体験からいつか割りだされて来たもので、戦闘の難易に完全に比例しているのだった。今野のお洒落した戦闘ではかならず何人かが死んだ。今野が髭を剃ったぞ、――それは無言の警告となっていた。いま、今野軍曹は髭を落とすことによって、眼前の任務の困難さと、覚悟のほどを、暗黙のうちに部下たちに示しているといってよいのだった。

しかし、吉田一等兵の一団が、額をつきあわせて密談しているのは、その珍しくもない今野の化粧についてではない、小さな一枚の紙片が、話題の中心なのだった。吉田がどこかの叢で拾って来たものである。敵の宣伝ビラは珍しくはなかったが、それはすこし変わっていた。一枚の桐の枯れ葉にかたどられ、全体を褐色で塗られたなかに、長方形の枠があって、黒地に緑の字が抜かれてある。紙質もよく、印刷もあざやかで、くっきりした明朝活字体の文句にルビまでふってある。上段に「桐一葉《きりひとは》」、その下に、二行に、「落《お》つるは軍権必滅《ぐんけんひつめつ》の兇兆《きょうちょう》なり」「散《ち》りて悲哀《ひあい》と不運《ふうん》ぞ積《つも》るのみ」。その裏には、証明書があって、「武士通過証――死ぬるばかりが武士ではないでしょう。日本武士は無理に命をすてる悪癖があるが、諸君を待ちこがれている家郷の人々は、いかに諸君の犬死をなげくでしょう。生きてこそまたお国の役にも立つ。この票を持参して、わが陣営に来る者は、武士として厚く待遇し、日本敗北の折には、無事に諸君を家郷の人々のもとへ送り届けるであろう」。

兵隊たちの渋面は複雑だった。兵隊のかえる場所はどこか？　最後の場所はだれもわかっているのに、口に出す者はなかった。ぶっつりと切断されていて、手も届かない。足はもとより、心さえ届かなくなった。ゆくもかえるも、兵隊の意志とは無関係なのだ。その時々のはかない安住とへ辛うじてつながれた綱の範囲内だけのあわれな遊弋《ゆうよく》。いまかえりたい場所は、ただ出発して来た瀬振りまでだ。それで充分なのだった。家郷へなどとは、大それた願望である。遠いとか近いとかいうようなことではないのだった。唇のたれた頓狂な吉田の顔や、平家蟹のような清原一等兵の顔や、丸っこい坊ちゃん面の平井上等兵の顔や、間断なく瞬きをする神経質な大江一等兵の顔や、仏頂面にいらいらと舌打ちばかりしている河瀬軽機関銃手の顔や（河瀬は柿沼の死にあってから、ひどく怒りっぽくなっていた)、それらの兵隊の表情のなかには、たしかにある一つの共通した感情があるはずなのに、言葉にする者はなかった。また、不安定のままに、行動する不自然さを、批判などもしなかった。士気の低下か、昂揚か、それもよくはわからない。ただ疲れていた。出発のとき、憲兵大尉が、「最近、作戦の渋滞とともに、士気の低下はおびただしいものがある。頻々として、無断で戦線を離脱、逃亡する者が少なくない」。その言葉に冷やりとしたが、環境はまだ充分に、反発するものを残していた。いまや死が眼前にあるこの窪地、土壇場へ近づいてゆく兵隊たちの眼の色が複雑になって来たことは争えない。しかし、兵隊たちはなにごとをも決定する力を持っていなかった。心の底になにかへのはげしい怒りをくすぶらせながら、そのはけ口は知らないのである。動揺も麻痺したように鈍く、卑屈に、不機嫌になりながらも、なにかで結びあい、つながっているものへ、なお、よりかかっているのだった。そして、彼らを動かしているものがなにか、巨大なものへは眼が届かず、現在の直接の命令者、かえがたい生命を託している人間、岩にもたれてだらしなく口をひらき、涎をたらして眠っている一下士官軍曹今野壮吉へ、こっそり当惑したような視線を投げてみるだけの話だった。

「こら、そんなもの、見んな」

ふいに、背後で叱り声がして、吉田の手から、ビラがもぎとられた。田丸が立っていた。だれもなんともいわず、そっぽをむいて、ごろごろと横になった。田丸も前に同じビラを拾っていて、知っていたのである。田丸は不機嫌な仏頂面で、それを引き裂き、草鞋の下で踏みにじった。彼は後頭部にへんな鈍痛を感じ、耳鳴りがして仕方がなかった。民家で女に会い、逆上したように、叢で不自然な行為をしたことが、重い気分となっていた。蟀谷《こめかみ》をぐりぐりもみながら、田丸は銃をさげて、窪地の出口の方へ、ちょこちょこと歩いていった。監視哨の交替のようである。

第十三章　太陽と岩石

あたりにうす闇が立ちこめるころになって、ババ一等兵は、跛を引き引き、しかし、意気揚々とかえって来た。ハリハルが猜疑にあふれた眸で、同僚をつき刺すように睨んでいた。兵隊のなかにもババを疑っていた者があって、やっと不安の表情をとくと、この間抜けな印度兵のまわりに集まって来た。

「御苦労」

今野はいたわるようにいって、煙草をあたえ、状況をきいた。

地形、敵陣地、戦車隊の位置、兵力、戦車道、——大体において、ババは所期の任務を果たしていた。ババの説明にもとづいて、さらに精密偵察と、爆薬装置の可能の見とおしがついた。ただ、ババが報告した程度の偵察なら、どんなに緩慢にやっても、三時間もあれば、充分であることだけが辻褄が合わなかった。しかし、その疑問もすぐに氷解した。

「はい、戦車道の偵察をするのに、時間をとりました。道路のあるのはすぐわかったんですが、戦車が通れるかどうかをたしかめにゃなりませんので、これに苦心しました。それで、樹蔭に隠れとりまして、戦車の通るのを待っておりましたんです。それでおそくなったんです。なかなか通りませんで、私も弁当は持って来ておらず、腹が減ってしかたがなかったんですけど、我慢して待ったんです。なかなか通らない。兵隊が歩いて来たり、トラックが走ったりしますが、戦車は来ない。陽がかたむいて来て、気が気でなくなりましたが、それでも待ちました。そしましたら、やっと暮れがたになって、戦車がやって来たんです。あの大きなM2です。小山のようでした。二台つづいて、その道路を通りました。はい、たしかに、あの道路は戦車が通ります」

今野は笑いだした。ババはなぜ笑われたのか、わからないふうで、きょときょとあたりの兵隊たちの顔色をうかがった。ババのこのとぼけた斥候ぶりは、兵隊たちの心を明るくした。

「あなたがたの底知れぬお人よしには驚歎する。狡猾なババの魂胆がわからないのですか。彼は無邪気をよそおって、今夜、あなたがた全部を陥穽《かんせい》へ落とす仕掛けを、すっかりととのえているのですよ」

小宮山の耳元へ、ハリハルは歯がゆそうに囁いた。

「ハリハル一等兵」

と、小宮山は、威厳をつくって、声をかけた。

「はい」

「戦場において、いちばん大切なものは愛情と信頼だ。それは君も知っているだろうな」

「よく知っています。ミスタ・コミヤマ」

「それから、戦場において、逃亡は即刻死刑、それも知っているだろうな？」

「もちろん知っています。だが、どうして、私にそれをおっしゃるのですか。……逃亡よりも、裏切り、……裏切りの罪はどうなるのですか。たとえば、たとえばですよ、ババが裏切ったとしたら……」

「ババは裏切らない」

ハリハルはふいに恐怖に青ざめた顔になって、いつにない小宮山の鋭い顔を見た。日ごろ、おとなしい小宮山がこんなはげしさを見せたことが一度もなかったからだが、小宮山自身も、唐突な自分の颯爽《さっそう》とした言動の原因を知らなかった。彼は、他人の顔をなでているような遠慮ぶかい気持で、今野から借りて剃刀をあてた自分の顎に、照れた掌をあてた。


工兵の花田伍長の指図で、爆薬類の点検が行なわれた。途中、濡らしたため、黄色火薬、黒色火薬の一部などまったく役に立たなくなっているものもあったが、今宵一夜に兵力の最大限を最有効に発揮して、装置し得るだけの爆薬は残されているようだった。ただ、その爆薬に、なお不発があるかないか、そこの絶対の保証はできかねるという点が、不安でなくもなかった。しかし、もう躊躇しているべき場合でなかった。

日が落ちると、月が出た。十二夜ほどであろうか。正確にはわからないが、それはもうたずねる要もない。明るければよいのだ。海底のような青さのうえに、月に負けぬ星の光が加わり、さらに強烈な閃光を投げあう螢の群が、ときに星が落ち散ってくるのではないかと錯覚させながら、台地脚へ出てもいちめんに飛びかっていた。風が出て、森林がざわめき、葦原や藪が波の音を立てる。隠密行動にはかえって好都合だった。

途中事故のため、いくらかの変更はあったが、編制は出発のときの三班と、今野隊長の別班との四隊だった。各班に一人ずつ、工兵をつけた。いよいよ作業にかかるとなれば、もう看護兵も、喇叭卒も、通訳もない。小人数でできるだけ多くの爆薬を運ばねばならぬので、隊長以下、全員の背にそれぞれ火薬類が分割してとりつけられた。地図とババの報告とにもとづき、斥候の要領で地点をたしかめてから、まず、四班とも道路の破壊作業をやる。この方は触発爆薬をとりつける。偵察した道路の要所々々に、戦車地雷を埋める。夜間とりつけておけば、夜が明けてから通過する戦車、トラックなどがこれに触れて爆破され、同時に道路破壊の目的を達する。橋梁があれば、できるだけそこを選ぶ、そうして、四班で地雷敷設を終わってから、マイバム地区へ集合し、いよいよ戦車隊の爆破にとりかかる。この方は破甲爆雷をとりつけて、いっきょに点火する。発見されぬうちに、所定の場所に引きあげる。——こういう計画なのだった。

風のざわめく月明の窪地に、整列すると、今野はあらためて隊列を眺めまわした。満足で、この歴戦の隊長は新たな勇気がわいたが、さすがに胸の底をしめつけてくるものを感じた。兵隊たちの表情ははっきり見わけられないが、武装して勢揃いしている隊列は、なかなか勇ましく見えた。昼見れば乞食の一隊のようであり、疲労困憊《こんぱい》している病人ばかりのはずだが、夜目には頼もしい精鋭のようで（実際にそうなのだ、と今野は思う）、声にも張りが出た。大きな声は立てられないので、円陣をつくって、声を殺した。

「この期《ご》にのぞんで、なにもいうことはない。思ったより以上の難行軍だったが、よくみんな頑張って、ここまで来てくれた。感謝する。人見、有田、柿沼の三人を失ったことがなによりも残念だが、いまくりかえしてもせんないことだ。三人の分もわれわれが働いてやらねばならん。ほんとうの任務はいよいよこれからだ。作業の手筈はさっき打ちあわしたとおり、時計が隊に二つきりなので、時間の連絡にすこし不便だが、ともかく、道路へ地雷装置を終わりしだい、マイバム地区へ集合のこと。目標は、ババの話によると、マイバム部落の裏手の川岸に、四本だけ飛び抜けて大きな樹のならんどるところがあるというとる。なんの樹か知らんが、すぐわかるそうな。そこへ早くすんだ班から集合して、揃うのを待つ。ええな。わかったな」

「わかりました」

　ぽつんと呟くように、数名が返事した。

　今野は無言で、そこを二、三度ゆきかえりしたが、

「しちくどう、いわんでもわかっとると思うが、この任務の成功不成功は、今度の戦争全体に影響するんだぞ。全軍の期待がわれわれの双肩にかかっとる。勝つか負けるかが俺たちのこの任務の成否にかかっとるんだ。それを忘れんようにしてくれ。男児として、やり甲斐のある仕事だ。今野は身命を賭してやる。皆も、頑張ってくれな」

　今野は胸がせまって来た。

兵隊は無言であったが、お互いの信頼と団結が、共同の困難な目的の前に、鞏固《きょうこ》に結ばれているにちがいないことは、この精神堅固で、楽天的な隊長の毫も疑わないところであった。

「今野、いま何時かい？」

田丸だった。田丸の声は咽喉にひっかかったようにかすれて、間のびしていた。

「十時二十……」と今野は腕時計を月光に照らして、「七分だ」、そういったが、「お前、どうかあるんじゃないか」。

「ううん、なんともないよ」

熱で田丸は身体が浮いているような気がしていた。頭がいたく、汗がしきりに出てくる。悪寒がする。マラリアの再発のようだった。

「出発」、勇ましい隊列はもごもごと動きだした。


風にざわめく斜面を降ると、まもなく台地脚に出た。月と、星と、螢と、光にことかかぬ明るい夜道を、隊列は黙々として進んだ。前方には点々と燈が見える。敵陣営か民家なのかわからない。

それらの燈もやがて夜ふけとともに、眼をつぶるように、ひとつずつ消えて減った。そこではこれから安らかな休息がはじまるのである。展望のひらける場所にくると、前方に、銀盤をのべたようにひろびろと光るものがあらわれた。ロクタク湖であった。風が波をつくっているのか、その白い水面を、うす黒い縞が、ときおりゆらめきながら流れた。その上に、月と星と螢とが光を添える華麗なる印度の夜景のなかを、殺伐な爆破隊はなおも進んだ。

　湿地が多く、足もとは悪かった。部落に添って、水田やクリークが多く、発見されまいとすれば、乾いた場所を歩くことはできなかった。何度も兵隊たちは泥濘のなかに転倒した。道路の見えるところまで来て、各隊は四つに別れた。夜のなかにそれぞれ足音が消えてゆくと、にわかに心細くなった。

　第一班は、糸島伍長、田丸兵長、小宮山一等兵、三木一等兵、大江一等兵、市村工兵上等兵の六名だった。糸島の先導にしたがって、黙々と歩いた。あまり静かすぎて、奇妙な錯覚がおこる。民家にまだ燈の消えぬところがあったり、話し声がしていたり、陸稲《おかぼ》畑や、水田があったりすると、ふと、戦場であることを忘れて、どこか日本の農村を歩いているような気がする。せつない郷愁が胸をよぎる。敵中などとは思えない。いったい、こんなところに、なにをしに来たのか、と呆《ほう》けた一瞬さえおこる。

　小宮山は、人見、有田をその底に呑みこんだ断崖を渡ったとき、戦慄をもって呟いたダンテの地獄の門の言葉が、ここに来て、かえって白々しいものに思いかえされた。憂愁の都、永却の憂苦、亡滅の民、――そういう言葉はすべて誇張されたものであって、この美しい静寂はなにかの平和の象徴のようにさえ思われた。不思議に、不安も恐怖もわかなかった。明らかに錯乱がはじまっていた。足と肩がうずき、背嚢に胸をしめつけられる苦しい行軍の間にも、小宮山の頭脳を刺戟し、なにかの救いを求めようとして、必死につづけられた思考は、この不気味な静謐のなかに来て、ぴたりととまってしまった。実際は余裕を失っていながら、錯倒した冷静をとりもどすあの最後の瞬間に来ているのである。小宮山の頭で回転しているのは、分裂した言葉ばかりで、それを整理する力はなく、最後に、痴呆のごとく（人間の青春——死を超えたもの、生を超えたもの……人間の最後の結合、……）、などと呟いているにすぎなかった。

「おい、小宮山、とうとう、来たのう」

田丸が耳に口をつけるようにして呟く。とうとう、どこに来たのか？　小宮山は田丸のいった意味を理解できなかったが、しかし、（とうとう来た）その言葉の別の意味が急に胸を騒がせた。

気負い立っていたにもかかわらず、任務の遂行はあっけないほど簡単に終わった。警戒などまったく行なわれていない場所での作業は、まるで演習と同様である。森閑として、人の姿はまったくなかった。市村工兵の指示にもとづき、道路上、五個所に戦車地雷を敷設した。音を立てないように、十字鍬で穴を掘り、地雷を二つずつ重ねた。ロクタク湖へそそいでいるらしい五米幅ほどの川が二筋あったので、その橋梁の根に、触発すれば橋が飛ぶように仕掛けた。三叉道路の交差点に一個所、あとは本道に百米ほどの間隔をおいて二個所、埋めた地雷に土をかぶせると、班中随一の巨漢である市村が、その上に乗って、無造作にどすどす踏むので、兵隊たちはびっくりした。田丸は避けようとして笑われた。

「これくらいのことじゃ、爆発はしませんよ」

そういわれて、安心していっしょに踏んだ。

目的を果たした糸島班は、萱原《かやはら》のなかに来て少時休息した。遠くで拍子木虫の声がきこえる。

岩に腰をかけていた田丸がもそもそと腰を浮かした。

「小宮山、この岩に腰かけれ」

「いえ、ここでいいです」

「ちょっとでええから、かけてみれ」

めんどうくさそうに起きあがった小宮山は、平べたいすべすべしたその岩に腰をおろした。別段変わったこともなかった。

「これでいいんですか」

「しばらく、そうしとれ」

田丸のおかしな勧誘の意味がわかった。はじめはなにも感じなかったのに、まもなく尻の下がほかほかと暖まってくるのをおぼえた。疲れている体中にこころよくしみてくる温度だった。日中の太陽の熱を吸いこんだ岩が、夜がいたるまで温度を保っているのにちがいなかった。ある恍惚感をおぼえて、小宮山はひとりでに眼をとじた。しばらくそうしていて、身体のなかに太陽をみちびき入れる錯覚を味わおうと思ったが、糸島伍長の「出発」という声で、その壮大な作業は中断された。歩きだしてもいつまでも尻が暖かく、螢のように光を発しているのではないかと、そんな呆けたことが考えられた。頭がすこし変になって来たと、ひとり苦笑した。

マイバム部落の裏手の四本木は、ババのいったとおり、顕著な目標で、どこからでもまがいようがなかった。榎《えのき》に似ているが、葉が大きく、なんの樹かはわからない。六、七米幅のクリークが土堤の下を流れ、螢が水面に光の粉を散らしている。やがて各班とも、爆薬装置を終えて、四本木のもとへ集まって来た。どこも妨害はなく成功した模様である。人員にも異常はなかった。糸島班がいちばん遅れた。

第十四章　粉砕されたもの

今野軍曹は全員が揃うまでに、単身、マイバム部落へ潜入して、偵察をした。部落といっても十軒ほどの粗末な藁葺《わらぶき》家屋がまばらにならんでいるにすぎず、いずれも真暗で、人気はなかった。戸も壁も天井も破れ、家の隙間から、むこうの明るい月明が見透せた。

戦車は竹林にかこまれた広場にならべられてあった。高見にあるクリークの土堤から見たときには、象の一群がたむろしているように見えた。土橋を渡り近づいてみると、緑と褐色とで雲状に迷彩された小家屋のようなM2重戦車は、ずっしりと重々しく坐っていた。頭蓋骨のような砲塔から、砲身が月を狙うように仰角をなしてつきだし、針鼠のように、車体の各所から機関銃の銃口が覗いている。竹林の入口に天幕が二つあって、中の燈がぼうと洩れているが、人の起きている気配はない。電動機のような鈍い音がそのなかでしている。どこにも鉄条網のようなものも見あたらず、警戒は全然行なわれている様子がなかった。広場にはだれもいないうえに、風で竹林が鳴っているので、今野は自由に観察することができた。

それでも足音を殺し、戦車の間を縫って歩いた。蛇腹のような冷たい無限軌道に触りながら、車輪をしらべたり、車体の下にもぐったり、大胆に車体の上に登ったりした。戦車にとまっていた螢が光の粉のように飛び去る。装甲は正面が厚く、後部機関部の斜面が薄い。そこへ爆雷をしかけるとよいが、いまはどんなにでも自在に装置ができるのだから、やはり車体の下部へ仕掛けた方が効果的だと判断した。今野は一種の英雄的昂奮を禁じ得なかった。鶏の肌のようにぶつぶつの出た、剃りあとの汚ない口辺に、にたにたと会心の笑みをたたえながら、これらの激戦車群が壊滅し、これを契機としていっきょに戦勢が転換される。その光栄の日を思い浮かべていた。足どりも軽く、出発のときからなおらない腹痛も苦にならなかった。何分にも敵中深く入っての冒険であったので、自信は持ちながらも、危惧は消えなかった。それが意想外の安易さで、目的が達成される。（全滅かもわからない）そう思っていたのに、任務を果したうえに、兵を損わずかえることもできる。今野のよろこびは大きかった。

戦車の数を数えて歩いた。一人で二台ずつ受け持てばよいとうなずいた。

四本松のところにかえって来た。爆破隊は四班とも揃って待っていた。時計を見ると、午前四時三十分。月も傾いて、竹林の尖端が風にゆれると、篝ではかれるように月光が明滅する。風はさらに強くなった。ロクタク湖を渡ってくる風には、刺すような底冷たい涼気があった。困ったことは爆薬がそう多量にないことと、大切にして来たのに、マッチが濡れてほとんど役立たぬことであった。やむなく隊員のとりつけた爆薬に、班長がかけ持ちで点火することにした。導火索に火を点じてから若干の余裕がある。軒並に戦車に点火しなくとも、密集しているから一台の戦車が爆発すれば、その両隣はつきあって破壊されるだろう。今野は冷静になって来た頭で、細かに計画を立て、部下たちに指示をあたえた。もはやこのときになって、覚悟についていうべきことはなにもなかった。事務的に正確であることが、唯一のことであった。

「ええな、間違うな」

ただ、それだけいった。部下たちは無言でうなずいて、それぞれの部署にしたがい、息と足音とを殺して、戦車の広場へもぐりこんでいった。

無抵抗な戦車の腹の下に、破甲爆雷がとりつけられた。狂暴な偉力を発揮するM2も、いまはたわいなく人間の自由にされている。眠れる象群のまわりを犬がさまようようである。竹林越しながら、耿々《こうこう》と昼をあざむく印度の月の明るさで行動に不便はなかった。あまりの邪魔のなさにいくらか気抜けした気持の兵隊たちは、それでも妙にあわてふためく落ちつきなさで、あたふたと火薬の装置をした。

のっそり聳《そび》えた巨大な戦車の下腹部にもぐりこんで、ワイヤで爆雷を後部車輪の軸にくくりつけながら、小宮山上等兵はなにかひどく馬鹿々々しいみじめな気持になっていた。危険感から虚脱して、はぐらかされて緊張のバネがたるみ、ひどく白けはてた錯倒感で、自分の力でこの戦車がいま吹っ飛ぶのだということが、どうしても実感とならなかった。これまで曲がりなりにも自分を推進してきた勇気の所在が不確かになっていた。ただこれが空《から》の戦車だということが彼の心をたしかに軽くしている。これまで幾度となくいだいて来た殺戮への嫌悪と疑惑とをいまは感じなくてすむからであった。

「小宮山か」

戦車の下から這いだしてくると、頭上でひそめた声がした。今野軍曹だった。

「とりつけたか」

「とりつけました」

「しっかり結んだか」

「たいてい大丈夫と思います」

「そうか、マッチを持っとるか」

「持ちません」

「そんなら、これで火を点《つ》けれ」

マッチが渡された。

受けとると、不意にぶるぶると手がふるえた。また戦車の下に入った。いきなり襟首に氷をあてられたような冷たさを感じて、ぞくっとした。夜気に冷えたキャタピラの端が触れたのだった。マッチをすった、びしゅっと音ばかりしてなかなかつかない。軸は十本となかった。むだに三、四本すりすてると、にわかに不安と恐怖が悪寒となって襲って来た。手も、膝頭も、唇も、やがて身体全体がふるえはじめて、あせればあせるほど手許が狂った。気が遠くなるようで、小宮山は荒い呼吸を吐いた。

すさまじい爆音がおこった。はげしい衝撃を感じ、同時に眼前が真赤になって、小宮山は尻餅をついた。しかし、手だけは機械的にマッチをすることを止めず、ついに導火索が赤い火花とともに青い煙を吹きはじめると、あわてて戦車の下を転がり出た。

つづけざまに落雷のような轟音が鳴りひびき、月明のなかにいくつも火柱が立った。天から破片や土砂が落下して来た。弾丸のように鉄片がうなって飛んだ。事態は急変して、途方もない混乱がはじまっていた。爆発するものは戦車だけのはずであるのに、さまざまの音響が交錯して、なんの見わけもつかないのである。機関銃、小銃、手榴弾、砲弾、爆弾、あらゆる物音が広場を中心に鳴りはじめた。できるならむだな戦闘を避けるという計画であったのに、一瞬の間に途方もない乱戦になっていた。煌々《こうこう》とこの一角は白昼の明るさに照らしだされた。月光をかき消して、数個所から探照燈の白熱した光線が集中された。そのなかで螢は、いまは黒い塵介となって強烈な光線のなかを飛び散った。うごめく人影、入りみだれる影、逃げまどう兵隊、怒号、悲鳴、呻き、そうして、悪魔の機械の笑い声のようなけたたましいキャタピラの音が、その混乱の底からおこった。

「みんな引きあげろ」

今野は必死に何度か叫んだが、もはやその声は部下たちには通じなかった。

眼をあけることのできない強い光線に照らしだされて、抜刀したまま今野は部落の方へ走った。耳許を弾丸が連続的に掠《かす》める。その鋭い風が首筋に切るようなあおりをあたえた。なにごとがおこったのか、発見されたことだけはわかったが、この唐突な騒ぎは腑に落ちなかった。自分の身体を家屋の一軒に隠すと、ふりかえった。広場へいくつも爆弾が落ちて炸裂すると、そのたびに戦車とともに人間も吹き飛んだ。明るい光線のなかに、今野ははっきりと部下たちの身体が跳《は》ねあがり、さかさになり、手や足のちぎれ飛ぶのを見た。思わずぎりぎりと歯が鳴った。狐のように立った眼は狼狽と怒りとに燃えて痙攣《ひきつ》り、凸凹の多い、赤黒い顔は鬼といった方がよかった。こちらで仕掛けた爆薬で飛ぶよりも、新たに落下する砲弾や爆弾で戦車の破壊されているのが奇怪だった。

キャンプのある藪の方から巨体をゆすぶりながら、一台の戦車が出て来た。キャタピラの回転が怒った銀蛇の腹のように息づき、土を水のように跳ね散らす。双連機関銃の銃口が火を吐いて、弾丸がかんかんと他の戦車の残骸に跳ねかえった。兵隊が何人かのけぞってたおれた。

その戦車にむかって、一人の兵隊が突進するのを見た。ずんぐりした団栗のかっこうで、田丸兵長だとすぐわかった。田丸は胸になにか抱いている。戦車地雷だった。田丸がなにをしようとしているかがわかった。

「馬鹿、田丸、止《や》めろ」

必死にどなった。

そのとき、すでに田丸は戦車の直前にあった。瞬間明るく照らしだされた田丸の顔は笑っているように見えた。蛙のように跳躍すると、田丸は戦車の下に転げこんだ。飛びこんだのかつまずいたのか、妙によたよたした腰つきではっきりしなかった。音響とともに押しつぶされたような火花が散ったが、それを乗り越えた戦車はなにごともなかったように、広場の方へ殺到して来た。

むくむくと青い煙が立ちのぼって、広場をつつみはじめた。機転をきかせてだれかが発煙筒を投げたのであろう。煙幕のなかで、今野はか細くではあったが、明瞭に、

「お母さん、お母さん、頼みます」

と叫ぶ声をきいた。何度もきこえていたが、しだいに遠くなりきこえなくなった。

部下が一人々々やられてゆくのを眺めている今野の神経は、狂気に近く焦躁で波打っていた。では、どうしたらよいか。歴戦の勇士であり、困難に直面すればするほど、沈着な勇気と的確な処置の浮かぶことを誇りとして来た今野も、立往生したまま、ただ形相ものすごく歯軋《はぎし》りしてつっ立っているばかりだった。必勝の信念に燃えて来たこれまでの今野は、卑怯と呼ばれることをなにより恥じたが、いま自分一人安全地帯で、部下の壊滅を見ている自分の立場へ、強烈な自責をおぼえた。彼は部下たちのところへゆかねばならぬと考えた。いかなる的確な処置も、起死回生の術策も浮かんだわけではないが、この潔癖で愚直な兵隊は死よりも虚偽を好まなかったのである。

しかし、彼は出なかった。一発の砲弾が彼を押しとどめたのである。今野の身体は、家の破片とともに跳ね飛ばされ、土橋の上にいったん落ちてから、クリークの中へ転げこんだ。無意識に彼は水をかきわけ、ゆるい斜面になった岸へ這いあがったが、足は膝から水に浸けたままぐったりとうつぶせにたおれて動かなくなった。左足の先から黒い血が吸取紙にしみるように川のなかに拡がってゆく。

そのかたわらに立っていた三浦看護兵の青白い顔に、短い時間に実に多くの複雑な感情が浮かんだ。浮かんで消え、錯綜し、離れ、もつれた。驚愕、憐憫《れんびん》、憎悪、反抗、責任観念、戦友愛、同情、また、ぎらっと妖しく細い眼が光って、憎悪、憤怒、そして、この看護兵は苦悶の色を浮かべて暫時ためらっていたが、狡獪《こうかい》な眼になってあたりを見まわし、だれもいないことをたしかめると、瀕死の隊長を捨てていっさんに逃げ去った。

（この男は、いつか、自分の女をとったことがある）

これまでさして深くも考えたことのなかったことが、どうしてこんな土壇場のときに、突然心に浮かぶのであろうか。神経の錯乱はおおいがたかった。けたたましい戦火に逆上した狂気の分裂症状、あるいは、人間の情熱、青春と名づけてもよいもののいっさいを否定し、拒否している場所であったればこその強烈な反動、逆作用かもしれなかった。遁亡《とんぼう》してゆく三浦の頭のなかで、行軍途中見た、骸骨がだぶだぶの靴をはいていた姿が、今野の姿に重なった。失笑したいほどの滑稽感だった。ところが、その幻影の空虚さに、自然彼の足の運びがゆるめられ、いつか立ちどまっていた。霹靂《へきれき》のように、不安が胸にわきおこり、はげしい動悸が打ちはじめた。くるりとふりむいた三浦看護兵は、喚《わめ》きたいような衝動に追い立てられながら、もと来た道を引きかえした。月光をさえぎっている密林を抜けて走ると、いつのまにか、思いがけなく遠く来ていたことにおどろいた。前方には、なおも戦闘の音響と光とが交錯していて、目標にあやまりはなかった。家が燃えあがったらしく、竹林に囲われた一角が、焔で赤々と照らしだされている。天に舞いあがった火の粉が旋風に吹き散らされながら、月に振りかかる。

走っていた三浦は道路上に、黒く立っているものにぎょっとした。つきあたりそうになって、危うく立ちどまった。すると、その黒い影が緩慢に、頭部をめぐらして彼を見た。

「三浦か」

今野軍曹であった。三浦は昂奮して距離の測定をあやまっていた。もっと先だと思った土橋のところへもう来ていた。今野はなにかのはずみで蘇生して、道路に這いあがり、足を投げだしてぼんやりと坐っていたらしかった。

「隊長、しっかりして下さい」

三浦は息をはずませて、そこへ膝をついた。

「俺はしっかりしとる。心配するな。お前はどうした？」

「三浦はなんともありません。……隊長、足をやられましたな」

三浦は原形をとどめず折れ砕かれている今野の左足を見た。肉を破って出ている骨が月光に光っている。

「うむ、ちょっと、やられた」

舌のもつれるようなのろのろした語調である。どろっとした生ぐさいものが口中につきあげてくる様子で、今野はときどき嘔《は》くようにした。三浦は背中をなでてやった。赤十字印のある革鞄をひらくと、ありたけの繃帯と薬とを、とりだした。

煙幕のなかでは、なお、爆発音、弾丸の交錯音、怒号、悲鳴、叫喚がつづけられている。重く堅いもので、はげしく後頭部をなぐられた小宮山上等兵は、しばらく人事不省になっていたが、耳許で、けたたましくなにか呼ばわる声に意識をとりもどした。

「タマルさん、タマルさん」

それは呼び声よりも、泣き声だった。ババ一等兵だった。田丸の名をきいて、小宮山が起きあがろうとすると、どさっと自分の上に人間が落ちて来た。両手を支えやっと肩を浮かしたのに、また地面へ押しつけられた。顔の上にべっとりしたものがたれ落ちて来たが、小宮山は不思議な衝動に駆られて、その落下物を抱きしめていた。ババはもうこときれていて、ものをいわなかった。それを知って、さらに小宮山はこの印度人を力をこめて抱いた。思考も感覚も正常さを失ってはいたが、人間が最後の場所で無意識にとらえ得るなにかの啓示が、狂気じみた行動のなかに閃く。それは、直感とは異なった、もっと深いところからほとばしり出る人間の無意識の意志のようであった。知恵であったかもしれない。小宮山はこのとき、彼が、遠い幻のようにして来た人間の最後の結合のよろこびに似たものを、体温のように身内に感じていた。いっさいの絶望的な事態のなかに、小宮山の日ごろからの、真摯な希求が、なにかの燈をとぼしたのであろうか。所詮は錯乱の現象のように思われた。

横たおしになっていた小宮山は、朦朧とした視線のなかに、うごめくひとつの長く黒い影をとらえた。紅蓮の焰の明りのなかで、その輪郭のぼやけた影は、とぎれとぎれに揺らめいて見えた。唯一のたよりにしていた近眼鏡を失っていることに、そのときはじめて気づいた。三個用意していたのを、次々に失って、最後だったものがいつか飛んでいた。しかし、朦朧としてはいたが、それがハリハル一等兵であることは、そのけたたましい金切声の英語でたしかめられた。

長身のハリハル一等兵は蟷螂《かまきり》のようなかっこうでつっ立ち、近づく敵戦車にむかって、なにかしきりに喚きたてている。触角のような両腕を振りまわし、泣いている。日ごろの、気取屋で、生意気な見栄坊のハリハルはどこかに消え、小児のようにむきだしで、率直な印度兵が、必死の表情と声とで、怒り罵っているのだった。つねに圧殺されて来た哀れな印度民族のえらばれた闘士としてのおさえがたい激情が、この頓狂なシーク族のパンジャブ兵を駆り立てる。――俺たち印度人を解放しろ、印度人に自由をあたえろ。……彼は逆上して叫びたて、「ジャイ・ヒンド」をくりかえす。彼はババ一等兵を疑っていた。ババの裏切りを警戒し、恐れていた。とうとう、彼が裏切ったのだ。今度のこの計画の失敗は、一にババの裏切りにかかっている。あれだけ自分が警告し、ババを注意するようにすすめたのに、日本兵は自分の意を無視した。のみならず、ババを斥候に出すような愚の極なることをした。みずから好んで墓穴を掘ったのだ。しかし、いまさらババを恨んだところで仕方はない。日本兵の偏狭暗愚を罵ってみたところではじまらない。事態は最後の土壇場に来た。ハリハルはただ自分の立場を宣揚するの一途しか知らない。彼は自己の清浄と情熱とに立って、絶望的な孤独の愛国心を喚きたてる。

「俺たち印度人を解放しろ、自由をあたえろ」

それは若い印度人の生涯をかけた唯一の祈念であったのであろう。彼はしかし、方法をあやまったかもしれない。それとも、方法をえらぶ自由を持たなかったのかもしれない。誤解によって自己の行動を律したハリハルは、また誤解を重ねることによって、自己の死の場面に立った。ババを疑うことで、彼は自己の立場と精神とを確立したのであったが、その方法は高尚ではなかった。しかし、いま彼は一個の純粋な印度人にかえったのである。そうして、熱烈な愛国者として、戦車へむかって、心底から魂の声を迸《ほとばし》らせるように、民族の鎖を絶て、と絶叫しているのだった。

　ババ一等兵を抱いていた小宮山の眼に、このハリハル一等兵の姿は醜悪な犬のように映った。ハリハルの叫び声は、声というよりも呻きであり、言語の意味をとらえることができなかった。小宮山は、ハリハルが戦車にむかって手を振って、投降の合図をしていると直感した。その卑屈な姿は、小宮山を怒りと軽侮に燃え立たせた。

　小宮山はババ一等兵を寝かせると、ババの持っていた小銃をとった。破廉恥な裏切者を狙った。血にぬれたふるえる指で引鉄を引くと、ハリハルが前のめりに白煙のなかに消えるのが見えた。小宮山の心に宿った鬼と、身体に宿った鬼とは、敵か味方かとお互いにさぐりあいながら、二人三脚の要領で、いずくとも知らず駈けだしはじめていた。轟音は相変わらず身辺をつつんでいた。戦車が自分に襲いかかってくる恐怖で、とっさに、芋虫のようにみずから土堤の下に転がり落ちた。戦闘へ背をむけて、小宮山は逃れようと決心した。鬼がこれに協力した。暗い土堤の底で立ちあがると、小宮山は奇妙に確固とした足どりで歩きだしていた。曇り硝子を距てたような不分明な視野のなかを、狂気じみた眼つきで、唇を曲げ、それでも（田丸はどうしたかな？　あいつ、なかなか死ぬやつではないが、……）そんなことを考えながら、戦車の欠片にぶっつかり、屍体につまずき、クリークに落ち、土堤を這って進んだ。きらっ、きらっ、とはげしい螢の光のみが、彼の盲目の視野を鋭くさえぎる。空間と時間との観念が怪しい飛躍をして、この神経質な兵隊の脳髄を、ひきしぼるように、突然、一点に集約する。

（かえらねばならぬ、高原満津子のところへ）

狂暴な慕情が傷ついた身体をゆすぶって、小宮山は夢遊病者のように、もう足のついている場所を意識していなかった。

どれくらい歩いたか、背後にすさまじい音響と衝撃とを感じて、うつぶせにたおれた。

……瞼の裏に赤いものが流れこんでくる。無意識にひらくと、かっと巨大なまっ青なものが瞳をつき刺して、くらくらと眩暈《めまい》がした。蜂のうなりのような呟きをきいた。何人かの人間が自分の周囲をとりまいている気配である。話し声が英語であることもわかった。敵兵であるかもしれないと思った。しかし、いまはただ身体の中心から、蠟になってとろけてゆくような睡眠の快感だけが全部で、小宮山はいつかまた昏睡状態に落ちていった。

静かな夜明けが来た。しかし、前日打ち合わせておいた所定の引きあげ集合場所には、一人の兵隊の姿もなかった。山地脚のやや高見の深い藪の中、どこからも死角になっているその窪地には、任務遂行に不必要な装具や食糧が残して置いてあった。かすかにさして来た朝の光線のなかに、ひっそりと静まったその一角には、ただ縞蚊の一群がうす黒い丸い塊となって、あたかも網の毬が上下左右に揺れ動くように、空間を移動していた。そこへいたる標識に、点点と、小さく白い繃帯布の付けられた熊笹が、間をおいて立てられてあるのが、白々しく微風に揺らいでいる。しかし、前夜整頓されていた荷物の一部がとりみだされ、乾麵麭の袋が破られて、食いかすの粉が散乱しているところを見ると、だれかが一度は来たようにも思われる。それとも飢えた山犬か黒豹の仕業かもしれない。籔に一杯に強い網を張った女郎蜘蛛が蚊柱の運動をじっと見つめている。

第十五章　いろいろな敵

ひろびろとしたロクタクの湖の水面は縞模様に波立っていて、そのいくつもの筋が青かったり、緑だったり、赤かったりしているが、ところどころ蛇のうねったように曲がって交錯しているところがある。そして、深い山脈のさかさに映った影が綿入模様のように艶を帯びて見られる。水際には葦の密生しているところが多い。それが横に簀垣《すがき》でも立てたようにひろがり、その間を底の浅い扁平な丸木舟がゆるやかに土人に棹さされて湖心へ出てゆく。漁《すなど》りであろう。点在している部分からも、キャンプからも、うすい朝餉《あさげ》の煙がたなびいて、どこかで鶏の鳴く声がしきりにしている。

この平和な朝の風景を、今野軍曹は放心したような視線を投げて眺めていた。彼の顔は血と泥と汗とによごれ、幾個所もこびりついた黒い斑点ができているが、その眸《ひとみ》は存外に柔和で、唇は結ぶことを忘れたように、歯と舌とを露出してひらいていた。彼の身体に多くの蟻たちが群がり登ってくることを、彼はすこしも気づいていない。引き裂かれ血によごれた服に包まれて、今野はあおむけになり、顔を横にして、国立公園の視察者のように、密林の丘からマニプール平原を静かに俯瞰しているのである。現在の位置や地点などまったく不明だが、見当だけはついていた。ともかく山地へ入らなくてはならぬと昨夜は傾斜をたよって無我夢中で逃げた。そして、苦痛で動けなくなって、不意に眠ってしまったのであった。

痴呆に似た今野の眼が朝の光線がすこしずつ強くなってくるにつれて、表情をとりもどして来た。雨季には珍しく晴れわたった深く高い紺碧の空は、いくつもの天に分割されたように、それぞれの形の雲の集団を重ねたり、散らばしたりしている。数台の飛行機がその組みあわせを縫って、高々度を飛んでいる。

今野のよごれた魁偉の顔に苦痛の面持ちがあらわれたかと思うと、それはすぐにけたたましい嘲笑の色に変わった。

「なんたるざまか」

憎々しいその呟きはだれに投げられたのか。今野の全生活の支柱であったものの崩壊する不安は、今野自身にむかって鋭くつき刺さって来た。この堅確にして愚直な模範的兵士であった今野は、その信じやすく感動しやすい素質によっても、また典型的であった。彼は深く部下を愛していたので、また部下からも愛されていると信じていた。その相互の信頼は戦場では生命というぎりぎりのものを賭けあう崇高のものである。虚偽の入りこむ余地のあるはずはないと考える。そうして、今野はいつでもその行動に不安がなく、濶達であることができたのであった。しかし、彼のその特質たる明るい心情も、いまは重い鉛の澱《おり》でよどんでいた。これまでにも部下を失う戦闘には馴れて来たが、その今野も昨夜の記憶だけはあまり鮮烈にすぎた。惨烈な白兵戦にも、雨霰と降る砲撃戦にも、揺るがぬ神経をとぎすまされて来たのに、昨夜の、口中に泥溝泥《どぶどろ》をねじこむような陰惨な経験は、さすがの今野を当惑させた。

折れて骨の出た足で、どうして走れたのか、今野は数名の兵士たちにまじって、暗いジャングルの道を逃亡していた。彼に肩を貸している兵隊があったが、はじめはだれかわからなかった。昨夜、三浦に足を繃帯してもらった直後、焔で明るい竹林の広場に、戦車の背後から徒歩の敵兵の姿があらわれるのを見て、いっさんに退却したのであった。それは戦略でも戦術でもなく、本能的な恐怖にもとづいていた。けたたましい外国語の叫び声がきこえ、弾丸が飛んで来たが、いつか気づくと、もはや追ってくる気配もなかった。

ところが、横になっていた身体を、やっと荒い呼吸でひきおこしたとき、今野は、傾いた斜めの月光のなかに、異様な光景を見たのである。今野は叢を縫って、繁茂したチークの根元に身体をもたせかけていたが、そこから遠くない視野に、数人の兵士たちが咽喉のちぎれるような声をふりしぼって七転八倒している姿を見た。月光で数えることができた。四人だった。はじめ四人は、それぞれ、うずくまったり、寝ころんだりしているように見えた。一人は坐っているように見えた。しかし、彼らは四人とも上半身をはげしく振っているのに、同じ位置を動こうともせず、のみならず、その姿勢がしだいに低くなってゆくように見えた。

「助けてくれえ、助けてくれえ」

「あげてくれえ」

だれの声かわからぬ血の叫びが、そこから入りみだれ連続しておこった。

今野は瞳をこらした。そして、凝然として全身が硬直した。蠍《さそり》と百足《むかで》と山蛭《やまひる》とが集団をなして裸身に襲いかかって来たような戦慄が、頭の先から爪先までじんじんとうちふるわせた。今野は狂気のようになり、身体を前に進めようとしたが、身体は地に貼りつけられたように一歩も動かなかった。声を立てようとしたが、唇と顎とは痙攣してひらいたまま、嗚咽のように単音が出るばかりだった。涎《よだれ》がだらだらと流れた。

そこは泥沼だった。今野はこういう泥沼がこの山岳地帯のなかに、ところどころあることを知っていた。それは淵でもなく、池でもなく、文字どおり、泥の沼であった。昼間は注意すればわかるが、夜目には普通の広場や道路と見わけがたい。今野は前にライマナイ付近の泥沼で、輜重隊の挽馬が、呑まれるのを見たことがあった。そのときは真昼間だった。兵隊は道路のような幅びろいその地点を、普通のぬかるみのつもりでなにげなく乗り入れたのである。馬はたちまちずるずると足から引きこまれた。もがけばもがくほど急速に図体が沈下してゆく。底がないのである。綱を投げて兵隊の方はやっと引きあげたが、馬の方はしだいに沈んでやがて身体全部が沼に呑みこまれてしまった。泡立ち動いていた黒い沼の表面もまもなく静まった。そのときの不気味さを、今野はなおあざやかに印象にとどめていたが、なんたることか、いまその魔の泥沼に、四人の部下が呑まれんとしているのである。

腐泥《ふでい》の沼は鼻をつく悪臭をはなち、黒く淀んで、むちむちと音を立てていた。四人の兵隊は逃れんとして必死に身体を動かしているが、それはかえって錐《きり》をもみこむように自身を沈下させてゆくに役立つだけだ。敵兵からの危険を逃れんとして、ほとんど同時にこの沼に飛びこんだものであろう。むろん広場かなにかと思ったのだ。今野は奇蹟的にこの横をほんの数尺離れて過ぎた。動顚《どうてん》しながら身動きのならぬ今野は、数間とは離れていないところで、しだいに泥に呑まれてゆく四人の部下を、必死の思いで、だれだれであるかをたしかめた。三浦看護兵、時枝上等兵、河瀬一等兵、それに工兵隊の花田伍長であった。

不確かな記憶で、自分にここまで肩を貸してくれたのが、花田伍長にちがいない、と考えた。泥沼にいる四人のうち、花田が一番手前にいた。彼は自分をここまで運んで来て、降ろすとすぐに沼の兵隊を救いに走ったのだ。多分、そんな泥沼でなく、負傷した兵隊がたおれ起きられないでいるくらいに思ったものにちがいない。そして、自分も足をとられて落ちこんだ。今野の頭に、綱を投げることが閃いたが、周囲にそんなもののあるはずはなかった。樹の蔓か葛のようなものでもと、狂気の眸で物色したが、見あたらなかった。救う道がないと知ると、その絶望の惑乱のなかで、ただ、沼底の浅さを念じる似外になかった。兵隊たちの足が底につく浅さなら、まだ助かる道がある。奇蹟を待つようにそれを祈った。事にあたって沈着堅確を誇りとした今野も、昨夜からはただ動顚《どうてん》し、狼狽することばかりだった。人間の意志を超える運命の嘲笑を、今野はこのとき全身がばらばらになる疲労のなかに受けとった。

今野の祈りはきき入れられなかった。兵隊たちは眼に見えてぐんぐん沈下し、やがて胸までになり、首までになり、あげられた手だけが棒杭のように出ていたが、それもやがて吸いこまれるように沈んでいった。恐ろしさに、今野は顔を地に伏せていたが、その耳にいろいろな声をきいた。

「今野軍曹の馬鹿、大馬鹿」

その言葉は何度となく三浦看護兵の口から吐かれた。それは絶望的な憎悪に裏づけられて、あたかも悪魔を罵っているようにきこえた。死の底へ引きずりこまれてゆく三浦としては、これこそ唯一の真実の叫びであった。三浦は一度瀕死の今野を見すてようとした。そのときは唐突な女ゆえの怨恨が、その行動をとらせた。慰安所にいたその女に三浦は本気で惚れていたし、事情が許すなら結婚してもよいとのぼせたように考えていた。女にもそのことを話したことがある。独身であった若い三浦は、今野のように単に戦場の生理を調節するだけではなく、その女へ自分のいっさいの情熱を傾けたのである。ところが上官の権限を振りまわして、今野は彼女を自由にした。しかし、その三角関係は戦場におけるたわいもない泡沫の達引《たてひき》で、女と無関係な最前線にくると、刺も毒も和らげられた。今野を恋敵と思う気持もうすらぎ、酒の肴の笑いばなしにできるようになっていた。そこで、今野の瀕死のときに、(女をとった)そういう遺恨が不意にわき、いったんはすてて逃げた自分ながら不可解な行動に、三浦は恥じたのであった。そして引きかえして手当をしたのだが、いま泥沼にくわえられて引きずりこまれてゆく瞬間に、三浦を憤怒に駆り立てたのは、全然別個のことであった。女のことは微塵も浮かばなかった。ただ今野のくだらぬヒロイズム、虚栄心に対するはげしい憎悪のみであった(あのとき、あんなえらそうなことをいわなければ、こんな命令はくだらなかったのだ)。三浦は看護兵として中隊の健康状態、したがって戦力をよく知っていた。どれもこれも栄養失調の半病人ばかりで、戦力などはまるでなかったのである。それを島田参謀のおだてに乗って、得意になって、中隊には充分の戦力がある、などと見栄を切った。今度の命令のくだったのは、ただ、このためなのだ。

「今野の大馬鹿」

三浦としては、幾度叫んでも叫び足りない、呪いの言葉だった。

しかし、今野の耳と心には、この叫びは、人間の執心の恐ろしさとしてひびいた。三浦は死の間際にまで自分を罵るほど、自分が女をとったことを恨んでいたのか、そんなにあんな女に惚れていたのかと、今野は呆然とした。

「お母さん、お母さん、お頼みします、助けて下さい」

その声も呻きのように今野の耳をつらぬいた。それは河瀬一等兵の宗教であった。彼の母は彼の救いと奇蹟の神であった。いつぞや柿沼上等兵が自決したときそのことをしみじみ語ったことがある。土壇場になったとき、母を祈るとかならず助けてくれた、と語ったとき、彼の顔は、輝いて小児のようであった。河瀬はしだいに沈下してゆきながらも、最後まで母の救いを信じていたにちがいない。

時枝上等兵も、花田伍長も、しきりと喚いていたが、努力はまったく空しかった。彼らはいずれも若々しく、情熱と力とにあふれていたが、泥沼の皮肉な無抵抗は、もがく者の力を利用し、むちゃむちゃと舌鼓を打つような音を立てて、しだいに底へ引きずりこんでいった。わきあがる泡は御馳走にやにに下がる唾液のように見えた。すると、突然、この泥沼のなかから、けたたましい笑い声がおこった。今野は全身が凍った思いがした。今野は頭をあげる勇気がなかった。だれが笑っているのかわからなかった。げらげらと区切りもなく笑う声がしばらくつづいたが、が、ぶつっと切ったように途切れて、あとはしいんとなった。おそるおそる額越しに沼の方を見ると、かすかな凸凹のある黒い沼の表面は静まりかえって、傾いた月のうすい光が藪越しに、柔らかな光をおいていた。すると、今野は唇の筋肉がはげしくひきつり、笑いだしたい衝動が胸の奥からつきあげてくるのをおぼえた。ひとつの偶然がなかったならば、そのとき今野は発狂していたにちがいない。錯乱の一歩手前まできた今野の神経が、急にとらえた光と物音とで、バネ仕掛けのように正常にかえった。

マイバム部落の方角から懐中電燈の光が登ってき、足音とともに声高な外国語がきこえて来たのである。今野は本能的な敏捷さで、チークの根元から這いだし深い藪のなかにもぐりこんだ。そして、そこから夢中で傾斜面を攀《よ》じ登り、耐えていた苦痛の限界点に来て、突然たおれて眠ってしまったのであった。

明るい朝の光線は、今野を戸まどいさせる。眼に痛く、眼にしみる。前夜の暗黒の記憶も、この同じ瞳で見たということがしばらく信じられない。今野はロクタク湖の周辺にひろがる美しいマニプール平原を見おろして、力いっぱい、深呼吸をした。すると、身体のいたるところに苦痛がおこり、急に空腹をおぼえた。

(自分はりっぱに任務を果たした)

今野はそこから考えをあらためて、満足しようとした。たしかに、それで心がいくらか軽くなった。困難な命令であることははじめから予測していた。出発のとき全滅を覚悟していたくらいである。今野はおどけて威厳をつくって、命令をくりかえしてみた。

「今野中隊ハブリバザー、ビシェンプール中間地区マイバム付近ニ直チニ進出シ、該地区敵戦車部隊ヲ攻撃、戦車ヲ爆砕スルトトモニ、敵戦車進出主要道路ノ全部ヲ破壊スベシ」

（よろしい、命令どおり全部を遂行した）と今野はにたりと笑ってみた。血糊がひきつって、歪んだ笑いになった。彼は童顔の島田参謀を思いだし、自分の敬服する参謀の期待に背かなかったことに、さらに満足した。今野は、この潤達で、自分を信頼してくれる参謀のためなら、死んでもよいと思ったことがあるのである。今度の重要な命令も、島田参謀の内命によって、とくに自分の中隊が指名された。その期待を果たしたのである。兵員の損傷は無念であるが、それは戦場のつねである。この任務の達成によって、全作戦に影響がおこる。二進《にっち》も三進《さっち》も動きのつかなかった戦線に風穴があき、戦勢転換の機運が生じる。その満足はたしかに、今野の胸をふくらました。

　いつも部下を一人失うたびにすぐ頭に浮かぶ功績文章が、またも今野の頭に浮かんで来た。

「今野軍曹ノ率イル戦車爆破隊ハ多大ノ困難ヲモノトモセズ目的地マイバム付近ニ進出シ其ノ全任務ヲ遂行シタリ、兵員多ク其ノ犠牲トナリテ殪《たお》レタルモ其ノ成果タルヤ全作戦転勢ノ契機トナリ、勲功正ニ全軍ニ冠タリ」

　うふ、と今野は思わずほくそ笑みが出た。

　しかし、部下思いの今野にとって、いかにすばらしい成果をあげたとはいいながら、多くの兵隊を失ったことの悲しみは深かった。全滅を覚悟していたとはいえ、全滅を望んでいたわけではなかった。が、はたして全滅したのであろうか？　全滅したように思える。マイバムの戦車広場で、大部分の者が戦死したようであった。断崖を渡るとき、二人を失い、またジャングルのなかで柿沼を失った。そしてやっと目的地に来たのに爆発とともに吹き飛び、弾丸でたおれる部下の顔をこの眼で見た。田丸兵長も地雷を抱いて戦車の下に飛びこんだ。ハリハル、ババの両印度兵も死んだらしい。そうして、やっとそこを逃れ得た数名は、泥沼に落ちて、地の底へ埋没した。自分も数尺左に寄っていたら、同じ運命に陥るところであった。今野は苦渋の顔になって歯を食いしばる。しかし、一人も残っていないだろうか。今野はその設問のあとで、すこし希望を得た顔になった。証拠はないけれども、何人かが生き残っているにちがいないことがなぜともなく信じられた。それは確信に近かった。そして、そのうちのだれかが屯営へかえり、この偉大な戦果を報告するにちがいないと思った。今野の眼にありありとこの成功にわき立ち、勇敢な今野爆破隊へ全軍の感謝がまきおこる状況が映って来た。

ところが、彼の有頂天な考えが自分へかえってくると、にわかに深い寂寥のいろが血潮によごれた剽悍《ひょうかん》な顔を掩《おお》った。彼の郷愁は、いっきょに屯営を飛び越えて、故国の山峡の家へ飛びこんだ。せつなく胸がよじれて来た。走馬燈のように、水車小屋、藁屋根、むっちりと肉の堅い頑丈な妻の浅ぐろい顔、十六と十二になっているはずの二人の子供の、赤土色と白色の顔、木炭のように黒い老父の顔、——それらは、いまやなんらの付帯的夾雑物《きょうざつぶつ》のともなわぬ純粋の慕情として、勇猛にして孤独なこの下士官の胸をみだした。彼がさきほど、全軍から感謝されることへの感激にひたっていたとき、殊勲甲、二階級特進、金鵄勲章と浮かびかけたきらびやかな空想は、家郷への思慕の前に瞬時にして消えた。

しかし、この実直な兵隊は、彼と家族とをこんなにも距てているものがなにであるかというようなことには、全然考えがゆかないのである。距てているのみならず、いまや完全に遮断してしまった。その孤立と寂寥は耐えがたいが、その無残な隔絶を行なっているものを敵として意識することは、彼には考えおよばなかった。彼の宿命への限界は、つくられあたえられた教育の内側だけにあって、彼は人間の最後のものたる死をも、その空間で放擲して悔いないのである。今野はもはや慕郷の念に耐え得なくなり、歯を噛み鳴らし、土をたたいて泣いた。地にうつぶせになり、文字どおり、慟哭《どうこく》した。そのあたりかまわぬ泣き声で、彼はこれまでの胸の澱《おり》が溶けて流れるように思い、宙に浮くように身体の軽くなる心地がした。

ふいに、がやがやいう声で顔をあげた。今野はぎょっとした。むっくりと起きなおった。いつ来たか、かたわらに数人の敵兵が立っている。二人は英国兵で、三人は印度兵であった。英兵の一人は年配の将校で、一人の若い英兵は軍医らしかった。腕章の新しくあざやかに赤い十字のマークが今野の眼にまぶしかった。

「あなた、大変ひどい怪我をしています」

印度兵の一人は通訳らしく、今野の顔を見てそう話しかけて来た。インパール守備軍は英印軍といわれるとおり、印度兵が多かった。チャンドラ・ボース麾下《きか》の印度兵は日本軍に加わっていたので、ここの戦場では印度兵同士が戦っていたわけである。

気どった訛《なまり》のある印度兵の日本語に、今野はむかついた。今野は瞬時に模範的な日本の兵隊にかえっていた。印度兵という奴は、どいつもこいつも同じような顔をしてやがるな、ともう敵への反発と警戒で、憎々しく考えた。抵抗するには武器がなく、身体も利かず、今野は絶望的な糞度胸をきめた。

通訳はなにか英兵と話していたが、わざとらしい柔和な語調で、

「その怪我、早く手当しないといけません。左足腐って、切らねばならなくなります。すぐ病院に参りましょう」

「病院？　どこの病院だ？」

「インパールです」

「馬鹿ぬかせ」

捕虜になる屈辱と恐怖が、今野の全身をふるえあがらせた。捕虜になるくらいなら死ぬ――それは厳格に教育されていたし、部下たちにも日本の兵隊の真髄として、今野も日ごろから薫《くん》育《いく》を怠らぬところだった。

「一刻も早い治療が大切です。この基地の下に病院車が来ています。さ、早くゆきましょう。歩けないでしょうから、私たち、かついであげます」

「触るな」

侮辱に今野は逆上した。その剣幕に肩に手をかけようとした通訳が飛び下がった。

「殺せ」

「なにをいうのですか。あなたを、治療してあげるんですよ。生命は大切にしなくてはなりま

せん。インパールの病院には日本の兵隊さんたくさん来ております。みんな怪我しておりましたが、親切な看護で治っております。友達もきっといますよ。さあ、ゆきましょう」

「馬鹿にするな」

遂に、最後の決意がこの精神鞏固《きょうこ》な兵隊の胸を領した。今野はここへ来て、生死の沈着をとりもどした。その絶望の変形である空虚な諦観によって、今野は心が澄んで来た。

今野はにこっと笑った。傷と血糊とでひきつりよごれた顔なので、立派とはいえなかったが、それは妙に厳粛なものを相手に感じさせた。急変した日本兵の態度を訝《いぶか》しげに見ながら、敵兵は収容準備の打ち合わせをはじめた。

腰から下がいうことを利かないので、上体だけをまっすぐに起こして、東の方をむいた。両手で両股の根にあてて、胸を張った。

「天皇陛下万歳」

絶叫すると同時に、両の握り拳を力まかせに下顎につきあげた。舌を噛んだのであった。敏捷な動作で、周囲の者はとめる暇がなかった。口中から血を吐いて、今野はがっくりと顔を地面にたたきつけた。

糸島伍長は恐怖に青ざめながら、夜を日についで、屯営への帰路を急いでいた。

彼の胸からはもう怒りも馬鹿々々しさも抜けていた。ただ無事にかえりつきたいの一心だった。マイバム爆破隊の所定集合地点にたどりついたときには、だれ一人やって来なかった。全滅したと彼は信じた。また、機敏な糸島はそこへ永くいることの危険を感じた。敵は捜索しているにちがいないし、繃帯布で標識してあるこの窪地はかならず、発見されると推測した。そこで、あてのない戦友のくるのを待たず、あるだけの食糧を背負袋に入れると、すぐそこを出発した。恐ろしい行程であった。くるときには、ともかく三十人近い人数であったのに、かえりはたった一人である。くる途中、断崖から人見伍長と有田上等兵とが墜死したが、そのとき、田丸兵長をひやかした。そして、空威張りする遅鈍な団栗兵長をからかって、「ゆきはよいよい、かえりは恐い、ちゅうのを知っちょるか」などと笑ったが、笑いごとではなくなった。そのかえりの恐さは言語に絶している。地球上にただ独りになったような荒漠たる寂寥感で、ふいと何度となく自殺感をさそわれた。戦友たちと通ったときには恐ろしいとは思わなかった巨大な女郎蜘蛛や、蜥蜴、大蛙、怪鳥なども自分の生命をおびやかすようで、夜もろくに眠れなかった。黒豹や、大蛇にも何度か嚇かされた。敵兵の間を縫ってゆく苦労はなみ大抵ではなかった。人見と有田とが落ちた断崖を渡るときには、糸島は深い谷底に引きこまれるような錯覚で、何度か崖の中途で立往生した。やっと渡ると、しばらく恐怖と疲労とで動けなかった。

しかし、糸島がもっと脅えたのは、一人のチン人の女の怨霊であった。攻撃にゆく途中はさして苦しめられなかったのに、一人になって帰途につくと、夜となく昼となく、その亡霊があらわれた。糸島は、かえりつくまでにとり殺されるのではないかと戦慄した。

(田丸はどうしたのだろうか?)

糸島伍長は田丸兵長が生きているような気がする。あの間抜けな兵隊のことがひどく気にかかる。彼が女を殺したのも、田丸の報告をきいたからだが、あのとき以来、鈍重な田丸が重荷になった。自分の班にいた、部下である田丸も、ごとごとに自分に反発し、ときにははげしく敵視するようになった。ある露営の夜に、田丸は吃りながら自分を面詰したことがあった。

「糸島伍長、お前、あのとき女になにもせんじゃったか」

「なにもするもんか」

「お前が殺して来たのはええ、殺さねば俺たちの任務の妨げになるちゅうんなら、まあ我慢する。しかし、そのほかに、お前、なにかしとりゃせんか」

「くどい奴だな、せんといったらせんよ」

「そうか」と疑い深い眸を消さず、「そんならええが、もししとったら、俺ゃ承知せんぞ」。

承知せんというのはどうする意味なのかわからなかったが、あの女の一件は、いつまでも田丸との間に溝をつくった。しかし、狷介《けんかい》な糸島は自分の行為を立派とは思わなかったが、後悔はしなかった。――凌辱の方を問題にして、殺人の方を問題にしないとはおかしな話ではないか。本末顚倒だ。なにをいってるか、戦争とはそういうものではないか、戦争は罪悪の是認のうえに成立しているんだ。罪悪の公然たる遂行のうえにしか、戦争というものは成り立たないのだ。殺人、強盗、放火、掠奪、強姦、詐欺、陰謀、いつの世のどんな戦争だって、こういう要素はつきものだ。神聖な宗教戦争の十字軍だって、多聞に洩れない。こっちも大切な命をかけて戦場に来てるんだ。それくらいのことがなんだ。罪悪を嫌うならはじめから戦争なんかし……糸島伍長はないがいいんだ。田丸のとぼけた野郎が、なにを気の利いたことをぬかすか。……糸島伍長は日ごろからそういう頽廃の気を強く肯定していたので、戦争での人間のエゴイズムの奔出を否定しないのだった。しかし、その行為自体からくる感覚的な影響は、いつでも彼の悪漢ぶりの傲岸さを昏迷せしめた。彼の理論が正しければ、田丸にチンの女を凌辱したことを隠す必要もなく、いまになって亡霊に苦しめられるはずもないのである。糸島はおそろしい夜と昼とにさいなまれ、食糧不足とともに、自身もしだいに幽鬼に近い状態となって、密林を彷徨《ほうこう》した。

彼は田丸がどこかに生きているような気がしてしかたがなかった。彼奴は死ぬはずがない——どうもそう思える。地雷を抱いて戦車の下に飛びこむのをたしかに見たが、爆発した模様ではなかった。混乱のなかのとっさの視覚で確認し得たわけではないが、どうも田丸は転がりすぎて戦車のむこう側まで抜けていったようであった。そういうへまをやる奴だ。糸島には田丸がのこのこと屯営へかえってくる気がしてならなかった。

「どうじゃ、ゆきはよいよい、かえりは恐い、二度と『印度公園』にゃかえれまいとお前はいうたが、ちゃんとかえって来たろうが」

団栗眼をぱちつかせ、吃り吃りそんなことをいって、威張りそうな気がするのである。

何日目かに、つれができると、糸島伍長も元気づいた。それからはチン女の亡霊も姿を消した。独りが悪かったんだ、と糸島はもうけろりとして、女への余分な良心をすてた。

つれというのは三人の兵隊である。四人になると賑やかになった。そんな友軍の兵隊に会うのは部隊の近くなった証拠で、それまでは不安のあった糸島も屯営へかえり得る自信ができた。

それにしても三人の疲労ぶりは、なんと形容したらよかろうか。糸島も幽鬼のように衰えていたが、三人はいずれも乞食の骸骨のようで、襤褸のなかに青黄色斑点だらけの痩せた身体が入っている。米を食わないためにできる疥癬《かいせん》ようの吹出物が、顔といわず、手といわず、赤味を帯びてつねにじくじくした液汁をたらしていた。帽子をかぶっているのは一人きり、足も一人が芭蕉葉の草鞋をはいているほか跣足、手先と足先は連日水びたしのためふやけ、白い手袋か靴下でもはいたようだ。三人とも大きな声も出せず、眼をぎょろつかせ始終口のなかをぺちゃつかせて、なにも食べていないのに、唇と顎とをしきりと動かしている。武器も持っていない。帯剣をしているのも一人きりで、それも赤く錆びている。三人とも階級章をつけていないので、兵科も等級もわからない。将校でないことだけはたしかだ。憔悴してしまっているので、年齢も分明でない。それでも、ちゃんと名前だけは持っていて、川口、矢橋、白石と名乗った。こういうたよりない兵隊たちではあったが、たった一人の恐ろしい旅のはてに出あったときには、気の強い、意地のわるい兵隊である糸島も、百万の味方を得た思いがしたのであった。

まだ残っていた乾麵麭を背負袋から出してあたえると、三人は餓鬼のように貪り食った。頭上を飛行機が飛び、砲弾がうなって過ぎる。大砲を撃つことは相変わらずで、太鼓を打つようにも、雷鳴のようにも、爆発音のようにもきこえた。四人は仲よくジャングルや、谿谷《けいこく》や、流れのなかを抜けて、すこしずつ日本軍の戦線内へ近づいていった。ときにすさまじい豪雨にたたかれた。陽が照ると暑いが、雨に濡れると昼でも寒くてがたがたふるえた。一人は喘息《ぜんそく》のようにのべつに咳をし、むせかえるといまにも死ぬかと、ばた狂った。血痕をかっと吐いては、おろおろと泣いた。

深い谿谷の鞍部で休憩しているときに、この不景気な兵隊たちの洩らした秘密の目的は、糸島伍長をおどろかせた。一番年配らしい白石兵長がそのことを語ったのである。このひょろひょろの三人は軍司令官暗殺隊なのであった。

「瀬川中将を殺す？」

糸島は腹這いになったまま、糸瓜《へちま》のような白石の顔をびっくりして眺めた。

「そうですよ」

乾いた嗄《しわが》れ声で白石は答え、決意のほどを示すように、肋骨の彫りの深い胸を、鞭のような細い腕で強くたたいた。

「彼奴は兵隊の敵ですよ」。川口上等兵が横から、のろのろした語調でいった。

「わっしら、もう我慢がならんようになったんですよ。こんなひでえ目に遭わにゃならんのは、みんな瀬川の所業《しわざ》だ。彼奴が、わっしら兵隊を殺すんだ。班長」

三人はいつか糸島をそう呼ぶようになっていた。

「班長の隊だって、今度のようなどえれえ目にあったのは、みんな瀬川のおかげですぜ。馬鹿にしてくれんな。兵隊だって人間だ。虫けらみてえに扱われてたまるもんか。こんな無茶な戦さしやがって、負けるこたあわかっとるのに、まだ兵隊を殺そうとしやがる。班長、わっしらの大隊は、もう六ぺんも全滅したんですぜ。何度でも突撃させやがるんだ。やるたびに全滅だ。みんな瀬川が命令を出してやがるんだ。いうこたきまっとる。軍の名誉、軍の面目にかけて、ふん、勝手にしやがれ。一将功成って万骨枯るって、昔の人のいっとるとおりだ。その功が、さっぱり成らねえもんだから、こちとらの万骨をなんぼでも枯らしやがるんだ。班長、班長は知ってなさるか。軍司令官がじかに連隊や大隊に命令をくだすんですぜ。秩序も糞もねえ。師団司令部はそんな滅茶な命令きかなくなったんだ。だから、軍司令官がじかに連隊や大隊に実行命令を出す。戦勢転換ノタメ貴大隊今回ノ攻撃ニ期待スル処大ナルモノアリ――へへ、大隊長は大感激さ。さっそく、突撃、そして全滅さ。全滅は太鼓判だ。班長、兵隊がいくら人がえたって、ほどがあるんですよ。班長もそう思うでしょう。わっしら、決心したんだ。申し合わせをして軍司令官を殺《ばら》してしまうことにきめたんだ。前線の兵隊はみんないってますぜ、俺たちの敵はイギリスじゃねえ、瀬川中将だって」

その饒舌がなにかの自慰になるらしく、苦しげに喘ぎながらも、蹌踉《そうろう》たる兵隊は悲壮な決意と企図とを語った。

「うまくやることを祈るよ」

糸島は鼓舞するようにいった。

「うん、きっとやる。やらなきゃ死にきれねえ。どうせ早いかおそいか、くたばるんだ。軍司令官とさし違いで死んでやるんだ」

三人とも、拳銃をふところ深く蔵していた。

糸島伍長は川口の話に苦笑した。戦勢転換ノタメ今回ノ攻撃ニ期待スル所大ナルモノアリ――今野戦車爆破隊が屯営を出発するときも、まったく同様であった。そして、壮大な決意と衿持《きょうじ》とを持って、今野隊は出発した。その結果はどうか。全滅して自分一人が命からがら逃げかえっている。しからば、攻撃の結果は？　糸島は馬鹿々々しくて、もう腹も立たなかった。たしかにマイバムの戦車隊は爆砕した。それは完璧以上だった。なぜなら、こちらの仕掛けた貧弱な火薬の十倍もある爆薬を、敵の方で加重してくれたから。糸島もはじめは奇怪のことに思い、理解できなかった。ところが、その翌朝、もう十時ごろには、マイバムの戦車広場が以前どおりに、以前よりも賑やかに、ずらりとM2で埋められているのを見た。そして、はじめてすべてを諒解した。壊れた戦車の残骸は牽引車でたちまち片づけられ、塵芥のように藪の奥に打ち棄てられた。そのあとへ新しい戦車が乗り入れて来て整列した。日本軍の攻撃を受けたとき、敵はありあまっている古戦車を惜しまず、日本兵ともどもに粉砕したのだ。すなわち爆破隊はまったく骨折り損のくたびれ儲けに終わったわけである。

糸島伍長はこれを見て、自分の命のあったことを巨大な拾い物をしたように思った。そして、どんなにしてでも、屯営まで生きのびてかえらねばならぬ、と決心したのだった。

それにしても、糸島の不逞さは、三人の刺客を心のなかで哀れみ嘲笑していた。

(軍司令官ひとり殺したら、どうなるというんだ)

軍司令官というものがつながっている根元が絶たれねば、兵隊の不幸は終わりはしない。職業軍人がいる間は、戦争を避けることはできない。戦争がなくならなければ、人間の不幸はなくなりはしない——この破廉恥な兵隊は、自分が悪漢であるゆえに、一直線にその核心のものへ眼が届いていた。しかし、だから戦争に狎《な》れあっての若干の利得は当然と考えることで、彼の眼は洞察でも知恵でもないことを暴露していた。彼は全滅部隊のたった一人の生き残りとしての箔《はく》で、屯営にかえったら大いに幅を利かせてやろうと考えていた。

第十六章　十五夜

「おうい、大ニュースだぞう」

屯営が見えはじめると、そう叫びながらかえる江間上等兵の習慣は変わっていなかった。この醤油屋の若旦那と自称する命令受領の兵隊の変わらぬ元気は、中隊の他の兵隊たちが弱ってゆく速度が早いので、一段と目立つようになっていた。以前からも司令部までの距離を踏破できる者がなく、江間はそれを恩に着せて、食糧は潤沢にとり、司令部にゆくと、ときにはなにかのおこぼれもあって、隊員との健康の差は増すばかりであった。

もっとも中隊の屯営は、いますこぶる閑散である。爆破隊の任務を帯びて、今野軍曹以下の大部分が出ていったが、かえって来たのは四名にすぎなかった。それで残留者十四名（十五名であったが、稲田兵長が縊死《いし》した）と合して、十八名になったけれども、かえって来た兵隊はいずれも亡者に近いような半死半生の状態だったので、二名はすぐに入院させた。ライマナイの野戦病院は設備がわるく、入院することと死ぬこととが同じだなどと悪評があったけれども、中隊に看護兵がいなくなってしまったので、無理に入院させた。松本一等兵と倉本伍長の二人だった。すると、松本一等兵の方は、その二日目に急性肺炎をおこして死んだ。あとの二人、糸島伍長と、平井一等兵とは屯営で養生することになった。この四人のほかにまだ引きあげてくる者を期待し、毎日祈って待ったが、だれもかえって来なかった。中隊の空気は沈痛で、留守隊長代理の星野伍長も、無口になり、あまり大きな声を出す者もなかった。

江間上等兵だけがひとり元気がよい。これは彼の性格でもあったが、中隊の沈んだ気分を引き立たせようという健気な気持も手つだっているもののようだった。大きな眼をうるさいほど瞬きさせ、身ぶり手まねで派手な話しかたをするのが、彼の癖である。その活潑な運動からだけでも、たしかに隊員たちの気分は浮いた。東北訛のはげしい言葉も別種の愛嬌となって、やはり毎日の江間ニュースというものは、兵隊たちの偸安《とうあん》の種となっていた。

江間上等兵の方はきき手の激減していることがひどくさびしい様子だった。しかし、その原因がよくわかっているので、その少ない聴衆へすこしも調子を落とすことなく、蒐集して来たニュースを元気よく報告するのだった。

「いいかね、今日はどっさり特種を仕入れて来たから、みんな謹聴するんだよ」

竹の床にどさりと腰を投げだして、江間はポケットから黒皮の小さい手帳をとりだす。

「御馳走のニュースはあるかい」

腹這いになりながら、植木一等兵が訊く。

「いやしいことをいうなよ、御馳走なんかより大事件がうんとあるんだ」

「大事件じゃ腹が太らんからな」

聴衆たちもつい笑ったが、彼らも植木の意見に賛成なのである。

「あるある、御馳走の大ニュースがある。が、まあ、そう慌てるな。慌てたところで、いまここに出てくるわけじゃない。ものには順序がある。まあおとなしく俺のニュースの泉をきいてくれ」

本格的な雨季となって、空模様は連日威嚇的である。ちらちらと青空を思わせぶりに覗かせるが、天の気配はいつでも豪雨と雷鳴と暴風雨とを孕《はら》んでいる。蟬の鳴きたぎっている密林をわたる風も、暴風の斥候か尖兵かのように、殺気に漲《みなぎ》っている。見おろされるロクタク湖の水面は靄《もや》と霧と雨とで交互に衣替えされて、絶えず色が変わる。

「いいかね、大々ニュースからはじめよう」

ちょっと気どって、身体を反《そ》らせ、

――北九州が敵の飛行機に爆撃された。ほら、おどろいたろう。一昨年の四月十八日に東京が空襲されてから、はじめてだ。あのときは子供だましみたいだったが、今度は本式らしい。B29という途轍もなくでかい四発の爆撃機で、アメリカが日本爆撃の目的だけでつくったものということだ。支那から飛んで来たらしい。機数はわからぬが、八幡製鉄所に大規模な爆撃を加えた、とデリー放送がいっている。こちらも一機撃ち落とした模様で、それが若松の郊外へ墜落したそうだ。これが皮切りで、本土爆撃がはじまるだろうと噂されている。

――サイパン島に米軍が上陸を開始した。これは、前述のB29の日本爆撃基地をつくることが第一の目的とのことだ。目下激戦中。

――拍子木虫は虫でなく、鳥であるという説があるが、やはり虫である。こおろぎに似たべんがら色の昆虫である。これは軍医長の話。

——わが尊敬する偉大なる神部大隊長が、本日、後送された。うちの大隊長はすこしどうかしている、との定評だったが、今度の後送は軍法会議に付されるためである。新任の師団長の逆鱗《げきりん》に触れたのである。少佐の階級章も剝がれ、佩剣《はいけん》も奪われて、憲兵つき添いで出発した。しかるところ、神部少佐は意気揚々、にこにこと笑ってばかりいたとのこと。わが大大隊長は爆弾と砲弾とがなにより怖いので、安全な後方に下がるのが、うれしくてたまらんのである。それでも、陸軍大学の試験を受けるとて、例の文法の本を持っていった由。新師団長は軍紀粛正についてはきわめて厳格に容赦なくやるとのことであった。なんでもたいそう立派な髭を生やしてござるとのことだ。

——そういえば、このやかましやの村本中将は、瀬川軍司令官と喧嘩をしたそうである。くわしい事情はよくわからんが、なんでも前線視察に来た軍司令官が、うちの師団長を後方へ呼んだことで、旋毛《つむじ》を曲げたのだときいた。今度の師団長はライマナイの師団司令部から、もうひとつ先のコカダンまで、戦闘司令所を出していることは諸君も知っとるとおりだが、そこはもう三つ瘤陣地の最前線の真後ろだ。その師団長へ、軍司令官がサドかどこかで会いたいと連絡をよこしたので怒ったのだ。第一線の師団長をそんな後方に後ずさらせるとはなにごとだ。用があるのなら前線へ来い、という調子だったらしい。まさか軍司令官がコカダンまではゆけず、どこか適当なところで会見したらしいが、往年満洲で馬占山を追っかけまわした討匪行の鬼隊長だけのことはある。

――軍司令官が前線視察に来たために、事件が勃発した。兵隊が瀬川中将を殺そうとした。なんでも三人組とかで、まるで乞食の化物のような兵隊だったという。果たさずにすぐ捕えられて、三人とも、その場で憲兵の手で射殺された。こういう事件ははじめてではない由。この刺客を射ったのは、いつか爆破隊が出発のとき、連隊長といっしょに来て威張った憲兵大尉だ。

「しくじったのか、へまやったな」

「三人とも拳銃を射ったらしいが、栄養失調で手がふるえていて、外れたんだ」

「どこの兵隊だ」

「わからん、どこか最前線から下がって来たらしい、射殺されるとき、俺たちを殺しても、あとからいくらでも軍司令官を狙っている者があるぞと、凄文句《すごもんく》をならべたそうだ」

「えらい兵隊だ」

功績の菅原伍長がわざとらしく首を振って感歎した。

「お前が後をついでやるか」

「馬鹿をいうな、俺は軍司令官を尊敬しとるよ」

「といわなきゃ、命が危ないか」

隠微にくすんだ笑い声が、兵隊たちの口の中で消えた。

「その軍司令官でまたまた大ニュースがあるんだよ。師団副官について曙村《あけぼのむら》にいってかえった本部の芳沢曹長の話なんだが、慰安所がそこまで来ていて……」

「なにや、慰安所がどこに？」

「曙村だ。ムータイクだよ」

「いつ前線へくるんだ？」

「そんな、眼の色変えて騒ぐな。こんなところには、金輪際来っこないわ。インダンギから曙村までやって来て、そこで止まりだ。おえら方のお楽しみだけだ。こちとら兵隊にゃ回って来んよ。そしたらな、あれがおるんだよ。ほら、なんとかいったな。名前を度忘れしたが、今野軍曹と三浦とが張りあっていた、……」

「露路《つゆじ》だよ」

「そうそう、露路、その露路にな、軍司令官がぞっこんでな、露路の方も瀬川中将にへたへただとよ、見ちゃおれんとよ、それで芳沢曹長がな、露路にな、今野と三浦のことをそれとなく訊いてみたんだそうだよ。そしたらな、そんな兵隊さんいましたかな、だって。どっちももう忘れてしまっていたってよ」

「ふうん」

――さて待望の食糧ニュース。砲兵隊で使用していた象が二匹、爆弾の破片で死んだ。そこでこれを食糧として各隊に分配する。象は現在の中隊兵力なれば、一頭で優に二ヵ月を養い得るので、わが隊にも応分の配給があるはず。ひさびさで肉が食えるのである。

――師団副官がカレミョウ平地に集米に出かけている。後方基地のティディムにももう米がないので、ケネデ・ピイクを越えて、山麓までいったのである。村長どもを集めて米を供出させているゆえ、若干の希望はある。しかし、道路が全部破壊されているので、トラックでは運べない。兵隊やチン人の使役人夫が一人一斗ずつかついでくるのである。

――例の無電台の高地からの敵放送。本日は大ニュースを捕えた。いつものように、「東京行進曲」「森の石松」をやったあと、敵側に捕えられているわが兵の名簿の発表があった。やっぱり朝鮮人らしい日本語で、「これから読みあげる方は、わがインパール赤十字病院において、手厚い看護を加えておりますので、御安心下さい」。それから二十人ほど名を呼びあげたが、そのなかに、わが中隊の三人の名があった。信田一等兵、中田上等兵、それに、小宮山上等兵。いずれも爆破隊に加わった者ばかりだ。負傷して捕えられたものと思われる。残念であるがしかたがない。注意してきいたが、その他の者の消息は知ることはできなかった。

ティディムは、前線からでも後方からでも、かっこうの中間駅場である。前からかえる者も、後からゆく者も、なんとなくティディムを目標にし、ここまでくるとほっとした。そして、自然に、ティディムを境として、前方と後方との色彩が二分された。

補給の重大任務を持つ後方参謀もここにいた。しかし、前線に送るべき食糧も、弾薬も、衛生材料も、兵員も、もうここにはなかった。また取り次ぎしようにも、後方からも来なかった。いくら焦ってみても、無から有は生じない。たまにわずかな物を前線に送ろうとすると、途方もない時日がかかったうえに、前線まで到達しないうちに、途中で消えることが大部分だった。雨季に入ると、山も木も岩も家もおし流す豪雨は、ほとんどの橋梁と道路とを流失させた。その残ったものは連日の空襲で破壊された。気力の減退した工兵隊は、流れた橋を架けようとはせず、前線へゆく兵隊も、兵糧も、こちら側の岸で数日を無駄に過ごす。部隊は寸断されて、最前線は孤立しているといってよかった。

「前線からは、やんやんいうてくるが、ない袖は振られんでなあ」

後方参謀も任務を果たす術がないのである。

ここには、自動軍隊と、特殊任務工作隊とがいた。東機関と呼ばれる工作隊は現住民たるチン人の宣撫をやっていた。ティディムでも他部隊は三分の一定量になっていたが、東機関だけは、現地人から徴発するので、少量ながらどうにか三度食べ、贅沢を羨まれていた。そのことはいつか有名になって、毎日のように乞食が来た。兵隊である。前線へゆく者もかえる者も、哀れな様子で、哀れな声を出し、工作隊の門前に来た。負傷し、病気になって、最前線の野戦病院から、掌一杯の籾《もみ》をあたえられて下がってくる兵隊は、多くはティディムに届かぬうちに、どこかで野たれ死にをした。ティディムまでくることのできた者は、亡霊といった方が近かった。

ときには、色のまっ黒い、襤褸《ぼろ》布のようなものが、異国の言葉で、食を乞うた。竹の杖をついたり、二人づれで肩を組みあったりして、口をひらくと、黒い顔の中だけに、そこが異様に白かった。印度兵だった。泥と汗と血と雨とでえたいの知れぬ色になった軍衣は、大方はやぶれ、肩にあるはずのＩＮＡの標識も、階級章も、銃も、剣も、帽子も、靴も、彼らは持っていない。どこで拾ったか、ブリキ罐の食器だけが彼の唯一の財産だった。

東機関の宿舎は、ときどき貴賓館になる。えらい人が来るのである。

前線から、弓兵団の前師団長会田中将がかえって来た。作戦停頓の責任を問われて、更迭せしめられたのである。

「俺は生ける屍だ」

憔悴しきった会田中将は、ここでは普通食の献立をこんなおいしいものを久しぶりで食ったといいながら、その言葉ばかりをくりかえした。

本道を時おり太鼓の音が過ぎてゆく。祭のように陽気で、歌声がそれにまじった。前線へ印度兵が出てゆくのである。彼らの軍服の腕には、ＩＮＡの標識があって、その真紅の地色は彼らの黒い顔と対照して、どぎつい強烈さとなる。黒いけれども、一様に顔立ちは端正で、髭を蓄えている者も多い。数十人ずつ一隊をなした印度兵は、景気のよい進軍の太鼓を鳴らしながら、ティディムをすぎて、インパール前線へ出てゆく。彼らは二つの印度語を高らかに叫ぶ。

「ジャイ・ヒンド」

「ジンザ・バード」

印度の勝利、万歳。――彼らの足には、まだ、靴があり、腰には剣が、肩には銃がある。

空襲と豪雨とが人馬絡駅《らくえき》たるティディムを交互におとずれた。自動車廠に、修理を要するトラックや、軽四輪が集積したが、部分品と、油の欠乏のために、減ることはなく、廃品のように森林を埋めた。

軍司令官が前線視察のゆきかえりには、かならず、ここに寄る。工作隊長は特別料理をこしらえて、瀬川中将を歓待する。チン人の酒であるヅーをとりよせて、チンの女たちを侍らせて、酌をさせる。

軍司令官は毛糸の袖なしチョッキの無造作な服装、体軀もさして大きくなく、頭も禿げあがっているので、どこか村夫子然《そんぷうしぜん》としているが、その眼は鳶の鋭さで、猛将と謳われた面影はそこから読みとれた。前線で日焼けした顔は赤黒く光っている。

かたわらには、インパール作戦の最高指揮官たちがならんでいる。参謀長奈々木松也中将、高級参謀山下大佐、それに弓師団後方参謀高椋少佐。下座には、チン人の酋長、村長連、女たち。工作隊の幹部連。酸っぱいチン酒を飲んだあと、軍司令官は、身ぶり手まねで、雄弁になる。

「この戦さは勝つよ。大丈夫だ、俺を信じてくれ。なかなか大変だけれども、いろいろな理由から現在の戦況はやむを得ん。俺は戦運のよい男だ。きっと勝つ。……これから、パレルの方に回ってみるつもりにしているが、この困難な現状にへこたれるところは、すこしもない。勝利はいつでも最後を信じる側にあるんだ。このごろ、すこし士気が鈍って、泣き言をいう奴があるから、俺はいつでもいってやるんだ。勝利の神が瀬川を見放すわけがないじゃないか、って。戦争は神聖なものだ。戦争は戦争の神聖さを信じて、これに没入する者に、いつでも勝利をあたえるんだ。俺はいつも部下へ三つのホルモン注射をする。第一は必勝の信念、かならず日本が勝つという強固な確信を持つこと、第二、戦争は外国人の考えるように、悪ではないこと、正義の師は善なること、第三、人生の完遂は臣下としての任務完成以外になにもないこと。こんなこと、みんなあたりまえのことばかりなんだよ。この三つが心魂に徹していたら、これくらいの戦さ、なんでもないんだ。なるほど、苦しい戦さだ。しかし、こっちが苦しいときには、むこうも苦しい。最後のねばりと、ひと押しが勝利の分れ目だ。俺はインパールを陥せることに確信を持ってるよ。きっと陥せる。俺はチャンドラ・ボースと手をとって、インパールに入城することを約した。ボースは英傑だ。バーモなどとは役者が二枚ほどもうえだ。今度の戦争の意義はすばらしく大きい。政治の革命だ。歴史の大事件だ。印度をひっくりかえせば、イギリスはもとより、アメリカも、重慶も困る。イギリスの弱点を突くんだ。俺は成功を信じている」

軍司令官の語調は熱を帯びていた。それは狂信者の真摯さを明瞭に示していて、ほとんど昂然としていた。

酒がまわると、賑やかになって来た。みだれた。チン人たちはベタ金の肩章の前に、ぺこぺこと、卑屈に頭を下げた。

陽気になったポンザマンが歌いだした。河馬のような顔を赤黒くし、酋長は、間のびした声で歌った。角力甚句のような節まわしだけで、意味はわからない。女たちが手拍子で調子を合わせる。

「恋歌です」

終わると、工作隊長の加美川中尉が説明した。

「ほう」

「チュン、ニン、サク、イン、ルユアイ、ア、ナウバン、エー、バン、キュア、ゾング、マウン、シアル、ジン、バン、ザン、タン、ヘン、オー……女が歌っているわけですが、――わたしは惚れたあのひとを、酒で酔いつぶさせて、赤ん坊のように、揺籃のなかに入れてやる。そして迷った羊のように、村にかえることができないようにして、自分のところへいつまでもとまらせる、というほどの意味です」

「当てられるなあ」。軍司令官は、鳶の眼をなにか遠く細めたが、にたっと笑って、「こういう替え歌はどうだ。――俺は惚れたインパールを攻撃で参らせて、鼠のように袋のなかに入れてやる、そして、もうイギリスに逃げられないように、俺の掌で料理してやる」

みんな大声で笑った。

加美川中尉は仏頂面をしていた。すこしもおかしくないのである。この工作隊長はすこし風変わりな男で、いつも半分しか唇をひらいて笑わなかった。贅沢好きの威厳好きだが、自分の尺度の判断にはめこんで、呵責のない行動をした。

軍法会議にまわされるため、大隊長の神部少佐が憲兵付き添いでここに来たときには、一本の煙草もあたえようとはしなかった。憲兵から監視を依頼されると、拳銃を擬して、神部少佐を睨みつけていた。

「ふん、偉そうに、君は俺が自由行動をとると俺を射つかね」

女のような疳高い声で、少佐がせせら笑った。

「射つかもしれません」

「上官を射つのか」

「射ちます」

少佐はにわかに猫なで声になって、

「煙草一本くれんかい？」

「ありません」

「けちけちするなよ」

「卑怯者にのませる煙草はないのです」

「子供にゃ、かなわんな」

ここぞと、神部少佐は窓の方へいった。そこから円光のように虹がかぶっているケネデ・ピイクが望まれた。


竹の一節を切り、皮をくりぬいて、そのなかに蠟燭が立ててある。敵に反対側のジャングルの斜面のいくつかの小屋には、いずれもこの竹提燈《たけちょうちん》がある。工夫の天才といわれる兵隊は、窮乏と資材不足に馴れて、どんな不如意の環境のなかにでも、自分たちで相応の生活をきずいていくが、この竹燈もその専売特許のひとつだった。これは大いに歓迎されて、兵隊たちの瀬振りのみではなく、本部や将校連中からもしきりと註文があった。その註文主は謝礼に煙草をくれる者もあったが、無料で献上させる者もあった。

その竹燈の明りのなかに、髭だらけの大きな顔がゆらいでいる。髭だらけというよりも、髭のなかに顔があるといった方がよかった。五尺七寸、二十四貫という巨軀である。そして、その幅ひろい赭顔《あからがお》の顎は豊饒な髭にとりまかれ、鼻下から伸びだした髭は栄養のよい、太った鰻《うなぎ》のように延々として一尺半の長さに達している。たれ下がっては邪魔になるので、それを両方の耳にひっかけている。

「閣下、みごとな髭ですなあ」

せまい小屋のなかに、三人の参謀がいたが、童顔の若い参謀が感歎していった。

「これは大切でのう」。村本師団長は、いかつい顔に似あわぬ細い眼をほころばせて「今年でちょうど三十三年になるよ。士官候補生のときには生やさなかったがな、少尉任官記念に蓄え始めたんだよ。それから、一度も剃刀をあてたことがない。もっとも、ときどき鋏で手入れはするがな」。

師団長はそういいながら、バンドをゆるめ、ズボンのなかに太い、これも毛におおわれた手をさしこむと、股間のあたりをぼりぼりと掻いた。さっきから方々そうやって掻いている。

「蚤ですか」

「虱じゃよ、風呂に入らんし、洗濯もする間がないもんじゃから、虱がわいてかなわん。じゃが、これもまた戦陣の楽しみでよろしい。こうやって毎日掻いとると退屈を忘れる。こういう動きのとれん戦さのときにゃ、虱もまたつれづれのいい友達じゃ。それに、山蛭や蜥蜴などより愛嬌もある。どうじゃ、わしの歌を披露しようか」

師団長はかたわらのノートをとって、ばらばらと頁をめくり、

「ええな、——一日の術《すべ》は閑なく身体掻く、世にも稀なる楽しみぞあり、どうじや?」

四人とも笑った。

島田参謀は、そのとき、丹念に日誌をつけているらしい師団長のノートの文字をちらと覗いて、この猛将としてきこえ高い将軍が、その日記にどんなことを書いてあるか見たいと思った。戦闘要図なども挿まれているらしく、この困難な作戦についての指揮官としての感想が書かれてあるにちがいない。

「状況になにか変化はあったかね」

乾麺麹をぼりぼり嚙みながら、師団長は三人の参謀を見まわした。

「格別のことはありません」

参謀長が重い口調で答えた。鋭い反《そ》いだような青い顔に投げやりな色が浮かんでいる。

「格別のことがないというのは、こっちの分がわるいということじゃね。ジリ貧ということじゃろう。こうなると、戦争はもう弾丸よりも食糧じゃね。一度、腹の皮がつっぱるほど食うてみたいもんじゃ」

静かな夜のどこかで、ぽっと、ぽっと、という音がしている。鉄兜のなかで籾を搗いているのだった。

「あの音はわびしいよ」

師団長の豪快な笑いにつれて、参謀達も笑ったが、その声には力がなかった。島田参謀だけが身体中をゆすって、小屋をゆるがすようなけたたましい笑いかたをした。金の鉛筆のような飾緒の尖端がかちかちと鳴った。はだけた白い胸に、濃い胸毛が臍《へそ》までつづいている。

「大陸のガダルカナルになりましたね」

そういって、また笑った。

「名案もないかな？」

師団長はぽつんと呟いて、さっきのノートをあちこちめくり、ところどころ読んだ。

「あれは君、どうなったんだったかな？」

参謀長が島田参謀を見た。

「なんだったですかね？」

「百地連隊から、先達、マイバム付近に戦車爆破隊を出したじゃないか」

「ああ、あれですか？」

「その後、報告はあったのかね」

「ありました」

「きいておらんが……」

「なに、報告するほどもなかったですから、そのままにしといたんですよ。今野とかいう軍曹のいる中隊に見まわりにいって、ちょっと思いついたもんだから、やってみたんですけど、どうせそう大してはじめから期待はしていなかったんです。そうですな、まあ、ちょうど閣下の虱のようなもので、大きな図体をちょっと刺しただけのようなもんですかな」

このとっさの譬喩《ひゆ》が気に入って、この稚児参謀はまた身体ごと笑った。

「なにがどうなんだって？」

ノートから眼をはなして、怪訝《けげん》そうに師団長は快活な部下の参謀を見た。

「いえ、なんでもないんですよ」。島田はふっと思いだしたように、

「あ、忘れていました。これ、閣下にお土産に持って参ったんです」

そういって、図嚢のなかから、ふくらんだ包紙をとりだした。

「なんだね？」

「大福餅です」

「ほう、珍しいものがあるな」

「曙村特産です。赤石副官がカレミョウから今日かえって来たんですか、ムータイクで、兵隊にこしらえさせたというんです。時間が経ってすこし臭くなっていますが、それでもぜひ師団長閣下にといって、わざわざあの遠方から持ってかえったんだといっていました。今夜はたしか十五夜で、お月見にちょうどいい、なんて申しておりました」

「そうか、それはありがとう」

師団長は五個ほど入っているらしい包紙をとったが、食べようとはせず、竹燈の置いてある板の上に載せた。

「赤石大尉は？」

「マラリアが再発して、ひどい発熱なので失礼申しあげる、閣下によろしくとのことでした。ライマナイの副官室で、水で冷やして寝ております」

「そうか」といったが、不機嫌に、「ムータイクには菓子をつくる兵隊がいるのか」

「いるらしいです。あそこは軍司令部の連絡所になっていますし、慰安所もムータイクまで進出しているようです。赤石大尉の話ではその兵隊はもと菓子屋で、洋菓子、和菓子、なんでもつくるのが名人だそうです」

「ふむ、なるほどな、前線では、病人と怪我人の兵隊が食うや食わずで戦っているのに、後方には菓子をつくっている兵隊がいるんじゃな」

自嘲するように呟いた師団長は、ふっと顔をあげて、

「当番、当番」

とどなった。

籾を搗く音が消えて、一人の兵隊が顔を出した。子供のように若い兵隊だが、青黒い顔をしていて、砂蠅に食われたあとの紫色の斑点が小さな瘤になって、顔を変形させている。

「お呼びになられましたか」

「うん、呼んだ。これをな」、台の上の大福餅包みから、一つだけ抜きだしてとり、「みんな、兵隊たちで食べなさい」。

「頂戴いたします」

当番兵は、四つの餅の入った袋を押しいただくようにして、去っていった。すこし離れたところで、がやがや騒ぐ声がしていたが、まもなく静まり。また籾を搗く音がきこえて来た。伴奏のように、拍子木虫が頓狂に数個所で鳴いている。

「赤石副官の用件は片づいたのかね」

「赤石はああいう積極的な男ですから、相当やったようです。ですが、もう村長連中が、米はなくなったというんだそうです。穀倉地帯のカレミョウ平地に米がないわけはないんですが、彼奴らは、戦況が逆転して、日本軍の旗色がわるくなったんで、隠しやがるんだろうって、赤石はいっていました」

「そうかもしれん」

師団長が憮然として、耳にかけた鰻髭を、鼻下から尖端までなでつけていると、ぼうんと遠くで鈍い発射音がした。しゅしゅしゅと頭のま上で蒸気のような音、同時に轟然と谷をゆるがして砲弾が落下した。迫撃砲である。拍子木虫と籾搗きの音がとまった。

「よく射ちますね」

島田参謀がそういいながら腰を浮かした。

「ここは死角になっとるから大丈夫じゃ、破片くらい飛んでくるかもしれんが。……包囲された方に弾丸が無尽蔵にあって、包囲した方に弾丸がない。むこうは飛行機で空からどしどし補給する。味方は地上で孤立している。敵のは円筒形陣地で、こっちは比良目《ひらめ》陣地じゃ。立体作戦と平面作戦じゃ、角力《すもう》にならんな。それにこっちはまるで百姓一揆、円匙や十字鍬が重要兵器、石合戦、泥合戦までやる。それでも、遮二無二《しゃにむに》押し切ろうちゅうんじゃから、瀬川さんも気が強い」

師団長が軍司令官にいだいている忿懣の片鱗が、柔和な口調のなかに、ちらと覗いた。島田参謀は、師団長のノートはきっと連日激越な文句で満たされているにちがいないと考えた。

砲弾はつづけざまに落下して、森林を騒がした。ここのみではなく、最前線の裸山、三つ瘤陣地、後方の各屯所にも砲弾が集中しているもののようだった。小屋の天幕の上に、破片や石ころ、樹の枝などがしきりと降って来た。

月夜の砲撃に、星野中隊の瀬振りでも、兵隊たちは壕に待避した。今野軍曹がいなくなってから、星野伍長が隊長を命ぜられていた。各部隊の損害ははなはだしく、一個中隊三名、七名、などというのはいくつもあり、零名というのも少なくなかった。したがって、星野中隊の十六名というのは、優勢兵力の方で、何人かは、他中隊へ編制替えの内命も出ていた。

いつもよりは執拗な砲撃で、兵隊たちは永いこと壕から出られなかった。やっと遠のいたので一人ずつ、仏頂面で方々の壕から姿をあらわした。

糸島伍長は谷底の流れに近い横穴に入っていたが、つづけざまに近くに落ちた砲弾の土砂を受けて、ほとんど生き埋めになりかけた。穴のなかには四人いた。

「田丸の間抜け野郎め」

この屯営が砲撃を受けるたびに、糸島は田丸の頓馬が腹が立つのだった。いつか、田丸兵長はタイレンポクピ付近の分哨に出て、歩哨線のなかに敵斥候の潜入を許したことがある。そのときから、この屯営の位置が敵に知られて標的になったのだと思うようになっていたからである。その田丸ももうここにいないが、やはり習慣のように、砲撃で自分の命が脅かされると、ひとりでに糸島の口をついて、憎悪にみちた田丸の名が出た。

「第一巻の終わりだ」

だれかがそういって、壕から出た。宇川上等兵だった。つづいて、福島一等兵が長身の身体をかがめて出、糸島伍長もこれにつづこうとした。ところが、自分の横にいた平井上等兵が動こうとしないので、「おい、平井、出んか、もういいぞ」。

と、声をかけた。

返事がなかった。おかしいと思い、手をかけてゆさぶると、ぐったりと重く倒れかかって来た。穴のなかはまっ暗でわからなかったので、表に引きだした。満月昼をあざむく光で、平井は咽喉仏を砲弾の断片につき刺されて、ことされていることがわかった。先に出た宇川と福島も駈け寄って来た。

糸島伍長はふんと鼻を鳴らした。ぎらぎらした彼の陰険な眼が憎悪に燃えた。平井は自分同様爆破隊に参加して、命からがら生還して来たばかりだった。自分より二日遅れてかえり、助かったことをよろこんで、手放しで泣いていたのである。

（だれが戦争なんか、しやがるのか）

糸島の心は煮えた。それは平井への同情ではなく、自己の生命への執着と不安からのエゴイズムであったかもしれない。砲弾の断片が一尺右に寄っていたら、自分がやられたのだ。助かっていながら、糸島はそのときになって、恐怖で身体中がおののいた。

印度の満月はふくらむだけふくらんで、強烈な光を投げ、硝子の風景のように、そのあたりを、きらきら輝かせている。アミーバ赤痢菌の充満している小川も水晶の流れのようである。

第十七章　地獄の門

満津子さん。

いま、ペンをとって、こうやって、あなたに呼びかけてみたけれど、僕は僕の呼び声があなたに届くかどうかについては、自信がない。これから綴る手紙があなたに読まれる日がくるかどうかも分らない。それどころか、僕はあなたが生きているか死んでいるかも知らないのだ。おそらく、あなたも僕の消息については何も知るまい。僕らはお互いに生死の実体を通じあうことなく、ただ観念のうえでだけ、いま交流している。それしか仕方がない。しかしそれが空虚で、浮薄な方法だろうか。僕は確信をする、そして、断言をする、この僕らのロマンチックな交流こそが、唯一の僕らの真実であることを。

僕がこの手紙を書くことは、僕の全霊のなかにひそんでいた神聖な意志の命ずるところによっている。それは単なる愛情とか、恋愛とかいうものではなくて、僕にとってはもっと人間全体の生きる根底のものにつながった、そしてそれのみが唯一の信じ得るはげしく恐ろしいものと思われる。僕は幾度か生死の下をくぐったが、そのたびにその徴候はあらわれた。しかし、僕が、最後に、敵戦車爆破隊の一員として、生死と対決したときに、それはもっとも明確な形をとった。僕はそのとき逆上し麻痺した神経で、夢遊病者のようになっていたのだが、炸烈する爆薬のまっただなかで、はっきりと心に呟いていた。

（かえらねばならぬ、高原満津子のところへ）

それは愛情であるとともに、巨大な意志であった。僕は青春を失っていたのではなかったことを、そのときに、はじめて、はっきりと知ったのであった。

満津子さん。

僕は、いまインパールの病院にいる。いわば、英印軍に捕われの身だ。そうだ、あの忌わしい捕虜だ。僕は負傷して人事不省になって倒れていたらしい。気がついたときには、病院のベッドの上にいた。もし僕は英軍に発見されなかったならば、どこか印度の山野で野たれ死にをしていたであろう。そういうふうにして、多くの戦友が死んだのだ。まだいくらでも生き得る命を、放擲されたままに棄ててしまった。眠ったまま、ふたたび目ざめなかった兵隊もたくさんある。僕もその一人となるところを、敵に発見された偶然によって、いま、あなたへの手紙を書き得る幸運が生じた。生きるということのなんとよいことか、なんと輝かしいことか、僕はいまはじめてしみじみと知ったのだ。

僕は、現在、あらゆる混乱と疑惑のなかにある。僕にはまったくなにがなにやらわからないのだ。複雑怪奇な運命の圧力はちっぽけな人間の裁量をはるかにはみだしていて、その正体をつかむことは容易ではない。とはいえ、それは概念的に、かつ理論的に解明することはたやすいことだ。また理想主義の立場から一挙にほぐすこともわけなくできる。戦争をしてはならぬ、人間同士殺し合ってはならぬ。人間は愛し合わねばならぬ——それをだれが疑い、反対する者があろうか？　しかしながら、この単純な問題が、何万年もの間、一度も人類によって解決されず、実行されなかったのはなぜであろうか？　そこへ来て、僕ははたと突きあたる。そして、不幸と悲劇の好きな人間の怪奇な資質について、僕の頭は混乱する。僕は人間が動物と異なっていることの証明が欲しいからだ。

僕が捕われの身となる因をなした最後の任務は実に困難なものだった。ほとんど末期の症状を呈しているインパール作戦の戦勢を転換するために、さまざまの苦肉の策がとられたが、僕たちの戦車爆破隊もそのあがきの一つであった。僕の中隊にその困難な任務がくだされた。それは敵中深く入っての作業で、決死隊、全滅するかも知れぬという予想は最初からあった。それに僕は加えられたのだが、実はそれに志願して参加したのだ。僕は弱かったし、僕等の中隊長今野軍曹は、僕を編制外においていたらしかった。僕が志願したので、むろん、僕はその一員に加えられた。なぜ、すすんで危険のなかに加わったか。そのときの心理状態ははっきりしないものがあるが、僕は後悔はしなかったのだ。そして、僕は全力をふるって、この僕の体力にはあまる任務の遂行に没頭した。僕は人間の証明を得たいということで、必死だった。

連日、難行軍がつづき、恐ろしい断崖を攀《よ》じ渡らなくてはならなくなって、僕の足はすくんだ。そのとき、僕の頭に、ふっと、ダンテの地獄の門の言葉が頭に浮かんだ。あなたとも、よくいっしょに口吟《ずさ》んだことがある、あの、われを過ぎて、の詩だ。

われを過ぎて、憂愁の都へ
われを過ぎて、永劫の憂苦へ、

われを過ぎて、亡滅の民のなかへ
いっさいの希望をすてよ、
汝ら、ここに入る者。

そして、そのとき、その詩のどの一行も誇張でなく、僕ら二十名ほどの兵隊の運命を象徴していると、僕には思われた。筆舌につくしがたい困難と労苦のはて、爆破隊は任務を果たした。マイバムという敵の戦車基地で、敵のM２重戦車群を粉砕した。大成功といってよかった。ところが、実際に粉砕されたのは、敵の戦車でも、敵の作戦でもなく、僕ら兵隊であり、そして、兵隊たちの精神であった。

今野軍曹以下の兵隊を犠牲にして行なわれた作業は微塵も敵に影響をあたえなかった。ただ兵隊が死に、傷ついただけだ。多分、大半の者が戦死したことだろう。僕は全然だれの消息も知らない。

作業は失敗に終わった。骨折り損だった。しかし、まったくの無駄であったろうか？

満津子さん、

僕は確信をもって断言する。この馬鹿げた爆破作業は大成功であった、と。作戦にとってではなく、軍にとってでもなく、人間にとって。少なくとも、僕自身にとって。人間の証明がなされる場所というものが、つねにぎりぎりのところにあったことを僕は歴史によって知っているが、それはまだ、僕自身の歴史とはなっていなかった。いま、それが僕の歴史となったのだ。

僕のこの覚醒は、この馬鹿げた爆破作業の失敗なくしては得られなかったのだ。

次々に、僕の内部の固定された観念が破られる。僕はそれが不安で、混乱する。しかし、その混乱はまた僕のつぎの覚醒となる歴史の役目を果たすだろう。僕はまだ僕の運命についてもなにごとの確信も持ち得ないし、まして、僕の精神は異状に不安定だ。ただ、かつて、断崖を渡ったとき呟いた地獄の門の言葉が、裏がえしになって、僕をわずかに支えている。すなわち、僕の現在いる精神の地点が、憂愁の都、永却の憂苦、亡滅の民、そして、いっさいの希望を棄て去った場所とは、すこしく異なっていることを自覚するのである。

僕は途轍もない矛盾にみちている。その矛盾をときほぐして、あなたに書き送る術を知らない。しかし、あなただけは僕が忌わしい捕虜となっていることを軽蔑しないだろうと信じている。それをいうのはつらいことだ。しかし、僕は自己弁護をし、自己の立場を合理化しているわけではない。あなたは手紙のなかで、挺身隊として工場に働きながら、戦場の僕の姿を思いえがくことによって、勇気づけられると書いている。それは、銃をとって戦っている僕の兵隊としての姿にちがいない。ところが、僕はいま捕虜だ。捕虜は、軍隊でも、国内でも、不名誉、卑怯者、と軽蔑されている。その捕虜だ。しかし、僕の現在を満津子さんだけはあたたかくひろい心で理解してくれると信じる。現象と段階とが、人々につねに錯覚を強いる。叫喚と断定は真実を解明し得ない。僕がつねに希望し信じて来たのは、人間の最後の結合の問題だった。戦争を超える人間の完成、虚偽の罪悪と、そして殺戮を超えた場所にある人間の結合、人間の青春――人間の救いは若々しいその人間の青春以外にはないのではないだろうか？

僕は日本人だ。日本の兵隊として、祖国の危急に際して戦った。それを恥じない。僕は最後まで日本人としてありたい。病院に運ばれ、いくらか健康を回復してから、若干の訊問を受けたけれども、僕は必要以外のことはしゃべらなかった。僕は裏切者とはなりたくない。ならない。英軍将校も深くは僕を追及しなかった。

しかし、日本人、民族、人種、その結いめぐらされた牆《かき》が、人間の不幸をつくること、戦争の因となることは明瞭だ。僕は日本人として祖国を愛する。陛下のために、命を棄てることも悔いなかった。しかし、なにかで読んで憶えているが、トーマス・マンのいったように、国家などといっている間は、人間の不幸は絶えぬという言葉にもはげしく共鳴する。これこそが、人間の青春を破壊している真の泥濘かもしれない。ああ、僕は理想主義を警戒していたはずだった。もっと人間の問題にかえらねばならない。

満津子さん、

白状しよう。僕はあなたからもらった手紙を、いま持っていない。昭和十七年十月二十九日付の手紙が最後だった。それを大切に僕はどこの戦場にも持ち歩いた。それは三枚の便箋に、細く美しい字で、そして、あなた一流の闊達自在な、あなたの顔が浮かび、声がきこえるような文章で書いてあった。ところが、その三枚の便箋はおのおの別の運命を持って、この世から消滅した。一枚で、僕は脱糞のおり尻をふいた。一枚は微塵にちぎられて、花霰《はなあられ》のように印度戦場の空に散った。最後の一枚は、敵に捕われると知ったとき、口中に嚥《の》み下してしまった。この滑稽な恋文の運命にも、戦場の摂理があたえる、なにかの人間の証明があったのだ。

さらに、僕は白状する。僕は、いま、あなたへの慕情で、身体がたぎっているのだ。僕はいまはじめて人間の体温のありがたさを知った。僕が永い間彷徨していた戦場と、ことはあまりに違いすぎる。僕らは人間ではなかった。ここのベッドにあたためられてから、僕はやっと人間にかえった。そして、僕の肉体によみがえって来た体温は、せつないものになって、あなたを一直線に僕に結びつける。あなたは手紙のなかで、僕の体温を忘れないと書いていた。それがあなたを勇気づけると書いていた。僕は手紙を失ったが、なにが書いてあったかは暗記している。千遍ほども読んだからだ。——いまもなおあなたの体温をはっきりと感じます。わたしはこの結合の清らかさを天にむかって叫びたい思いです。わたしは使徒のように、この初恋の十字架を負う決心をしました。……あなたはそう書いていた。それは、いま、僕があなたにいいたい言葉だ。青春の自由、青春の特権というものが、どういうものか、いま、分ったような気がする。迂愚《うぐ》な話だ。今頃になって、こんな告白をするなんて。

満津子さん、

疲れて来た。無理はとめられていたのだ。いや、手紙を書くことなども法度《はっと》なのだ。軍医か看護婦かが来たら、たちまち、ペンをとりあげられてしまうだろう。いまこの手紙を書いている万年筆は、戦友の形見だ。稲田という兵長だったが、爆破隊が出発する前夜、首縊《くく》って死んだ。そういえば、戦友たちはどうなったろうか。隊長の今野軍曹をはじめ、いろいろな兵隊がいた。中でも、田丸兵長という面白い兵隊がいたが、どうしたろうか。仲間からは馬鹿にされていたが、立派な男だった。……かつて、塩分の欠乏に悩んで、戦友たちと汗だし運動をしたときの、強烈な印象は忘れない。それは、印象でなく、感銘であり、僕にとってはひとつの刻印といってもよかった。塩がなくなったため、兵隊は炎天の下を、わざわざ走りまわって、汗をかき、その塩からい水を舐めたわけだが、僕の背中に浮き出た汗は、その田丸兵長に舐められた。そして僕は、不思議な衝動に駆られて、その田丸のうすよごれた、凸凹だらけの背中を舐めかえしたのだ。あなたは、それを汚ないと思うだろうか？　僕のような見栄坊の、これまで考えたこともなかったような狂暴の動作を、そのとき、僕はした。しかし、僕はそれを悔いていない。愛情が精神のはてに来て、美醜の観念を乗り超えてしまうことの実験は、こういう戦場の断崖において、もっと明らかに、そして確実に、その証明をするだろう。それは、たしかに、狂気じみている。馬鹿げてすらいる。しかし、人間のとどのつまりの滑稽さが、理性も知性もよせつけない場所で、人間の結合の、なにかの啓示とはならないだろうか。喜劇と悲劇とを区別したのは、きっと、ピエロだったにちがいない。そして、喜劇役者こそが、もっとも悲劇的であったことを証明したのも、きっと、そのピエロだったであろう。あなたは、あなたの愛猫と愛犬とが、百合と四郎とが、たわむれる姿にひとつの霹靂《へきれき》を感じているようだが、その犬と猫との愛の格闘は、きっと、僕と田丸兵長とのもつれあいに似ていたにちがいない。こういう唐突さとはげしさとで、僕に人間の窮極のものを知らしめたのは、この仲間からは馬鹿にされ、へまばかりやっていっこううだつのあがらなかった、薄ぼんやりの田丸兵長以外、だれもいなかった。僕は、いまもなお、僕の背を走った田丸の神聖な舌の感触を、いつでも再現できるし、それは、僕にとっては、ある覚醒の刻印となっている。……兵隊の一人一人が人間だ。兵隊に端役などはいないのだ。軍司令官と一等兵と、人間の尊厳さにおいて、どれだけの差があるか。しかし、戦場では兵隊はまるきり屑のように扱われた。

僕だってそのとおりだ。上等兵などというものは軍隊では塵芥だ。しかし、僕は自負する、人間として、僕がどれだけ軍司令官に劣っているか。苦しくなって来た。えらそうなことをいってもはじまらぬ。

満津子さん。

実は僕は健康が思わしくない。ひょっとしたら、死ぬかもしれない。病院では親切に十二分に手当をしてくれているが、これまでの肉体の酷使がひどすぎて、故障がなみ大抵ではない模様だ。実際、この病院では、僕はていねいに扱われている。敵のなかにいるとは思えない。軍医は僕に眼鏡をくれた。ぴったりとよく度のあう近眼鏡だ。僕は盲目同然だったが、いま、僕の視野は明瞭だ。僕は眼ざめたときなど、ふっと、どこか平和な内地の病院にいるような錯覚をおこす。

僕は生きたい。どうしても生きたい。だから頑張るつもりではいるが、運命は人間の意志などはいつでも笑っているのだ。これは弱音ではない。僕が生死の巷で、いつも忘れることのできなかった人間の勝利と敗北の問題が、いつでもつきあたった一つの壁の標識だ。ああ、生きて、あなたに会いたい。もしかしたら生まれているかもしれない子供にも会いたい。

はげしい雨が降っている。しかし、家の中にいる僕は濡れない。家を忘れてから永いことたった。雨に濡れずにいられるなんて、家というものは、なんとよいものだろう。……苦しくなって来たのでペンを擱《お》く。

小宮山敏三

赤松林のなかの小高い台地を、ロクタク湖を渡って来る冷たい風が吹いている。あたりは黄昏《たそが》れてきた。尾の黄色い小鳥が数羽、しきりと飛びかい、鳴きかい、この稜線の一角にたむろして、戯れている。大名行列の鳥帽子槍のようにひょろ高い松がならび、そのやや太い一本の枝に、一匹の青蛙がまきついて、顎を梢にのせている。

絨毯のような青草の上に、痩せ衰えた二人の兵隊がならんで寝ころんでいる。二人ともあおむけになったまま、ものうい語調で、なにか話をしている。四つの跣足《はだし》の蹠《あしうら》は変形して、泥と血とでよごれているが、妙に青白い。

「もう日が暮れたんかい」

「うん、暮れたよ」

「盲目ちゅうもんは不自由なもんじゃのう、昼も晩もわからんが……」

「おい、眠んなよ」

「眠りゃせんが、眠い」

「眠ったらいかん、もういっとき我慢しとりゃ、だれか来る」

「だ、だれが来る？」

「だれが来るかわからんが、だれか来る。もう友軍の陣地に近いはずだ。眠ったら、そのまま参ってしまうぞ」

「馬鹿ぬかせ、俺が死ぬもんか。俺は百姓じゃから、どんな苦しい目も応《こた》えはせんのじゃ。五日や十日、食わんでも平気じゃ。熱も四十度くらいは平気じゃ。目をやられたのはちょいと困ったが、まあしかたあるまい。戦友たちはみんな死んでしもうたんじゃから、死ぬこと考えりゃもうけもんじゃ」

「よう、お前、助かったもんだなあ」

「そ、そうよ、勢いがあまったんじゃな。うふふ、俺が団栗《どんぐり》みたいなもんだから、転がりすぎたんじゃ。正面から入りゃよかったが、横から飛びこんだもんだからな」

「正面から入っとりゃ、木端微塵よ」

「そ、そうよ、危ないとこじゃった。俺はかっとなると、自分でもなにするかわからんときがあるもんだからな。あのときも、そうだった。あんまりはがいいもんじゃから、くそうと思うて飛びこんだんじゃ」

「眼だけで、よかった」

「うん、眼だけでよかった。それに、爆破は大成功じゃったろう？」

「うまくいったな、やり甲斐があったよ。全部、吹っ飛んでしまいやがったからな。ほんとにあんなに胸のすいたことはない」

「みんな、死んだかな？」

「残った者もあるさ。俺たちだって生きとるんだもの、屯営にかえったら、案外、みんな、揃ってかえっとるかもしれんぜ」

「うん、は、早く、中隊にかえろう」

「そうしよう」

二人の姿勢は、ただ口が動いているだけである。片方の眼明《めあき》の方が、ときどき、鈍い眸で、小鳥の飛ぶのを見るほか、木像のように動かない。あたりはさらに暗くなる。

「おい、日本にかえったら、俺の家に遊びに来いな」

「お前、どこだったかな？」

「石川県の田舎じゃ。百姓家で芸もないが、おいしい柿や蜜柑がある。親父は死んだが、お袋がまだ元気でいる。それに、女房に、子供が四人もいやがる。ええ牛がおるぞ。和牛でな、本登録をとった黒牛じゃ。貧乏はしとったが、牛だけはええのを持っとった。まあ、盲目になってかえったんじゃ、百姓もでけんから、隠居して、安楽に暮らそ。……な、遊びに来いや」

「うん」

「ここには、赤松林があるというたな」

「ある」

「『印度公園』に似とるか」

「ちょっと似とる」

「そんなら、蟻がいるはずじゃ。見てくれんか」

「いるいる、たくさん這うとるわ」

「ど、ど、どんなのがいる?」

「どんなのって、いろいろなのがいるわ」

「そうか、そんなら、どこか、その辺で、こおろぎをとって来て、やってくれんか」

「冗談いうなよ、蟻どころじゃない。こちとら、もう一週間も食わん。それに、身体がもう動かんわ。……おい、眠んな、眠んなよ、眠ったら、いかん」

「眠いなあ」

「眠うても、眠んな。……おい、おい……」

そういいながら、いつか、日暮れとともに、二人とも深い眠りに落ちていた。


インパールを包囲していた全日本軍部隊に、ついに総退却命令のくだったのは、昭和十九年七月八日であった。しかし、それは、退却といわず、転進といい、示達文のなかには、「軍ハ万斛《ばんこく》ノ恨ミヲ呑ンデ」という文字が挿入されていた。

(了)

父・火野葦平と戦争と平和と

玉井史太郎

――昨年末、『インパール作戦従軍記―火野葦平「従軍手帖」全文翻刻』（集英社）が出版されました。解説や資料などを含めて600頁近い大部なものですが、3刷とうかがいました。どのような感想をお持ちですか。

玉井　葦平は戦後、公職追放（1948年~50年）を受けましたから、どうしても戦犯作家というイメージが強いわけです。戦後民主主義の流れのなかで、戦時中のものはすべて否定されましたから、とくに左翼系の人たちから葦平の作品は否定され、軽視されました。葦平自身は、たしかに兵隊3部作といわれる「麦と兵隊」「土と兵隊」「花と兵隊」をはじめ戦場に題材を得て作品を書いたのですが、本人は戦争や兵士の実相を書いたつもりでいて、それで国民をあおったとは思ってもいなかったのではないでしょうか。ですから、みっともないほど追放処分撤回の運動をするわけです。

沖仲仕《ごんぞう》の血が作風の底流に

――私は、ずいぶん前に市民会館の火野葦平資料館を訪ねたことがあります。そのとき、おやっと思ったのは、その追放処分撤回の嘆願の筆頭に志賀直哉が立ち、ほかにも、戦争に非協力的といわれた作家たちが名を連ね、葦平との交友もずっと深いものがあることがうかがわれたことでした。それを見たときに、「戦犯作家」というレッテルを貼って作品も読まないでいたことを反省させられました。

玉井　葦平は、たしかに戦時中、「糞尿譚」で芥川賞を受賞しますが、ごんぞう（筑豊炭鉱から遠賀川を通って運ばれてきた石炭を若松港で荷揚げする沖仲仕＝港湾労働者のこと）の息子に生まれ、育ったことから生涯離れることはなかったと思います。作風の根底に一貫して流れていたと思います。戦争3部作でもわかるように、朝鮮人や中国人を見下げたような描き方はしていません。葦平の父親が興した玉井組、葦平の小説「花と龍」にえがかれていますが、そこで働いたごんぞうの半分以上は朝鮮人でした。私らも小さいときによくおばあさんから、差別したらイケン、と懇々といわれましたが、葦平もそういわれて育ったと思います。

――宮本百合子は、「麦と兵隊」には人間火野葦平としての自然な感情が盛られていると、日本軍兵士や中国人農民への視線を評価しています。もっとも、それが戦争の狂気に馴らされてしまっている、それがなぜなのかの追求がないときびしい意見を添えてですが。

玉井　私もそう思います。そこは、同じ戦場をえがいても石川達三の「生きてゐる兵隊」などとの大きな違いじゃないでしょうか。それを書けば評判をとるとか、売れるとか……そういうものは葦平には一切ないように思います。目線もずっと低い。日本軍兵士に注ぐ目は同じ仲間というものです。中国の農民には作物をつくる労苦を厭わない労働への共感を隠しません。そこには、玉井組の若親父としてごんぞうたちをまとめ、彼らの生活を守るためにストライキの先頭に立った、そういう経験、意識が生きているように思います。

いま、ようやく葦平の作品も公平に読めるようになってきたのではないでしょうか。葦平と同時代の人たちは、なんといっても、同時進行的に葦平の3部作を読み、戦況に一喜一憂しながら、日本勝て、勝て、となっていたわけですから、自分をそうさせた葦平を否定する以外にないのですが、いまの人たちは違うと思います。

二十数冊の従軍手帳

――それにしても、インパール作戦に従軍したものだけでも6冊ですか、手帖に記録しています。作家の従軍記録は日記などを含めていくつかありますが、海軍だった野口冨士男さんなどは靴底に隠して持ち帰ったもので、いずれもこれほどの量はありません。火野葦平が報道班員だったこともあるとはいえ、驚きですね。

玉井　全部で二十数冊あるんです。小説の材料になればという気持ちで書いたのでしょう。発表を前提に書いたものではないといっても、そこはおのずと自己規制がかかりますし、まして、何が検閲に引っかかるかを葦平は十分承知ですから、あからさまな軍部批判などはありません。ただ、そのときの兵士の様子ひとつとっても克明に書いていますから、インパール作戦がいかにひどいものであったかは伝わってくるんですね。

記録といえば、葦平の父親、金五郎もそうでした。「花と龍」の主人公、玉井組を興した人物です。学校を出ていないので漢字とカタカナばかりですが、荒々しい生活のなかで組どうしの争いなどをそれは克明に記しています。銃砲弾が飛び交うなかでもペンを離さなかった葦平、命を付け狙われるような生活のなかでも大量のメモを残した金五郎。親子ですねえ、似通っています。

インパール従軍記は、戦後、ちょうど公職追放——葦平は公職にはなかったのでこの言い方はおかしいと思いますが——の時期に小説「青春と泥濘」に書き表されます。私は、手帖の記録というものは、作家を知るうえでは大事であるだろうけれど、小説は別のものだと思っています。葦平も常々、作家は作品が第一、といっています。

「青春と泥濘」は、葦平の兵隊3部作の集大成、完結編といわれるものです。中国戦線からついにインパールに至る、あの日中戦争を葦平がどう受けとめていたか、受けとめるか、はもとより、兵士たちがどれほど無謀な作戦に踊らされたか、それでもいかに懸命にたたかったか、仲間どうしいかに支え合ったか、それを書き尽くしています。インド兵への視線もしみじみと温かいものがあります。ぜひ読んでほしいと思っています。近年、社会批評社が「火野葦平戦争文学選」全7巻のうちの1巻として出版してくれましたが、「密林と兵隊」と題を変えてしまっています。著作権が切れているので私どもではいかんともしがたいのですが、それでもみなさんの目に触れる機会を得ましたので、ありがたいことだと思っています。

小説のなかで島田参謀としてえがかれている三橋参謀の娘さんがここ（河伯洞）に来られたことがあります。ですが、そういう作品があることをご存じありませんでした。翻刻された『インパール作戦従軍記』のあとがきに書いたことですが、三橋参謀も、自分は火野君と一緒に寝起きをしながら前線から後退をつづけたが、そのあいだ、彼はじつに丹念にメモをとっていた。もしも生きて帰ったら必ず小説に書くといっていたが、酒ばっかり飲んでちっとも書かずに死んでしまいやがった、といわれていたそうです。「青春と泥濘」という作品のあることをご存じなかったのですね。

――『インパール作戦従軍記』はその意味でも火野葦平を見直すいいきっかけのように思いま

すが……。

玉井　評価が変わってきたように思います。おかげさまで「朝日」「毎日」「西日本」などで書評に取りあげてくださいましたし、共産党の「赤旗しんぶん」でも文化欄の「朝の風」で紹介してくださいました。従来の無視ないしは軽視からみるとずいぶんな変化です。

インパール派遣は懲罰

――史太郎さんは、火野葦平がインパールに行ったのは懲罰召集ではないかとみておられます。西南戦争の際の「中津隊」をえがいたことが軍中枢の怒りを買った、ということですが……。

玉井　「中津隊」は1944年に「西日本新聞」に連載された、葦平には珍しい歴史小説です。少し先行して「朝日」に「陸軍」を連載していますが、これは同年4月に完結しています。ところが「中津隊」は70回を数えたところで「ひとまず中断」となり、あとは書かれませんでした。この小説は、中津藩の下士だった増田宋太郎を主人公にしたもので、彼が攘夷思想から福沢諭吉の命を狙うものの、福沢の思想に直接触れて開眼し、やがて民権運動に参加、西南戦争では西郷軍に加わってたたかい、城山で戦死する姿をえがこうとしたものと思われますが、ちょうど、福沢の文明開化の思想を展開するところで中断させられています。戦時中は、福沢諭吉は西洋思想を広めたということで貶められていましたから、それを縷々述べるということは、米英撃滅とか鬼畜米英などと盛んにいっていた時期ですから、とても許しがたいということになったのでしょう。

――西南の役では増田宋太郎の中津隊をはじめ、宮崎八郎――辛亥革命に助力した宮崎滔天を末弟とする宮崎兄弟の事実上の長男――が率いた熊本協同隊など、多くの民権派が西郷軍に合流します。

玉井　反明治政府が共通項だったんでしょうね。

――宮崎八郎たちは山鹿で1万人以上集め、住民自治――民権天地を宣言します。司馬遼太郎は「翔ぶが如く」でそれを点描しています。

玉井　ですから、葦平がもし続きを書いていたら、どんな増田宋太郎像ができたのか、また、どんな西郷像になったのか、残念ですね。戦後になぜ書かなかったのか、興味をなくしたのですかね。

——歴史的な題材を借りて軍部批判というところにモチーフがあったとしたら、戦後に書きつがなかったというのもうなずけますが、インパールの無残は「青春と泥濘」に書いていますから、もう少し研究が必要ですね。

玉井　葦平は、インパールは「志願」したといっていますが、はたしてどうだったでしょう。同じころ、毎日新聞で「竹槍事件」というのが起きます。「竹槍ではまにあわぬ、飛行機だ、海軍航空機だ」という特集を組んだところ、東条英機が激怒して記者を名指しで召集し、硫黄か沖縄へやれ、と命じます。ところがこの記者は強度の近視で徴兵免除になっていました。海軍報道部がひとりだけ召集するのは違法だと抗議すると、陸軍はつじつまを合わせるために大正時代の徴兵免除者ばかり250人を急きょ召集して丸亀連隊に入隊させます。記者は海軍が報道班員として除隊させます。『目で見る太平洋戦争史』（1973年『文藝春秋』臨時増刊号）で高木俊朗さんは、召集された250人は硫黄島に送られ、だれも帰ってこなかったと書かれています。そのほかにも、中国戦線で1944年、中国東北部、ソ連国境近くの牡丹江の鉄道連隊から激戦の漢口（武漢）の鉄道隊に転属させられた部隊があります。新兵教育期間中に脱走兵や自殺者を出したことをとがめられた懲罰でした。脱走兵や自殺未遂者はいずれも老兵だったということです。

1944年という年は、そのようにほんとに末期症状といっていいひどいことが日本軍のなかでおこなわれていたのです。葦平もそれに引っかかったといえます。

ですから、本人は「志願」だと書いていますが、要するに〝死んでこい〟ということだったんじゃないですか。同行したのは画家の向井潤吉さんですが、さんざんな目に遭いながら、向井さんと別れたあと、ひとりでフーコンへ行きます。死地に向かったとしか思えませんね。

――火野葦平は、帰りの飛行機で瀬島龍三、大本営情報参謀ですね、彼と同乗することになります。瀬島から見たことを忌憚なく話してもらいたいといわれて、作戦の無謀さや将兵の質の低下、とくに参謀や部隊長の統率力の欠如などを11か条にまとめて渡しますね。考えなくても、それがどういう意味かわかります。軍中枢批判です。それを瀬島にいえば参謀本部にも伝わるわけですから、自分がなぜインパールにやられたのかがわかっていなければ、できないことでしょう。

玉井　葦平は帰国後、大本営に呼び出されます。陸軍大臣・杉山元大将の部屋に連れて行かれ、そこでも、瀬島に渡したのと同じことを地図を広げ従軍手帖をもとに具体的に説明し、このまま進めば、ゆゆしき結果を招来する、といいます。それを聞いた杉山陸軍大臣は、「ご苦労、よくわかった。しかし、まだ望みは十分ある。肉を斬らしておいて、骨を斬るんじゃゃ」といって、刀を振り下ろすしぐさをしたといいます。

葦平は、そんな原始的な精神力では間に合わなくなっているのに、軍の責任者がまだそんなことをいっているのかと悲しかった、とのちに書いています。葦平はその後、12月にフィリピン従軍を命じられます。本人は後年、『火野葦平選集』解説に「志願した」と書いているのですが、疑問です。自筆年譜の「十二月、フィリピンへ従軍を命ぜられ」の方が真実を語っているのではないでしょうか。それにしても、9月に帰国して3ヶ月後にまた徴用というのはいささか異常です。

そのころのフィリピン戦線は、10月にレイテ沖海戦につづいてレイテ島に連合国軍が上陸、激烈なたたかいが終戦までつづきましたから、命を投げ出しに行くようなものです。葦平のほか今日出海、里村欣三、日比野士郎が行くことになり、葦平と今が最初に行くことになっていたところ葦平の仕事が片付かず、里村が代わりに先に出発しました。その後、ルソン島リンガエン湾に米軍が上陸、マニラへ侵攻することもあって葦平たちの出発は中止されます。里村は北ルソンで戦死、今は悲惨な逃避行の末、九死に一生を得て帰国することになります。里村や今は、葦平が辿るはずの道でもあったわけです。

父子の葛藤はいつしか……

――ところで、史太郎さんは父の火野葦平とはずいぶんな葛藤があったと書かれています。それが解けるのはいつ頃からですか。

玉井 やはり葦平が死んでからじゃないでしょうか。とにかく、火野葦平の息子、というのがイヤでイヤでしょうがなかったのです。私は7人兄妹のまん中です。兄二人も弟も葦平と同じ早稲田です。私だけ、早稲田の高等学院を1年で中退し、あとはいろいろな仕事を転々としました。

落ち着いていろいろ考えるようになったのは、ここが河伯洞として1999年1月に一般公開され、市の史跡にも指定されて管理人になってからでしょうか。

――「戦犯作家」といわれたことの影響もあったのでしょうか。

玉井 多少はそれもあったかもしれませんが、むしろ、天皇・天皇制に対する考え方、崇拝への嫌悪感が大きかったように思います。私は戦後教育を受けた身ですから、東に足を向けて寝ていると定規でたたかれるわけですが、それがわからない。葦平は母親のマンさんからそれをたたき込まれて育ったわけですね。

ここ（河伯洞――火野葦平の旧居）の2階に葦平の書斎がありますが、机は東向きになっています。書き疲れてそのまま仰向けに寝転ぶと、足は東に向きますが、葦平はけっしてそういう格好をしませんでした。机をいったん離れて、足を必ず南か北に向けてごろっとなっていました。

そこまでするのか、と思っていたのですね。小説も読んでいましたが、私などは戦争そのものが悪だと思っているのですが、葦平の兵隊ものにはそれはありません。大東亜共栄圏の建設というものを大まじめで書いています。それが、若いころはイヤでしたね。

葦平が生まれ育ち、生きて来た時代というものを抜きに、それを批判していたわけです。それはそれとして、葦平はいったい何を書き、何を語り伝えようとしたのか、を考えるようになったのはずっとあとになります。そういう風に葦平を考え出すと、私が生まれたのは1937年ですが、この年というのは、「花と龍」の終わりの年ですし、葦平が芥川賞の「糞尿譚」を書き、陸軍伍長で応召するのもこの年です。兵隊3部作を書く基点といえますから、まさに人生の大転換の年になっています。そういう不思議な巡り合わせを感じるようになりました。

――若松市民会館に常設されている火野葦平資料館をつくるにあたっても、ここを河伯洞として残すときにも、共産党の市会議員だった野依勇武さんがずいぶん尽力されたと聞いています。敗戦直後は火野葦平の戦争責任追及の急先鋒だった共産党でしたが、ここ若松での火野葦平の受けとめはまた違ったものがあったわけですね。

玉井　1970年代に入ってでしたが、市の人がここに来て葦平の資料を小倉に持っていきたいと、段ボールに詰め始めたわけです。市は葦平の書斎を小倉城に移転するために予算も計上しました。そのとき、たまたま野依さんと出会って、こういう話だがどうしようかと相談しました。葦平は若松におってこその葦平じゃ、というわけでいろんな方に話し、「火野葦平資料館を若松につくる会」をつくって運動したわけです。市もいったん決めたことではあるけれども、あまり強引なことはせず、85年に市民会館のなかに設置してくれました。

野依さんも、もとは父親が沖仲仕で野依組として祖父の時代に玉井組と競い合った仲です。当時は敵対していました。「花と龍」にえがかれた吉田一派で、金五郎らがつくった連合組と血で血を洗うケンカ沙汰をくり返していたんですよ。

平和、反核、沖縄——戦後の葦平

——それもまた不思議な巡り合わせというか、時代が結びつけるわけですね。

玉井　作家の出久根達郎さんが、「花と龍」を〃プロレタリアを感じる〃とおっしゃってくださいましたが、そう感じさせるものを葦平が持っていたということじゃないでしょうか。野依さんもそこに共感されたのだと思います。

葦平は戦後、鈴木安蔵らがつくった「憲法研究会」に資金援助をし、鈴木の「憲法草案要綱」、いまの日本国憲法と共通するものの多い戦後憲法案ですが、それをまとめるのに力を貸しています。第1回のビキニデーにも参加し（1955年）、4月には九州平和委員会の推薦を受けてアジア諸国会議（インド・ニューデリー）に文化問題代表として参加しました。九州平和委員会には共産党も参加していてとくに反対ということもありませんでした。葦平はこの会議の帰路、中国に招待され、北朝鮮をまわって帰国します。その見聞を「赤い国の旅人」として書き、本にもしています。葦平が戦争中、ほんとに悪いことし放題だったら行けないと思うんですが、そういうものはなかったんでしょうね。ただ、侵略した側の者として、どうなっているのかを見たかったんでしょう。原水爆禁止大会の長崎大会にも参加しています。

葦平に「天国遠征」という小説があります。54年に新聞連載をして翌年出版しています。内容的にはぐちゃぐちゃといっていいかもしれませんが、アメリカのビキニ水爆実験に抗議して乗り込んでいくというものです。この当時、こういう形でアメリカに抗議した作家はほかにいません。私は、こういう葦平の姿を見てほしいと思うんです。

葦平は、沖縄の問題でも、「ちぎられた縄」という短いものですが、書いています。56年に劇団文化座の結成15周年記念にこれを戯曲にして上演し、翌年には九州各地をまわっています。これは、敗戦後、問答無用でアメリカに占領、基地とされ、アメリカ兵に蹂躙された沖縄の悲劇をえがいたものです。沖縄は、「日本本土からちぎられた縄」というわけですね。葦平は、末弟・千博が沖縄戦で戦死していることもあって、その沖縄が、という思いだったのでしょう。

葦平の戦後は、あの戦争からくみ取った最大の教訓としての平和への思いに支えられ、原爆と沖縄、背後に大きな影を落とすアメリカという戦後日本がかかえた最大矛盾にしっかりと目を向けて歩んだといっていいかと思います。ですからいま、葦平を見直そうという気運の出てきていることがとてもうれしいですし、ぜひ、作品を読んでいただきたいと思います。

――史太郎さんも「わかまつ九条の会」の代表を務められ、反原発の運動にも積極的に参加されています。それは、葦平の戦後の過ごし方に影響されたということもありますか。

玉井　それは大いにあります。葦平の本質は、むしろそこにあったと思います。名もない庶民が平和のうちに明るく暮らしを営む、汗水流して働く人たちこそ豊かにならないといけない、それが葦平文学の一番の願いだったんじゃないでしょうか。

――ほんとにそう思いますね。こんな時代ですから、もっともっと読んでほしいですね。今日は、火野葦平のまた別の面をうかがえてよかったです。ありがとうございました。

（『季論21』２０１８年夏号より転載、聞き手・同誌編集部）

玉井史太郎（たまい・ふみたろう）＝１９３７年、火野葦平の３男として福岡県若松市（現北九州市若松区）に生まれる。火野葦平の旧居「河伯洞」（北九州市指定文化財）管理人、「わかまつ九条の会」代表。著書に『河伯洞余滴』（学習研究社、第10回＝２０００年＝北九州市自分史文学賞受賞）、『河伯洞往来』（創言社）など。

編集付記

一、本書は、著者の生前最後に出版された『新選現代日本文学全集　第19　火野葦平』（筑摩書房、一九五九年）を底本とし、最近刊の『密林と兵隊――青春と泥濘』（社会批評社、二〇一三年）を参照した。

一、底本中、明らかに誤植と思われる箇所は訂正した。難読を思われる語にはルビを付し、一部現代用語用字に改めた。

一、今回の出版にあたり、「インパールに斃れた兵士たち」を副題に付けた。

一、本書には、今日の人権意識に照らして不適切な語句や表現があるが、著者が故人であること、執筆当時の時代背景と作品の文化的文学史的意味を考慮し、原文のままとした。

著者略歴

火野 葦平（ひの・あしへい）

1907年1月、福岡県若松市（現北九州市若松区）生まれ。本名、玉井勝則。1937年9月、陸軍伍長として召集される。1938年「糞尿課」で第6回芥川賞受賞。その後の『麦と兵隊』『土と兵隊』『花と兵隊』の「兵隊3部作」は300万部を超えるベストセラーとなった。戦後、『戦犯作家』として公職追放。解除後、自伝的長編『花と龍』や、自らの戦争責任に言及した『革命前後』など多くの作品によって再び流行作家となった。1960年1月、死去（自殺）。

青春《せいしゅん》と泥濘《でいねい》
——インパールに斃《たお》れた兵士《へいし》たち

二〇一八年八月五日　初版　第一刷発行

著　者　火野 葦平
発行者　新船 海三郎
発行所　株式会社 本の泉社
〒113-0033
東京都文京区本郷二-二五-六
TEL.03(5800)8494
FAX.03(5800)5353
http://www.honnoizumi.co.jp

印刷／製本　中央精版印刷株式会社
DTP　河岡 隆(株式会社 西崎印刷)

2018 Printed in Japan
ISBN978-4-7807-1901-7　C0093